HEYNE

THOMAS KRÜGER

ERWIN, MORD' & ENTE

Kriminalroman

WILHELM HEYNE VERLAG
MÜNCHEN

Zwei Textzitate haben wir mit freundlicher Genehmigung der
Rechtegeber übernommen:
1. J.R.R. Tolkien. Der Herr der Ringe. Aus dem Englischen von
Wolfgang Krege. © Fourth Age Ltd 1954, 1955, 1966. Klett-Cotta,
Stuttgart 1972, 1. Auflage der neuen Übersetzung 2000.
2. Emily Brontë, Die Sturmhöhe. Aus dem Englischen von
Grete Rambach. © der deutschen Übersetzung Insel Verlag,
Frankfurt am Main 1975.

Verlagsgruppe Random House FSC® N001967

5. Auflage
Originalausgabe 11/2013
Copyright © 2013 by Thomas Krüger
Copyright © 2013 by Wilhelm Heyne Verlag, München
in der Verlagsgruppe Random House GmbH
Dieses Werk wurde vermittelt durch die
literarische Agentur Thomas Schlück GmbH, Garbsen
Printed in Germany
Redaktion: Edgar Weiß
Umschlaggestaltung: Der Anton
Umschlagillustration: © shutterstock/Maksym Bondarchuck
und © Robert Dowling/CORBIS
Karte: Ina Hattenhauer
Satz: KompetenzCenter, Mönchengladbach
Druck und Bindung: GGP Media GmbH, Pößneck
ISBN 978-3-453-41152-4

www.heyne.de

Ich danke Charlie Chaplin und Ernst Lubitsch für
Der große Diktator und *Sein oder Nichtsein*

Ich danke der Welt aber nicht für die Vorlagen

Für Walter Gödden

... in seinen Literaturschlössern in Westfalen

Alle meine Entchen ...

Erwin Düsedieker verbrachte einen sonnigen Nachmittag in seiner vergoldeten Luxus-Badewanne. Zum Farbton der Wanne passten die Fruchtwassertemperatur des Schaumbades und die Ruhe im Haus. Sie hatten eine Abmachung für solche Nachmittage: Lothar, Erwins treue Laufente, gründelte draußen im Gartenteich, Schwänzchen in die Höh, während Erwin, die Arme auf den Wannenrand gestützt, im Badewasser lag und sinnierte. Zum Beispiel über die Ermordung Jean-Paul Marats – in einem Tempus ohne Fugit.

Schwänzchen in die Höh ...

Es war April. Anfang April. Die alte Wache von Versloh-Bramschebeck wirkte in ihrer Ziegeldüsternis nicht ganz so grüblerisch wie in den vergangenen, regenverhangenen Märzwochen. Das von knorrigen Bäumen umstellte und auf der Garten-Rückseite mit einer hohen Buchsbaumhecke von Blicken gänzlich abgeschirmte ehemalige Zollhaus war einst das Pastorat von Bramschebeck gewesen. In den späten 60ern wurde es umfunktioniert zur Polizeiwache. Nun war es ein Privathaus mit Wintergarten, und es schien in den schütteren Grünschleiern der aufkommenden Frühlingsblüte zu erröten. Niemand mit Sinn für die Abgründe der Literatur hätte sich gewundert, die englische Dichterin Emily Brontë das Haus betreten oder verlassen zu sehen. Da nie-

mand im Ort je ein literarisches Werk jenseits von Land-
maschinenkatalogen und Zuchtbroschüren in der Hand
gehalten hatte, hätte Emily auf alle Tarnung verzichten
können. Niemand hätte sie erkannt – mit der Ausnahme
vielleicht von Erwin Düsedieker.

Die Sonne glühte im spätblauen Himmel, stand schräg
über dem Wintergarten und griff mit kräftigem Licht in den
Schaum. So wenig Emily Brontë in Versloh-Bramschebeck
bekannt war, so wenig waren es Erwins Wintergarten und
die Wanne. Ein mit Kunstsinn ausgestatteter Mensch hätte
die Position der Wanne im Raum vielleicht mit Worten wie
Wanne im Begriff das Haus zu verlassen oder *Wanne im Begriff ins
Haus einzudringen* umschrieben. Solche Formulierungen allerdings waren Erwin fremd.

Nach und nach fühlte sich Erwin wohlig entspannt. Sogar der sterbende Marat, den er vor seinem inneren Auge
sah, strahlte Wärme aus. Erwin spürte wieder, wie wichtig
es war, dass sich ein Ermittler in die Gedankenwelten von
Täter und Opfer einfühlte. Diese Welten waren benachbar-
te Schaumblasen, die sich plötzlich vereinigten. Die eine
Schaumblase blies die andere auf.

Plopp!

Aber welche schwoll an und welche verschwand?

Erwin hatte Frieden geschlossen mit seiner Rolle als
Polizist. Er hob den Kopf und sah durch die Glasfront des
Wintergartens zum Teich hinüber. Dort drüben, in der ihm
zugewandten Öffnung eines Hufeisens von Teichrand-
pflanzen, ereigneten sich in diesem Moment wahrscheinlich Abertausende Kriminalfälle. Motivlose Morde, denn
das Leben war ohne große Kunst.

Namen und Bilder schwebten in Erwins Kopf. Der Teich mit seiner Umpflanzung verwandelte sich in eine Art kokardengeschmückten Zuber, in dem ein Jean-Paul Marat, der nach Blut schreiende Demagoge der Französischen Revolution, tatsächlich hätte sterben können. Erstochen von einer Frau, die gekommen war, um die Mordlust des Fortschritts zu stoppen.

Was ließ die Revolution auch Frauen in ihr Badezimmer?

Es war nicht so, dass Erwin Düsedieker diese Gedanken wirklich dachte. Er wusste von Jean-Paul Marat nicht allzu viel. Manches hatte er gelesen, aber vor allem gab es da ein Bild: ein Bild in einem Buch, das den sterbenden Marat in der Badewanne zeigte. Erwins Gedanken waren Wesen mit einem Zuhause in Bildern. Diese Bilder flüsterten ihm zu ...

Lothar hatte das Wasser verlassen und verfolgte Spuren im Gras. Dann horchte er.

Erwin lächelte. Da ihm kalt wurde und er jetzt darauf verzichtete, heißes Wasser nachlaufen zu lassen, tauchte er beide Arme einmal unter. Die Illusion von Wärme kehrte zurück. Nach zwei Minuten zog er die Arme wieder hervor, wartete, bis sie getrocknet waren, und richtete die Polizeimütze neu. Sie war ihm leicht in die Stirn gerutscht.

Lothar stieß mit dem Schnabel ans Glas des Wintergartens. Er konnte vermutlich kaum etwas erkennen hier drinnen, aber er spürte, wenn es Zeit war, mit Erwin in Kontakt zu treten.

Lothar war eine gute Ermittlungsente.

Also horchte Erwin und vermied jedes störende Gluckern und Planschen.

Eine halbe Minute verging. Dann klingelte es: schrill,

wie der alte Wecker von Erwins Mutter, den Erwin immer noch benutzte.

Das Geräusch verklang mit der Schleppe seines Nachhalls. Erwin ließ noch einige weitere Sekunden verstreichen. Er spürte förmlich die Zuckungen des Zeigefingers dort draußen. Dann meldete er sich:

»Jaaaa!?«

»Äwinn?!«

»Jaaaa!?«

»Ich komm rein, nä?!«

»Jaa, kanns reinkomm, is offn! Ich sitz inner Wanne!«

»Is gut, weißich Bescheid!«

Arno Wimmelböcker.

Erwin stellte sich vor, wie Arno Wimmelböcker, leicht gebeugt wie immer, den speckigen alten Filzmantel offen, die Flecktarn-Feldmütze ein bisschen zu weit nach hinten geschoben, an der Haustür gehorcht hatte. Den Zeigefinger eingefangen und angezogen vom Transporterstrahl des Klingelknopfes.

Arno Wimmelböcker hatte den Finger eine Zeit lang Widerstand leisten lassen. Doch dann ...

Die Ermittlungsente Lothar besaß ein Gespür für Menschen wie Arno. Lothar schien fest davon überzeugt, dass Arno in einer Ente wie ihm lediglich eine zukünftige Mahlzeit sah, nicht jedoch ein Wesen von besonderem Verstand. Also achtete Lothar darauf, dass immer genügend Abstand blieb zwischen Menschen wie Arno und ihm, oder dass Erwin in der Nähe war, wenn Arno sich blicken ließ. Obwohl Arno im Grunde harmlos war. Arnos Fantasie wurde in der Regel das Opfer seines Phlegmas.

Die Haustür ging auf, stieß an die alte Kramladen-Glocke, die Erwins Mutter Gertrude mal angebracht hatte, als die Polizeiwache für kurze Zeit und nebenbei Lebensmittel und sonstiges Tante-Emma-Zeugs anbot. Das hatte aber nicht lange funktioniert, denn auch die anständigen Frauen des Ortes zeigten eine gewisse Scheu, bei der Polizei einzukaufen. Außerdem kamen schnell behördliche Unvereinbarkeiten ins Spiel, die man auf der Wache von Versloh-Bramschebeck akzeptierte, bevor man sich bemühen musste, sie zu verstehen. Zu guter Letzt gab es im Dorf den Laden von Anni Twassbrake. Der war zwar kaum größer, aber besser sortiert, und er lag zentral.

Die Türglocke allerdings war geblieben, und Erwin beglückwünschte sich immer mal wieder zu der Entscheidung, sie nicht abmontiert zu haben. Meist vergaß er, die Haustür zu verriegeln, bevor er in die Wanne stieg. Und wahrscheinlich achtete nicht jeder die Privatsphäre Erwins so wie Arno. Gottlob bekam Erwin selten unangekündigt Besuch.

»Ich komm abba nich rein, nä!?«, rief Arno Wimmelböcker jetzt, was bei geöffneter Haustür bedeutete, dass er das, was er für Erwins Badezimmer hielt – gradeaus, hinter der Tür am Ende des dunklen Flurs –, nicht betreten würde. Badezimmer waren auf Arno Wimmelböckers geistiger Landkarte rot markierte Orte. Sollte Erwin tatsächlich in der Wanne sitzen, wollte Arno das lieber nicht sehen. Er blieb also im Hauseingang stehen, linste ins Dunkel und dachte darüber nach, ob er die Mütze abnehmen und in der Hand kneten sollte. Bei Beerdigungen war das eine natürliche Bewegung. Alles, was Arno halbwegs unangenehm war, fiel irgendwie in die Kategorie Beerdigung.

Schließlich ging es ja auch um einen Toten.

»Wie geht's denn, Arno?!«, rief Erwin. Arno betrat die Wege der Kommunikation ungern als Erster, und Erwin musste sicherstellen, dass Arno tatsächlich vor der Tür blieb. Lothar klopfte sacht an die Scheibe des Wintergartens. Ein Zeichen von Aufregung.

»Och, muss ja, nä!?«

»Und sonst?!«

»Pollezei is da. Die ham was gefundn!«

»Aufm Hof bei Hilde?!«

»Nee. Bei Jasper. Da issn Toter!«

Erwin warf einen fragenden Blick hinüber zu Lothar.

»'n Toter? Bei Jasper?!«

»Jau. So Knochen und so!«

»So Knochen und so?!«

»Jau.«

So Knochen und so bei Jasper. Jasper war Jasper Thiesbrummel. Großbauer und Schweinezüchter einen knappen Kilometer östlich von Bramschebeck. Statt nachzufragen, setzte Erwin Düsedieker auf die bewährte Methode, neue Informationen erst einmal mit in die Badewanne zu nehmen. Er lehnte sich in der Wanne zurück, justierte die Mütze neu und beobachtete Lothar, dessen Blick vermuten ließ, dass auch die Ente über Arnos Worte nachdachte.

So Knochen und so.

»Kanns ja ma kuckn kommn!«

»Ja, ich komm dann mal!«

»Is gut! Ich geh dann!«

»Ja, is gut!«

Das zweite Klingeln der Türglocke verriet Erwin, dass

Arno die Haustür ordnungsgemäß schloss. Arno würde nun wahrscheinlich nicht zurück zu Hilde Gerkensmeier gehen, wo er dann und wann im Garten und beim Ausmisten der Schweineställe half, und wo er ein Zimmer im alten Schuppen bewohnte. Diesen Schuppen hatte Hilde knapp fünfzehn Jahre zuvor für Untermieter ausgebaut, die dann aber doch nicht kamen, weil eine Bürgerinitiative von außerhalb den Bau der Fechtelfelder Geflügelmast-AG auf den Äckern zwischen Gerkensmeier und Thiesbrummel verhindert hatte. Hildes Ausbauaktion war im Dorf auf Widerstand gestoßen. Den Zuzug von Fremden zu fördern, das hatte den meisten nicht gepasst. So kurz nach Adolfs Tod, hatte Paul-Gerhard Bartelweddebüx damals gewettert, zeuge das von Missachtung der Heimaterde, in der ihr Vater nun ruhe.

Das Wort Heimaterde war häufig gefallen in jenen Tagen.

Aber es kam ja anders: keine Geflügelmast, kein Zuzug aus der Fremde, kein Bedarf an umgebauten Schuppen. Alles blieb wie gehabt. Wer in Bramschebeck lebte oder im etwas größeren Pogge, knapp vier Kilometer nördlich, jenseits der Bundesstraße 61c gelegen, der hatte sein Heim und wusste, wo er hingehörte.

Arno wusste das nicht oder nicht so recht. Vermutlich würde er sich nun aufmachen zu Jasper Thiesbrummels Hof.

Arno Wimmelböcker war in Bramschebeck insofern eine Ausnahme, als eine lange Phase alkoholischer Exzesse seine Mutter zu einem für Versloher Mütter außergewöhnlichen Schritt genötigt hatte. Sie hatte ihrem Sohn am Morgen seines fünfzigsten Geburtstages, nach Jahren der Zermürbung, das Wohnrecht entzogen. Arno hatte davon erst drei Tage später erfahren, als er aus dem Koma erwachte, in das er beim Versuch, ein Schwein für die fortgeschrittene Phase seiner Geburtstagsfeier zu schlachten, gefallen war. Im Moment, als er das Bewusstsein verlor, hatte er lediglich ein von Blut und anderen organischen Flüssigkeiten durchweichtes Paar langer Unterhosen getragen, sowie Gummistiefel und eine Strickjacke seiner Mutter. Seinem aus allen Säumen gelassenen Konfirmationsanzug hatte er weitere Flecke ersparen wollen. Arno hatte, bei leichtem Schneefall, im nur mit einem einzigen Muttertier besetzten Outdoorsaugehege hinter dem elterlichen – damals nur noch mütterlichen – Hof am Rand von Bramschebeck gestanden. Minutenlang hatte er sich über das stumpfe Schlachtermesser geärgert, das ihm Heino Achelpöhler besorgt hatte. Während der wegen Zungenschwere und den Schmerzensschreien des verwundeten Tieres außergewöhnlich komplexen Diskussion mit Achelpöhler war Arno dann in den Schlamm gesackt. Plötzlich. Ohne jede Vorwarnung. Er hatte weder um Hilfe gerufen, noch erklärende Äußerungen von sich gegeben.

Unmittelbar darauf war auch die verletzte Sau Marke Deutsche Landrasse verstummt, was zur Folge hatte, dass die übrigen Geburtstagsgäste das Interesse an der Feier verloren. Wer hätte das Tier zubereiten sollen?

Es war spät geworden. Man kam überein heimzugehen.

Nur Hilde Gerkensmeier hatte sich anders entschieden.

Unter den Geburtstagsgästen war sie von Anfang an die Unscheinbarste gewesen. Sie war am frühen Nachmittag dazugestoßen, im Dorfkrug – hatte später selbst nicht mehr gewusst, aus welchem Grund. Sie hatte im Hintergrund mitgefeiert und vor Arnos Zusammenbruch sehr verhalten auf den Vorschlag mit dem Schweineschlachten reagiert. Dann aber, als Arno im Schlamm lag, im grellen Licht einer am Scheunengiebel montierten Bauleuchte, die das Gehege nachts wie ein Gefangenenlager bestrahlte, war ihr Mitgefühl erwacht.

Vielleicht hatte sie ein Herz für Männer, die im Kampf verwundet wurden? Und vielleicht schloss das auch Verwundungen ohne Fremdeinwirkung ein?

Außerdem war da ja noch die Sache mit dem umgebauten Schuppen. Und wenn man hinter die vorgehaltenen Hände im Dorf hätte lauschen können, dann war sie ja alleinstehend, zwar Besitzerin eines kleinen Nebenerwerbsbetriebs, aber ohne Aussichten auf eine größere Partie. Land besaß Hilde nur weniges, und schön war sie auch nicht.

So oder so ähnlich war Arno Wimmelböcker also zu Hilde Gerkensmeier gekommen. Hildes Erwartungen – soweit es überhaupt Erwartungen gewesen waren – waren sehr schnell Ernüchterung gewichen. Ernüchterung gehörte allerdings zu Hildes täglichen Lebenserfahrungen. Sie hatte Arno das Zimmer im umgebauten Schuppen nie entzogen. Andererseits hatte auch Arno Wimmelböcker in den seit besagter Geburtstagsfeier verstrichenen zwölf Jahren an Reife gewonnen. Seine Mutter hatte ihn nicht nur rausgeworfen, sie hatte ihn enterbt. Arno hatte Demut gelernt. Seine durchaus auch genetisch bedingte Einfachheit bzw. Einfalt hatte die Oberhand über sein Wesen gewinnen können. Arno begann, auf dem Feld oder im Stall zu arbeiten. Er hatte Beerdigungen als Quelle der Selbstbesinnung entdeckt und ein Gespür dafür entwickelt, wann es Zeit war, die Feldmütze abzunehmen. Er hatte die Haut des Arno Wimmelböcker: Hoferbe abgestreift und war zu Arno Wimmelböcker: Habenichts geworden.

In dieser neuen Rolle hatte Arno Erwin Düsedieker kennengelernt, den Mann mit der Polizeimütze. Und irgendwie mochte er Erwin.

Gegen 16.30 Uhr stieg Erwin aus der Badewanne. Er gönnte seinem nackten Körper noch knappe zwanzig Minuten an der Luft. In dieser Zeit glätteten sich auf seiner Haut die Verwellungen und Aufweichungen der vergangenen Badestunden. Während er trocknete, blätterte Erwin in der illustrierten *Enzyklopädie der Mythen und Legenden* auf dem dunkelhölzernen, zum Gartenlicht hin ausgerichteten Lese-Stehpult seiner Bibliothek. Diese bildete in Gestalt der türseitigen Regalwand sowie der zwei rechts und links in den Raum, zum Wintergarten hin um die Ecke greifenden kürzeren Regalwände eine Art Gegenhufeisen zum bereits beschriebenen Hufeisen der Teichbepflanzung.

Das Bild des doppelten Hufeisens war eines, das allein Erwin wachrufen konnte, denn niemand außer ihm kannte den Raum mit den Büchern, der Glasfront und der Wanne. Es gab diesen Raum in Versloh-Bramschebeck offiziell gar nicht. Nur Erwin und seine Mutter Gertrude hatten ihn jemals betreten. Erwins Mutter hatte ihn allerdings nie bestückt mit Büchern gesehen und nur ein einziges Mal mit Wanne.

Das war kein schöner Tag gewesen.

Gertrude hatte sich nicht davon erholt ...

Wie Erwin den Einbau der Wanne und die Befüllung der Wände mit Büchern hatte geheim halten können, hatte mit der Tatsache zu tun, dass man ihn meist unterschätzte.

Davon zehrte er bisweilen.

Nach Ablauf der zwanzig Minuten zog Erwin sich an: Unterwäsche, Socken, Trainingshose, Pullover, Gummistiefel, Parka. Er rückte die Polizeimütze grade und verließ das Haus. Die Ermittlungsente Lothar wartete bereits bei den Schnecken auf der Zufahrt.

Erwin benutzte niemals ein Fahrrad oder ein Motorrad oder gar ein Auto. Die Welt seiner Erkundungen reichte von Höwelkrögers Hof im Süden über den Golfplatz mit Clubhaus im Osten zu den Höfen von Gottenströter und Martenvormfelde im Norden bis kurz vor die Landesklinik von Pökenhagen im Westen. Alles in allem umfasste sie ein Quadrat von knapp 10 Kilometern Kantenlänge und war ein schönes Universum für einen Fußgänger.

Golfplatz und Landesklinik wären die zwei Pole dieser Welt gewesen, hätte ein verrückter Gott auf einen Punkt in der Nähe von Bramschebeck eine Kompassnadel gesetzt – in einem Magnetfeld mit West-Ost-Ausrichtung allerdings.

Beide Pole waren nur von wenigen Bramschebecker Expeditionen je erreicht worden.

Knochen und so bei Jasper

Um kurz nach 17 Uhr verließen Erwin und Lothar das
Grundstück. Der Himmel, die Flächen der Felder, die weit-
hin sichtbaren, verstreuten Silos und Scheunen und Wohn-
häuser mit ihren Stallungen schimmerten nach so viel
Regen im späten Licht eines überglühten Frühlingstages. In
normalem Tempo, dem Lothar als trainierte Laufente mühe-
los folgen konnte, schritten bzw. watschelten sie quer über
die Gerkensmeier'schen Felder und hielten auf den Waldstreifen zu, der sich eng an den ausgedehnten Dorfteich
von Bramschebeck lehnte. Jenseits des Waldes, als sie den
zum Dorf führenden Wullbrinkholzweg passiert hatten,
wurde Lothar das Fortkommen mühseliger. Jasper Thiesbrummel bevorzugte eine andere Pflugrichtung als seine
Nachbarn. Die Furchen seiner ausgedehnten Äcker warfen
sich Lothar wie Sturmwellen entgegen, ließen ihn erbost
schnatternd auf und ab wogen.

Fliegen als Alternative kam für Lothar nicht infrage.
Lothar hielt es mit dem Fliegen in etwa so wie Erwin mit
dem Fahrrad-, Motorrad- oder gar dem Autofahren: Es war
nicht sein Ding. Hier und da mal fünf Meter, wenn es gar
nicht anders ging. Solche Flugstrecken, als Fluchtstrecken
auf Hühnerställe oder in Astgabelungen bei plötzlichem
Kontakt mit Hofhunden, waren für Lothar eine Höchstleis-
tung, erschöpften ihn mehr als Hunderte oder gar Tausen-

de von Metern durch Furchen-Schützengräben, wie sie die mächtigen Pflüge der Bauern zogen.

Das galt allerdings nicht für den Schollenwurf quer zur Laufrichtung. Also verlangsamte sich Lothar nun merklich. Erwin Düsedieker liebte es, mit den Gummistiefeln in frühlingsfeuchte Böden einzusinken und das eigene Vorwärtskommen zu beschweren. Dann hatte er das Gefühl, Kontakt aufzunehmen mit den Sünden der Welt. Lothar, ein Wesen ohne Sünde, blieb jedoch immer weiter zurück, und gegen 17.30 Uhr wuchs die Wahrscheinlichkeit, dass Erwin kaum noch etwas von dem mitbekommen würde, was Arno so rätselhaft angedeutet hatte …

Knochen und so bei Jasper.

… wenn der Ente nicht geholfen wurde.

Erwin spähte voraus. Zwischen den Gebäuden des Gehöfts meinte er, einen Polizeiwagen und ein weiteres ortsfremdes Fahrzeug ausmachen zu können. Lothar und er hatten noch fast einen Kilometer Weg vor sich. Also wichen sie auf den Kötterholzweg aus, der vom Wullbrinkholzweg zu Thiesbrummels Gehöft und von dort weiter in östlicher Richtung zum Hof von Hartwin Plöger führte. Auf dem flachgrasigen Randstreifen des Kötterholzwegs war Lothar in seinem Element. Als wüsste er, dass sie seinetwegen Zeit verloren hatten, beschleunigte er. Sein Watscheln mit angepressten Flügeln glich plötzlich dem zeitgerafften Dahingleiten eines Eisschnellläufers. Erwin staunte – und folgte der kühnen Ente.

Als sie die Höhe des Waldes erreicht hatten, dessen östlicher Zipfel bis hinter Thiesbrummels Scheune griff, sah Erwin zwei Männer, ein Stück Plane oder so zwischen sich haltend. Sie marschierten Richtung Hof, auf einen Wagen zu, der ein Polizeitransporter sein konnte. Sie sprachen miteinander, ohne von Erwin Notiz zu nehmen. Vielleicht waren Parka, Trainingshose, Gummistiefel, Polizeimütze und Erwins Gesichtsausdruck eine allzu verwirrende Kombination. Aber vielleicht war das in diesem Moment sogar von Vorteil. Arno nämlich hatte Erwin entdeckt. Lothar hielt inne, ließ Erwin aufschließen. Da winkte Arno – scheu und wie aus einem Versteck. Er stand am Waldzipfel jenseits der etwa hundert Meter tief ins Waldstück hineinreichenden Buchtung, aus der die Männer mit der Plane gekommen waren und in der Erwin nun vier weitere Männer entdeckte, im Halbdunkel vor den Bäumen zunächst kaum auszumachen, gestikulierend hinter Absperrband. Erwins Fernsicht war aber noch sehr gut: zwei Polizisten in ordnungsgemäßer Uniform und zwei Männer in Zivil. Einer der beiden in Zivil musste so eine Art Wissenschaftler sein. Er trug einen Laborkittel. Den anderen kannte Erwin.

Wiederum winkte Arno. Es war kaum mehr als ein Heben der Hand. Erwin winkte zurück. Arno würde jetzt nicht zu ihm rüberkommen. Wenn es um die Polizei ging, galt für Arno die einfache Devise: keine Bewegung. Er wollte es um jeden Preis vermeiden aufzufallen. Neugierde war der eine Teil seiner Persönlichkeit, Nicht-auffallen-Wollen der andere.

Also beobachtete er – so wie auch Erwin.

Nach einigen Minuten schnatterte Lothar.

Der Mann, den Erwin kannte, hob den Kopf. Sein Gesicht mit mundumlaufendem, Kinn und Halsansatz vollständig bedeckendem Kurzhaarbart verlieh ihm einen markanten Ausdruck. Der Bartträger präsentierte den Schnitt mit Stolz, das war deutlich. Nur Erwin dachte, wann immer er den vollschwarzen Henriquatre sah, an einen Mann, der an frischer Kuhscheiße genascht hatte und dabei überrascht worden war. Erwin konnte sich nicht helfen, dieser unschöne Eindruck war gekoppelt an den Anblick des Dettbarner Kommissars Lars-Leberecht Heine, den es vor allem deshalb alle paar Wochen hierher verschlug, weil seine Tante Minna Tuxhorn am Hellweg, unweit der Fischteiche, einige Kilometer westlich von Bramschebeck lebte und nicht ganz unvermögend war.

Minna Tuxhorn und Gertrude Düsedieker waren einst befreundet gewesen. Kurz vor Gertrudes Tod hatten sie sich zerstritten. Erwin kannte den Grund für den Streit nicht. Und Minna Tuxhorn kannte er nur flüchtig. Lars-Leberecht Heine hingegen tat gern so, als sei er ganz dicke mit Erwin – vor allem, um ihn damit aufzuziehen. Dabei war er seit mindestens drei Jahren nicht mehr in der alten Wache gewesen.

Einen Moment lang wirkte Heine überrascht. Dann sagte er etwas zu dem Wissenschaftler und kam auf Erwin zu.

»Der Herr Oberkommissar, na sieh, na sieh!«, rief er und hob die Hand zum Gruß. Erwin grüßte zurück. Seine Rechte vollführte ein paar ungelenke Bewegungen.

»Ein richtiger Oberkommissar hat eine gute Nase und weiß sofort, wenn es einen Fall zu lösen gibt, was?!«

Zu laut, wie immer. Vermutlich sollte der Wissenschaftler alles hören.

»Alles im Griff, Äwinn!?«

Lars-Leberecht Heine betatschte Erwins Schulter. Erwin versuchte zu lächeln. Möglichst blöd sah er ohnehin schon aus. Da musste er sich keine Sorgen machen. Blöd aussehen war jetzt wichtig.

»Was macht die Arbeit auf der Wache? Ich hoffe, du heizt den Schurken im Ort tüchtig ein!«

Heine lachte. Und Erwin intensivierte sein Lächeln.

»Joah«, sagte er, »muss ja!« – das passte immer.

»Da sagste was: mussja!«, bellte Heine, und die folgende Schulter-Betatschung wurde ein kumpelhafter Schlag.

»Na komm mal mit, Oberkommissar!«, rief Heine und drehte sich um zu dem Wissenschaftler, der mit einiger Verwunderung den Eskapaden seines Kollegen gefolgt war. »Siehst du den da drüben? Das ist ein richtiger Forensiker. Wir haben hier nämlich was gefunden. Eine Leiche, Äwinn. Eine echte Leiche. Na ja, zumindest ein paar Knochen. Und du musst natürlich einbezogen werden in die Ermittlungen – als Oberkommissar von Versloh!«

»Bramschebeck!«, echote Erwin. Es kam automatisch.

»Na, was sage ich, ein Oberkommissar kennt sein Revier natürlich. Walter!« – den Namen brüllte Heine in Richtung Waldbuchtung – »Walter! Darf ich dir den Oberkommissar Erwin Düsendieker vorstellen?! Er ist hier für alles zuständig! Wir arbeiten sozusagen in seinem Auftrag!«

Was für ein Quark. Den *Düsendieker* verbesserte ihm Erwin schon lange nicht mehr. Heine hielt diesen gewollten Fehler für einen guten Witz. Er marschierte auf den Walter genannten Kollegen zu, guckte immer mal wieder lachend zurück zu Erwin, und Erwin folgte mit einem Blick, der gleichermaßen Dämlichkeit wie Harmlosigkeit ausstrahlte. Was ihm jetzt nicht unerwünscht war.

»Aha. Der Oberkommissar. Soso.«

Der Forensiker Walter kräuselte die Stirn, einen Knochen – Mandibula, wie Erwin aus einem Anatomie-Atlas wusste – in der Hand haltend. Dieser Unterkiefer, zum Teil auch die darin noch enthaltenen Zähne, sah seltsam schwarz aus. Der Knochen schien dem Forensiker allerdings eine weniger harte Nuss zu sein als Erwin in Trainingshose, Parka und Gummistiefeln – mit Polizeimütze auf dem Kopf.

Walter wies mit dem fremden Unterkiefer zur Mütze.

»Tragen Oberkommissare in Bramschedingenskirchen so was?«

»Ach, Walterchen«, Heine eilte Erwin zu Hilfe, »was biste bei Lebenden immer so langsam? Mein Freund Äwinn wohnt in der alten Polizeiwache. Die Wache hier in Versloh ...«

»Bramschebeck.«

Ein pawlowscher Reflex, den Erwin, anders als bei *Düsendieker*, einfach nicht unterdrücken konnte.

»Äh, richtig ... is vor zehn Jahren dichtgemacht worden. Wird jetzt alles von der Polizeiwache in Pökenhagen aus erledigt. Mal Streife fahrn. Am Wochenende blasen lassen. Is ja nix weiter. Äwinn hier wohnt seit'n paar Jahren zusammen mit seiner Mutti in dem Haus – nich wahr, Äwinn?«

»Mutti is tot«, sagte Erwin. Lars-Leberecht Heines Kuhschissbartgesicht wechselte für einige Sekunden in den Modus des überraschten Ermittlungsbeamten.

»Oh«, sagte er. »Mensch, Äwinn, das tut mir leid. Wusstich gar nich. Seit wann denn?«

»Och, zwei Jahre so«, sagte Erwin und guckte halb ins Nichts und halb zu Boden.

»Wohnste da denn jetzt ganz alleine? In der Wache? Wo Mutti tot is?«

Lars-Leberecht Heine sprach betont langsam.

Erwin wiegte den Kopf.

»Joah«, sagte er. »Abba Schwester Diekmann. Die kommt eimal inner Woche.«

Heines Gesicht hellte sich auf. Dem Forensiker hingegen schien das alles ziemlich egal zu sein. Erwins dahingebrummelte Halbsätze lösten nichts in ihm aus, während Lars-Leberecht Heine beim Wort *Schwester* automatisch beruhigt war. *Schwester* kam wohltuend harmlos daher, geradezu asexuell. Lars-Leberecht Heine dachte, dass es nicht richtig war, jemandem wie Erwin Sexualität zuzugestehen. In der Wortmelodie, die Erwin gewählt hatte, klang das Wort Schwester sehr evangelisch. Eine Gemeindeschwester. Eine Diakonisse oder so was. Fahrrad, Tässchen Kaffee, Spinnweben im Haar. Dutt und Häubchen natürlich. Lars-Leberecht Heine konnte es sich also wohl ersparen, Erwin einen persönlichen Besuch abzustatten, um mal nach dem Rechten zu sehen.

Der Forensiker räusperte sich. Heine verstand.

»Na komm, Äwinn, dann guck mal, was wir hier so machen. Vielleicht kannste uns ja helfn, den Fall zu lösn, was?!«

»Mit Sicherheit«, brummte Walter, der Forensiker, abfällig, während Lars-Leberecht Heine Erwin grinsend ein letztes Mal auf die Schulter schlug, bevor er sich wieder ins Gespräch mit Walter vertiefte.

Das war also ausgestanden. Erwin beobachtete. Lothar streifte unbehelligt in der Waldbuchtung umher, näherte sich immer mal wieder dem Absperrband, hinter dem zwei Polizeibeamte den Boden absuchten. Heine und Walter unterhielten sich über die Knochenfunde. Mussten schon ziemlich lange hier liegen, sagte der Forensiker. Vielleicht schon seit Jahren oder sogar Jahrzehnten. Frauenknochen, eindeutig. Junge Frau, ebenso eindeutig. Tief in der Erde. Jede Menge Brandreste waren da. Weshalb die Tiere das nicht vorher ausgebuddelt hatten? Keine Ahnung. Manchmal gibt's so Zufälle, sagte der Forensiker. Oder das Feuer? Brandgeruch, der nicht so sexy ist wie Leichengeruch? Also zumindest für Tiere nicht? Lars-Leberecht Heine. Tiere und Sex, das ging. Sex und Erwin, das ging nicht. Walter zuckte mit den Schultern. Vielleicht. Er hielt den Unterkiefer in der Rechten und starrte darauf. Erwin hatte in einem seiner Bücher mal ein Bild von einem Schauspieler gesehen, der Prinz Hamlet spielte. Der hatte in der Hand einen kompletten Schädel gehalten. Nicht bloß einen Unterkiefer. Sein oder Nichtsein. Erwin kamen manchmal solche Gedanken. Irrlichterne Bildblitze, die sich niemandem verrieten.

Und das war gut so.

»Ksch! Ksch! Haust du mal ab?!«

»Was issn?«

Heine wandte sich den Polizisten weiter hinten in der Buchtung zu, von denen einer gebückt fuchtelnde Bewegungen ausführte, weil Lothar das Absperrband passiert hatte und Bodenproben entnahm.

»Das is Lothar!«, rief Erwin, mit gewisser Sorge in der Stimme. »Der tut nix! Der tut nix!«

Heine verdrehte die Augen, lächelte aber wieder. Lothar. Na klar.

»Ksch! Ksch!« Der Mann mit den fuchtelnden Scheuchbewegungen rückte Lothar näher, wahrte dennoch Abstand. Er hatte keinerlei Erfahrungen mit dem Kampfverhalten von Enten, hatte aber Geschichten gehört.

»Der tut nix! Das is Lothar!«, wiederholte Erwin. Seine Haltung, seine nervösen Blicke, seine hampeligen, auf Kontrollverlust hinweisenden Bewegungen alarmierten Heine:

»Nu lass se doch, Vogel. Is doch bloß ne Ente!«

»Na ja, aber die Spurn. Die bringt doch die ganze Spursicherung durcheinander! Wenn die hier hinscheißt!?«

Erwin wiegte den Oberkörper nach links und rechts. Schneller werdend. Das kam, zusammen mit seinem panischen Blick, gut an. Lars-Leberecht Heine musste nun eingreifen, denn Walter Tüllkes, der Forensiker, machte eine Geste, die besagte: Ich hab's ja gleich gewusst, dass der Irre hier nix zu suchen hat. Hätte er das laut ausgesprochen, hätte es Heines Autorität untergraben. Aber Tüllkes war nicht dumm, also beließ er es bei Andeutungen und ließ Heine laut werden.

»Stell dich nich so an, Vogel. Hier ham doch Fuchs und Hase und Igel schonn häufiger Pipi auf die Tante gemacht. Da wirdse die Ente schon auch noch vertragen. Oder haste Schiss vor dem Tier?!«

»Nee, aber …!«

»Dann kräh nich rum. Nu komm!«

»Ich mein ja nur …« Der Beamte wand sich noch. Aber
da Lothar nun klugerweise ein wenig Abstand genommen
hatte von der Wühlkuhle im Boden und nicht allzu auffällig
Ermittlungsarbeit betrieb, beruhigte sich der Beamte wieder. Es begann eine längere Phase friedlicher Koexistenz.
Und auch Erwin zeigte Anzeichen zurückgewonnener
Stabilität.

Na also.

Die insgesamt vier Beamten plus Lars-Leberecht Heine
und Walter Tüllkes machten noch ein paar Fotos vom
Fundort. Als sie sicher waren, sämtliche Knochen der unbekannten Leiche zusammengesucht und im Transporter
verstaut zu haben, brachen sie auf. Zuvor sprachen Dr.
Tüllkes und Heine noch einige Minuten mit Jasper Thiesbrummel, der irgendwann mit griesgrämigem Gesicht aufgetaucht war, aus dem Haus gedrängt von seiner Frau Alwine. Es war bald klar, dass Jasper die Polizei wegen Alwine
gerufen hatte. Nein, weil sich Alwine Thiesbrummel,
Jaspers stämmige Gattin, mit verschränkten Armen immer
mal wieder in das Gespräch einmischte, und weil Teile des
Gesprächs lautstark geführt wurden, dämmerte es Erwin,
dass Jasper die Polizei hatte rufen *müssen*. Er hatte die Knochen hochgepflügt, mit dem wuchtigen Achtschar-Voll-
drehpflug, den sein keuchender Deutz-Traktor – in dieser
Gegend Trecker genannt – kaum halten konnte. Jasper
hätte die Knochen gern klammheimlich entsorgt. Alwine
jedoch war strenger gläubig als ihr Mann und achtete Recht
und Gesetz, schon allein, weil Jasper es mit Letzterem nicht
so genau nahm. Außerdem hatte sie den Schädel mit Ober-
kiefergrinsen, der ihr in der Kuhle entgegenstarrte und den

27

der Forensiker bereits eingesammelt hatte, bevor Erwin dazukam, als eine Art *Memento mori* gedeutet. Darüber ging man nicht so einfach hinweg. Jetzt verzögerte sich also der kleine Versuch, zusätzliches Ackerland zu gewinnen, den Jasper bauernschlau erwogen hatte. Jasper würde eine Gelegenheit suchen müssen, es bei Tisch gegenüber Alwine anzusprechen. Polizei auf dem Hof passte überhaupt nicht in sein Konzept. Und womöglich drohte gar eine Ausweitung der Untersuchung.

Das gefiel Jasper nicht.

Zwar war die Einbuchtung an dieser Stelle des Waldes traditionell Brachland gewesen, grasbewachsen, platt getrampelt, teils schotterbefüllt und bei Dorf-Feiern mit offenem Feuer gern als Brand-, Trink-, Piss- und Kotzplatz genutzt, aber das Denken der Bauern hatte sich schon vor Jahren gewandelt: Was immer unter den Pflug passte, endete darunter. Gern nachts, gern auf Kosten von Nachbarn oder Gemeindeflächen. Die Wälder im Karree Höwelkröger, Golfplatz, Gottenströter, Reddehase schrumpften dahin. Sogar die wilden Müllkippen der Gegend waren in Gefahr.

Gegen 19 Uhr zogen die Beamten mit ihren Fahrzeugen ab. Jasper Thiesbrummel wurde von Forensiker Tüllkes und Heine instruiert, den Bereich hinter dem Absperrband nicht zu betreten. Alwine Thiesbrummel garantierte dafür. Jasper schwieg. Erwin war irgendwie in Vergessenheit geraten, wanderte in der Einbuchtung umher, betrachtete dieses und jenes – soweit es die Lichtverhältnisse nah dem Wald und zu dieser späten Stunde noch zuließen. Arno Wimmelböcker, der reglos wie die Skulptur eines unbekannten Meisters naiver Kunst am Waldrand gestanden hatte, war verschwunden. Er würde jetzt im Dorf aufschnappen, was es über den Knochenfund sonst noch so aufzuschnappen gab, und Erwin irgendwann unterrichten – in der Hoffnung, dass Erwin ihn seinerseits mit Neuigkeiten versorgte.

Das Leben war ein Geben und ein Nehmen – und auch in dieser Beziehung ohne große Kunst.

Wohl magst du mich küssen und weinen ...

Erwin war nach der Begegnung mit Lars-Leberecht Heine in melancholischer Stimmung. Mehrmals unterbrach er sein zielloses Suchen und sah hinüber zum Wald. Der Unterkiefer der unbekannten Toten hatte etwas in ihm ausgelöst. Lothar schien das zu bemerken und näherte sich Erwin immer mal wieder. Als sorgte er sich um ihn.

Bei einer dieser Annäherungen hatte Lothar etwas im Schnabel gehalten. Etwas, das er Erwin übergab, ihm gradezu aufdrängte: Papier, miteinander verklebte, längliche Blattfetzen. Ein Stück wie herausgerissen aus einem Block, stark vergilbt, an den Rändern brandgeschwärzt, teils von Feuchtigkeit zersetzt, lehm- und erdbeschmutzt. Erwin steckte den Fetzen in seine geräumige Parkatasche. Funde untersuchte man am besten zu Haus.

Als sie dann losgingen, apportierte Lothar einen weiteren Fetzen verklumpten Papiers, und er kam noch mit einem dritten Fundstück.

Jedes Mal streichelte Erwin der Ente den Kopf.

Lothar schätzte es, von Erwin gelobt zu werden. Dabei wahrte er stets seine Würde. Lothar war kein Hund. Ihn mit einem Hund zu vergleichen verbot schon seine gestörte Beziehung zu den Hofkötern der Umgebung. Lothar gab Anregungen. Der tiefere Sinn seines Tuns blieb im Dunkeln.

Erwin gefiel das.

Für den Rückweg wählte Erwin einen kleinen Schwenk über die Husemann'schen Äcker. Er wusste nicht, weshalb, aber eine innere Stimme riet ihm, den Wald zu umrunden. Jetzt, zu Beginn der Dämmerung, erschien ihm der Wald, auf der Grenze zwischen den Husemann'schen und den Thiesbrummel'schen Äckern gelegen, wie ein kleines Reststück aus einem ehemaligen gigantischen Gesamturwald. Sie würden für den Umweg vielleicht eine knappe halbe Stunde benötigen. Aber beim Gehen ruckelten die Gedanken und rieben aneinander. Sie glätteten ihre Ecken und Kanten und ruckten oft ganz plötzlich wie Puzzlestücke in passender Anordnung zusammen.

Das galt insbesondere für Erwins Gedanken.

Waldstücke gab es in und um Versloh etwa zwanzig: schrumpfende Festungen aus Buchen und Eichen, hier und da versetzt mit Ahorn, Erlen, Eschen, Ulmen und sonstigen Nicht-Nadelbäumen. Erwin besaß, obwohl er gern umherstreifte, nur geringe Kenntnisse in Forstwissenschaft. Er achtete Bäume schon allein wegen ihrer Bedeutung für Bücher. Bücher waren die Fortsetzung des Baums mit den Mitteln des Geistes – der Erwin oft so fern schien wie das Laubdach einer hohen Eiche. Erwin liebte Bücher. Er blätterte in ihnen. Er betrachtete sie. Er las sie – auf eine bildsuchende Weise. Ein gutes Buch war ein Wald voller Bilder und Bildimpulse …

Erwin schüttelte den Kopf. Seine Gedanken waren abgeschweift. Er konzentrierte sich wieder auf die Dämmerung, den dunkler werdenden Bausch von hohen, ausladenden Baumkronen, von Gehölz, umsäumt von Brennnesseln und

Disteln. Er betrachtete Stämme, die durch weiche, knackende Flokatis von Moder und Altlaub stießen. Erwin ließ sich ein auf ein Waldstück, in dessen Armen sozusagen Knochen gefunden worden waren.

Die Knochen einer Frau.

Seit Jahren, vielleicht schon seit Jahrzehnten dort liegend ...

Und nun hochgepflügt.

Sie waren also vergraben gewesen. Wahrscheinlich sehr tief.

Das Waldstück hatte eine Länge von fast einem Kilometer und war, bis auf die Einbuchtung, drei- bis vierhundert Meter breit. Die schmalste Stelle, die Einbuchtung, wäre in westlicher Richtung die Verlängerung vom ThiesbrummelHof zum Friedhof der alten Kirche gewesen.

Diese schmalste Stelle war vermutlich nur noch zweihundert Meter breit.

Hatte das eine Bedeutung?

Lothar war zum Glück eine schneeweiße Laufente. Bei zunehmender Dunkelheit und unterwegs auf den Äckern um Bramschebeck hatte Erwin oft den Eindruck, dass Lothar ein inneres Licht ausstrahlte. Das Weiß der Federn setzte dem Dunkel der Felder, der Wälder und der Tageszeit Widerstand entgegen. Lothar leuchtete, irgendwie. Das beruhigte Erwin – und sorgte ganz praktisch dafür, dass er die Ente unterwegs nicht so leicht verlor.

Nun ja: Es war die Ente mit ihrem feinen Gehör und ihrem Geruchssinn, die dafür sorgte, dass sie in der Dunkelheit nicht verloren ging und dass Erwin auf dem rechten Weg blieb. In menschlichen Gedankengängen spielen Er kenntnisse dieser Art allerdings kaum eine Rolle. Auch ein Mensch wie Erwin verfiel bisweilen den Verführungen der Hybris.

Erwin verließ sich bei seinen Spaziergängen weniger auf seine Sinne als auf die Bilder seiner geistigen Landkarte. Und diese Landkarte zeigte ihm plötzlich einen weißen Fleck. Es war eine Ahnung, eine Eingebung. Eine Vermutung war es, der er später nachgehen wollte. Vielleicht war die Einbuchtung in den Wald in früheren Jahren zunächst eine Lichtung gewesen? Vielleicht – mit großer Wahrscheinlichkeit sogar – hatten die früheren Generationen der Thiesbrummels das Brennholz für den Hof aus dem Wald bezogen. Und im Zuge übereifriger Abholzungen war aus der Lichtung eine Einbuchtung geworden. Diese Einbuchtung wiederum war ein Menetekel für das Verschwinden des gesamten Waldes in naher Zukunft.

Alles kam irgendwann unter den Pflug.

Erwin speicherte diese Gedanken ab und sah nach Lothar. Die Ente zog es jetzt nach Hause. Es war die Stunde des Gekläffs. Die Höfe zeigten ihre Waffen. Sie waren alle bewaffnet, diese Höfe. Bewaffnet mit und bewacht von Hunden. Und Lothar hasste Hunde.

Sie zogen also schnellen Schrittes am Südwestrand des Waldes entlang. Sie passierten das düstere Gebäude der alten Schule, das seit Jahren leer stand, und hatten bald Bramschebeck erreicht. Auf dem Schiedring, Ecke Grenzweg, warf ihnen Anni Twassbrake einen Gruß zu:

»Alles gut, Erwin?«

»Joah, muss ja.«

Er blieb stehen und sprach mit Anni. Kurze, freundliche Sätze. Belanglose Sätze. Die Knochensache erwähnte Erwin nicht. Er mochte Anni, und Anni mochte ihn. Anni Twassbrake hatte Erwin eigentlich am späten Nachmittag erwartet. Anni, längst über achtzig, führte mitten im etwa fünfzig Häuser umfassenden Dorf eine Kombination aus Lebensmittelgeschäft und Poststelle. Sie öffnete den Laden morgens gegen sieben und schloss ihn spätestens um 19 Uhr. Dann machte sie einen langen Abendspaziergang.

Als er sich von Anni verabschiedet hatte und weitergegangen war, dachte Erwin daran, welche Sachen er bei Anni hatte einkaufen wollen, wäre ihm die Geschichte mit den Knochen nicht dazwischengekommen. Die Kombination seiner Rente mit dem, was seine Mutter ihm hinterlassen hatte, erlaubte ihm ein finanziell sorgenfreies Leben und dann und wann eine größere Anschaffung. Bei Anni einzukaufen gefiel ihm schon deshalb, weil Anni verschwiegen war. Niemand im Dorf hatte je von Erwins Vorliebe für *Asia Orchidee* Schaumbad mit Bambusextrakt und Avocadoöl erfahren. Anni bestellte die Flaschen für Erwin und hielt sie versteckt, bis Erwin kam und sie abholte.

Anni stellte nie unangenehme Fragen.

Im Gegenteil, Anni brachte Erwin manchmal auf neue Ideen – und die blieben dann ihr beider Geheimnis.

Heute wäre es nur ein Einkauf klassischer Art gewesen: Wurst, Käse, Brot, Toilettenpapier, Kaffee, Kondensmilch, Zucker, Maggi-Würze, Suppenwürfel. Er hatte die Besorgungen im Kopf schon auf den Folgetag verschoben.

Nach der Begegnung mit Anni schlenderten Erwin und Lothar am Dorfteich entlang. Der war fast schon ein See von mehreren Hundert Metern Länge. Bramschebeck mit seinen hier und da noch intakten Fachwerk- und Backsteinhäusern hatte durchaus seine Reize. Die Gebäude strahlten etwas Verzögert-Morbides aus. Die Gassen lebten von Menschenleere. Unvorstellbar wäre ein Straßencafé gewesen, buntes Volk, Schirmchen auf Eisbechern, Touristen mit Fotoapparaten, kurze Männerhosen und dergleichen. Stattdessen musste ein verirrter Besucher damit rechnen, aus dem Verborgenen beäugt zu werden. Gesichter hinter Fenstern gehörten zu den wenigen Attraktionen des Fremdenverkehrswesens von Bramschebeck.

Lothar liebte den Weg am Dorfteich entlang. Zwar war er ein zurückhaltendes Tier, doch der Kontakt zu anderem Wassergeflügel tat ihm, dem Einsiedler, von Zeit zu Zeit gut – bewirkte eine merkwürdige Verwandlung. Dann passierte er den Uferstreifen mit stolzgeschwellter Brust und demonstrierte die Überlegenheit der Laufente gegenüber der gemeinen Flugente. Er, der kaum Flugfähige, ließ sich von fliegenden Enten keinesfalls entmutigen, denn fliegende Enten waren doch im Grunde flüchtende Enten.

Lothar zehrte oft wochenlang von diesen Demonstrationen.

Der alte Grenzweg zwischen den Hufeisenschenkeln des Dorfs und dem Teich war neben dem das Hufeisen nachzeichnenden Schiedring und den ins Hufeisen hineinführenden Straßen Auf dem Keil und Hellweg so etwas wie die mit Schlaglöchern markierte Hauptstraße Bramschebecks. Wann immer Erwin mit seiner Polizeimütze auf dem Kopf hier entlangkam, auf Streife mit der Ente sozusagen, trat er in einer doppelten, ja dreifachen Rolle auf. Einerseits war er

der verirrte, fremde Besucher, den man argwöhnisch be-
äugte: ein Mensch, der in die gesunde Ordnung des Ortes
nicht hineingehörte. Andererseits kannte man ihn, den
Mann mit der Polizeimütze. Manche grüßten ihn. Bisweilen öffnete sich ein Fenster, und das Gesicht dahinter schob
sich samt Kopf hinaus, erkundigte sich nach Erwins Befinden. Einer dritten Gruppe war er vielleicht sogar unheim-
lich. Erwin hatte, um es platt auszudrücken, die Rolle des
Dorftrottels neu definiert. In so manch einem Bramschebecker Gehirn regte sich nämlich der Gedanke, dass Erwin
Düsedieker ein Mensch mit Geheimnis war.

Vielleicht hatte seine Mutter Gertrude dazu beigetragen,
dass Erwins Besonderheiten tief eingegraben blieben im
kollektiven Gedächtnis des Ortes.

Gertrude war die Ehefrau des ehemaligen Dorfpolizis-
ten Friedhelm Düsedieker gewesen: eine Frau von schnei-
dender Autorität, die ihren Sohn nicht als Fluch, sondern
als Aufgabe begriff. Früh lernten die Bramschebecker
also die Waffen einer Mutter kennen, die ihr Kind vertei-
digte.

Ein Kind, das zu hässlichem Verhalten einlud – insbesondere was halbwegs Gleichaltrige betraf:

Spasti! Spasti! Schwastischwasti-Spasti!

Wie oft hatte Erwin das hören müssen.

Von Gertrudes Stärke zehrte Erwin auch nach ihrem Tod
noch, als hätte die Kunst ihrer Backpfeifen weiterhin Einfluss auf das Verhalten Minderjähriger. Und die Polizeimütze tat ihr Übriges – zumindest bei Kindern. Die Kinder
von Bramschebeck hatten von Gertrude Düsediekers geis-
terhaft weiterlebender Autorität natürlich keine Ahnung.

Doch sie waren geprägt, und zwar frühzeitig, auf Dinge, vor denen man Respekt haben sollte.

Dazu gehörten wuchtige Mütterhände und Polizeimützen.

Zu guter Letzt war es etwas an Erwin selbst. Unter Kindern hielt sich hartnäckig das Gerücht, Erwin habe schon einmal einen kleinen Jungen vergiftet, geschlachtet, gebraten, zum Teil verspeist und die Reste irgendwo im Bramschewald vergraben. Wann immer Erwin – was nur selten geschah – mit diesem Gerücht konfrontiert wurde, wusste er mit vieldeutigen Grimassen zu reagieren und die kleinen Plagegeister zu verscheuchen.

Gegen 21 Uhr hatten Erwin und Lothar die Wache wieder erreicht. Lothar lief in den Garten. Erwin schloss die Haustür auf, zog Gummistiefel und Parka im Hausflur aus, ging trepphoch ins Schlafzimmer, wechselte die Trainingshose, stieg die Treppe wieder hinab und stellte sich unten ein kleines Abendessen zusammen. Lothar bekam Weizenkörner und Pellkartoffeln an sein Gartenhaus. Vielleicht war auch noch eine unvorsichtige Schnecke zu finden. Lothar machte sich auf die Suche.

Nach dem Abendessen, das Erwin an einem alten Tisch in der zur Straße gelegenen Küche einnahm, stieg er nochmals, den Parka unterm Arm, die Treppe zum Obergeschoss hoch. Das größte der dortigen Zimmer war das Schlafzimmer seiner Eltern gewesen. Nun war es vollgestellt mit Dingen der Wache und mit alten Polizeiakten, von denen die meisten jedoch auf dem Dachboden lagerten. Im Schlafzimmer stand auch der Schreibtisch der Wache. Erwins Mutter und er hatten ihn auseinandergenommen, als die

Wachstube im Erdgeschoss nach dem Tod seines Vaters aufgelöst wurde. Sie hatten die einzelnen Teile die Treppe hochgetragen. Hier oben hatten sie den Schreibtisch wieder zusammengesetzt. Das ehemalige Elternschlafzimmer war nun überfüllt wie eine Rumpelkammer und immer noch ungemütlich, düster, ein Ort der Erinnerungen. An der Wand neben der Tür, gegenüber dem stockigen Ehebett, tickte die Großvater-Uhr: eine Pendeluhr, mannshoch. Ein hölzerner Wachbeamter in Altdeutsch-Nussbaum. Ein standhafter Polizist mit Holzmütze – das heißt, einer geschwungenen Haube aus beschnitzten Leisten.

Tock – – Tock – – Tock.

Erwin zog die Uhr jeden Tag auf, denn dieses Zimmer war – trotz allem – der Ort, der seine Freiheit begründete. Hier war er ganz und gar *nicht* Polizist. Hier konnte er ermitteln, ohne Polizist zu sein. Er kramte die Papierfetzen aus der Parkatasche und legte sie auf den Schreibtisch. Dann setzte er sich und nahm die Mütze ab.

Manchmal fragte sich Erwin, was ihn mit dieser Mütze verband. Er hatte niemals Polizist werden wollen. Er hatte keine Ahnung von Polizeiarbeit. Er hätte auch niemals Polizist werden *können*, dafür war er – nun ja – einfach nicht der richtige Mensch. Seinen Vater hatte das schier verrückt gemacht. Erwin hatte unter dem Druck, der Enttäuschung, die Friedhelm Düsedieker Tag für Tag empfunden und gezeigt hatte, gelitten. Dann war Friedhelm gestorben, und es war nicht besser, sondern schlimmer geworden. Der Druck war plötzlich nicht mehr konkret gewesen, sondern unfasslich. Unfassbar.

Und dann war auch Erwins Mutter Gertrude gestorben.

An diesem Tag hatte Erwin eine Stimme gehört, die hatte ihn zu der Mütze geführt. Er hatte sie aufgesetzt und sofort gewusst, dass er von nun an kein Polizist mehr würde sein müssen. Erst recht kein Kommissar oder Oberkommissar, wie Lars-Leberecht Heine manchmal frotzelte, wenn er ihn, bei seinen Tantenbesuchen in Bramschebeck, über die Felder stapfen sah und ansprach. Mit der Mütze fand Erwin eine Rolle. Sie verwandelte ihn in etwas, das man im Dorf abnicken konnte. Erwin hatte ja längst herausgefunden, dass es unmöglich war, die eichenbohlendicken Vorstellungen, die den Ort beherrschten, zu durchbrechen. Also musste er sich diese Vorstellungen zunutze machen, um frei zu sein. Erwin Düsedieker ließ Versloh-Bramschebeck fortan glauben, er sei noch immer kindlich bemüht, seinem Vater nachzueifern – um eben genau dies nicht zu tun. Er musste kein richtiger Polizist sein, solange man nur glaubte, er scheitere Tag für Tag daran, einer sein zu wollen.

Und so fand Erwin durchaus Spaß an Ermittlungen, entdeckte den Reiz des Verborgenen. Erwin konnte Untersuchungen durchführen ohne jeden Druck. Er löste Fälle wie ein richtiger Ermittler, obwohl es sich nie um Kriminalfälle im engeren Sinn handelte. Er widmete sich zum Beispiel Rätseln, die ihm Bilder und Texte in Büchern stellten. Er war, auf ganz eigene Art, sehr erfolgreich. Der Dorfpolizist Friedhelm Düsedieker hatte als größten Coup die Aufklärung eines Kirmesdiebstahls in Pogge verbucht, bei dem sich der Täter selbst gestellt hatte, weil ihn Gewissensbisse plagten. Friedhelm Düsedieker, der Polizist, war ein triefend ernster Mensch gewesen – und hatte sich letztlich zum Narren gemacht. Erwin hingegen trug die Polizeimütze wie eine Narrenkappe, genoss Narrenfreiheit und wuchs ein ums andere Mal über sich hinaus. Er fand sogar heraus, dass er auf gewisse unerklärliche Weise mit einer klugen Ente wie Lothar kommunizieren konnte.

Als Erwin verstanden hatte, wie die Mütze funktionierte, begann er mit Annis Hilfe Bücher zu bestellen. Bücher, die ihm eine Welt fern der alten Wache erschlossen. Erwin Düsedieker war innerlich Tag für Tag gewachsen, weil er nach außen klein bleiben konnte.

Und jetzt, plötzlich, stand er vor einem richtigen Kriminalfall.

Jetzt betrachtete er die Papierfetzen.

Er zog die große Schreibtischschublade auf und holte ein Vergrößerungsglas hervor, eine klassische Lupe, eine Leselupe mit fünffacher Vergrößerung. Solche Geräte benutzten Detektive in Büchern. Moderne Kriminologen hätten über Erwin gelacht, aber ihr Gelächter erreichte ihn nicht.

Fünffach vergrößert sah Erwin das rauhe, angegriffene Papier. Er drehte einen der Fetzen mit einer Pinzette und dachte an Sherlock Holmes. Die Standuhr machte ihr Tock – – Tock – – Tock. Erwin fragte sich, wie seine Eltern bei diesem monotonen, hartnäckigen Geräusch hatten schlafen können.

Tock – – Tock – – Tock.

Dieses Papier war sehr alt. Die Struktur deutete darauf hin. Und natürlich die Buchstaben. Fraktur. Ein Wort, das mit verschiedenen Bildeindrücken verbunden war, formte sich in Erwins Kopf. Das mussten Fraktur-Buchstaben sein.

Alte Buchstaben auf altem Papier. Papier mit Brandrändern. Ein Feuer, das nicht alles vertilgt hatte. Papier, das übrig geblieben war.

Papier, das in feuchter Erde lag, zersetzte sich sehr schnell. Spuren davon waren deutlich zu erkennen. Aber dieses Papier hatte sich nicht zersetzt. Stammten die miteinander verklebten Blattfetzen etwa von einem Buch, einem alten Buch, das erst vor kurzer Zeit fortgeworfen worden war?

Erde, aber mehr noch: Lehm. Dunkel-gelblich. Sehr viel mehr Lehm als Erde. Lehm und auch Ton.

Tock – – Tock – – Tock.

Dieser Takt hatte vermutlich auch Friedhelm Düsediekers Denken dirigiert.

Erwin legte den Fetzen beiseite und nahm das zweite der drei Fundstücke. Die Lupe lieferte das gleiche Bild: Lehm, Brandschwärzung, einzelne Frakturbuchstaben, kaum noch leserlich. Ebenso beim dritten Fetzen. Alle drei waren mehrere Millimeter dick – längliche, wie von Feuer ausgeschnittene Zungen. Ergebnisse von Blattschneiderfeuer.

Die einzelnen Blätter schienen miteinander verpappt, verfilzt, was auch immer. Erwin legte die Lupe beiseite und begann mit Pinzette und einem Taschenmesser an den Fetzen herumzudrücken, zu ziehen, zu schneiden. Mit vorsichtigen, seinen nicht gerade feingliedrigen Fingern abgerungenen Bewegungen gelang es ihm, einzelne Blattstücke voneinander zu lösen. Aus drei Fundstücken wurden vier, fünf, sechs – und mehr. Eine Viertelstunde lang arbeitete Erwin so. Immer wieder flackerte in seinen Gedanken die Frage auf, wie alt das Papier wohl sein mochte. Wie lange hatte es in der Erde gelegen? Weshalb hatte die mikrobielle Fresslust des Bodens nicht alles vertilgt?

Tock – – Tock – – Tock.

Auch die Prügel, die Friedhelm Düsedieker verabreichte, folgten dem Uhrentakt, erinnerte sich Erwin. Dann dachte er, dass dieses Papier vielleicht gar nichts mit den Knochenfunden zu tun hatte. Vielleicht hatte Lothar ...

Nein, den Titel *Ermittlungsente*, der diffus in Erwins Gedanken steckte und bisweilen konkret Gestalt annahm, trug Lothar zu Recht. Das Feuer. Die Brandspuren am Papier. Die Knochen, die viele Jahre in der Erde gelegen hatten. Jahre-, vielleicht jahrzehntelang, wie dieser Wissenschaftler behauptet hatte ...

Das ist ein richtiger Forensiker ...

Plötzlich stutzte Erwin. Wie eine Sammlung toter, zur Präparation bereiter Insekten lagen die Papierstücke vor ihm. Im Glühbirnen-Lichtkegel, den die lindgrüne 50er-Jahre-Häubchenlampe auf die Arbeitsfläche warf. Die Lampe, die schon immer zu diesem Schreibtisch gehört hatte. Nun beleuchtete sie seltsame Worte:

Wohl magst du mich küssen und weinen ...

Wohl magst du mich küssen und weinen und mir Küsse ...

Wie immer bei Frakturschrift hatte Erwin kurz umschalten müssen. Aus *küffen* und *Küffe* hatte er *küssen* beziehungsweise *Küsse* machen müssen. Und natürlich hatte er einige Sekunden länger gebraucht als andere, denn für Erwin war die Existenz von Worten wie *küffen* und *Küffe* nicht sehr viel unwahrscheinlicher als die Entsprechungen mit Doppel-S.

Die Überraschung jedoch waren nicht die Kuss-Worte, sondern die Tatsache, dass diese Wortfolge zweimal vor ihm lag. Einmal zwar leicht gekürzt, aber es war deutlich zweimal dieselbe Textstelle.

Wohl magst du mich küssen und weinen und mir Küsse ...

Ja, was?

Tock – – Tock – – Tock.

Die Funde stellten ein Rätsel dar.

Über das Satzfragment nachdenkend, ging Erwin zu Bett.

»War noch bei Gerda...«

Am nächsten Morgen war Erwin schon um fünf Uhr früh auf. Er hatte die halbe Nacht wach gelegen und nachgedacht. Im Halbschlaf, der die Träume von der Leine lässt, damit sie herumschnüffeln können, war er immer mal wieder im Wald gewesen. Er hatte Knochen in der Hand gehalten. Er hatte in Erde gewühlt. Er hatte frische Leichen gesehen und Blut – und dann war es auch mit dem Halbschlaf vorbei gewesen.

Erwin hatte Hunger bekommen.

Erwins Hunger ließ sich nicht einmal durch Leichenbilder verschrecken.

Jetzt saß er mit einem harten Wurstbrot und einem Pott Filterkaffee am Küchentisch und las die Worte, die er sich auf einen Zettel gekritzelt hatte:

Wohl magst du mich küssen und weinen und mir Küsse ...

Zweimal dieser unvollständige Satz: Das konnte bedeuten, dass Lothar Papierfetzen aus zwei Büchern mit zufällig derselben Textstelle gefunden hatte. Eine Laune der Natur also.

Wie wahrscheinlich war so was?

Andererseits: Was ihn am Abend zuvor so überrascht hatte, hatte sich in der Nacht zum Teil entzaubert. Vielleicht tauchten diese Worte in dem Buch oder dem Papierstapel, der dort draußen verbrannt worden war, häufiger

auf? Vielleicht bestand der gesamte Text aus nichts als:
Wohl magst du mich küssen und weinen und mir Küsse...

Anni.

Erwin erinnerte sich plötzlich wieder daran, dass er ein paar Sachen von Anni Twassbrake brauchte. Er musste heute unbedingt einkaufen. Es war Freitag, und Anni betrachtete den Samstag als Vorspiel des heiligen Sonntags. Nicht dass Anni besonders fromm gewesen wäre. Heilig war ihr der Sonntag wegen der Freiheiten, ihn mit sinnvollen Dingen zu füllen. Anni hatte Freiheitsdrang genug für zwei Tage. Freitags schloss sie den Laden spätestens um 18 Uhr und öffnete ihn erst am Montag wieder, und Erwin hatte bereits beim Kaffee rationieren müssen, der an diesem Morgen sehr dünn ausfiel, obwohl Erwin ihn sehr stark vertragen hätte.

Außerdem fehlten Brot, Wurst und Käse, und die Erdbeermarmelade schimmelte, und... Irgendwo hatte er seinen Einkaufszettel liegen.

Wohl magst du mich küssen und weinen und mir Küsse...

Ein dümmlicher Satz, fand Erwin. Dümmliche Sätze tummelten sich in Büchern. Erwin hatte begonnen, diese Weisheit zu verstehen. Sie machte Literatur zu einer wundersamen Angelegenheit. Die Wahrscheinlichkeit, dass dieser dümmliche Satz mehrfach auftauchte, war also nicht gering. Erwin rührte im Kaffee, nachdem er noch einen Löffel Zucker hineingeschaufelt hatte. Dünner Kaffee war nur mit fetter Kondensmilch und süß zu genießen.

Zucker musste er ja auch noch mitbringen.

... küssen und weinen...

Weshalb kam ihm das so bekannt vor?

Erwin warf einen Blick aus dem Küchenfenster. Der Tag würde unberechenbar bleiben. Grauhimmel. Aprilwetter. Es konnte jederzeit nieselig werden. Ob Kommissar Heine und sein Forensiker noch einmal zurückkommen würden, um die Fundstelle bei Thiesbrummel abzudecken? Falls da noch Sachen lagen, die für die Spurensicherung wichtig sein könnten ...

Lothar hatte Papierstücke gefunden, die vielleicht Hinweise enthielten.

Heine, der Forensiker namens Tüllkes und die Polizisten hatten ziemlich schlampig gearbeitet. Sie maßen dem Fund nicht allzu große Bedeutung bei, das war deutlich gewesen. Falls also die Tote ermordet worden war und falls der Mörder noch lebte und von dem Fund hörte, dann könnte er ...

Ja, was könnte er dann?

Jasper Thiesbrummel würde den Teufel tun und die Stelle absichern. Ein Kommissar aus Dettbarn kam dem grade recht. Thiesbrummel gehörte zu jener Sorte Bauern, die ihren Trecker mit Panzerführerschein bestiegen. Jasper war treckerverrückt. Und nun hatte man ihn in seinen Ackerland-Eroberungsplänen gestört. Jetzt musste er warten. Nein, warten war nicht Jaspers Stärke. Er hatte vermutlich die halbe Nacht über den Dettbarner Einsatz nachgedacht. Jasper Thiesbrummel würde seinen mittlerweile etwas altersschwachen, mit Roststellen gefleckten 250-PS Deutz DX starten und das keuchende Monstrum mit Egge im Schlepp über den Platz ziehen. Dann würde er mit einer dahingebrummten Erklärung kommen: »... is mir der Trecker dochn büschn zu weit nach links und da war's schonn passiert. Is ja nich mehr ganz neu, die Maschine, unn ... hatt auchn ganz schönen Drall, der Trecker, mit den schweren Pflug, unn…« – na, und Alwine würde mit verschränkten Armen im Hintergrund stehen und heimlich beten, dass der Herrgott nicht eines Tages einen Blitz vom Himmel schickte, um Jasper für seine Lügen zu fällen.

Thiesbrummels Deutz war eine Sache, mit der Erwin rechnen musste.

In seinen Gedankenbildern nahm etwas Reißaus vor dem mit Kühlerblock wie mit Rammsporn heranrasenden, kantigen Gerät.

Solche Bilder widerfuhren ihm manchmal.

Und dann nahm er eine Bewegung im Vorgarten wahr. Es war gegen halb 7 Uhr, und tatsächlich kreuzte auch schon Arno Wimmelböcker auf. Da Erwin zu den Menschen gehörte, die im Frühjahr lange brauchten, um sich vom Winter zu befreien, brannte in der Küche Licht. Arno erblickte Erwin in Fragezeichenhaltung über den Tisch gebeugt, das Gesicht zum Fenster gedreht. Arno hob die Hand, unsicher, ob er willkommen war. Das Frühstück war in Versloh alles andere als Gesprächstherapie. Schon das Wort Gespräch passte nicht zu Kaffee und Wurstbrot im von Isolation bestimmten Ritual morgendlicher Nahrungsaufnahme. Doch erstens war es ja schon halb sieben, da befand sich Arnos Frühstück bereits seit Stunden auf der Reise durch den Verdauungskanal. Also konnte bei dem, was Erwin da tat, von Frühstück kaum die Rede sein – wenn man es aus Arnos Perspektive betrachtete.

Zweitens hatte Arno Informationen für Erwin. Arno war der Einzige, der von Erwins Ermittlungslüsten wusste. Was nicht ganz stimmte: Arno hatte so eine Ahnung. Anni hingegen wusste Bescheid.

Und drittens war Arno neugierig.

Dies wiederum ahnte Erwin und erwiderte müde Arnos Gruß. Dann erhob er sich und ließ Arno ins Haus.

Als Arno in der Küche Platz genommen hatte, lauschte Erwin zunächst Arnos gewöhnungsbedürftiger Art zu atmen. Erwin war ein mit heftigen Nebengeräuschen ventilierender Körper nichts Fremdes. Jahrelang hatte er im Bett neben seiner Mutter gelegen. Jetzt fragte er sich, ob Arno nicht doch schon älter war als 62. Kurz darauf wusste er zumindest, dass Arno nach dem Aufstehen vermutlich schon ein paar Stunden im Stall von Hilde gearbeitet hatte. Erwin würde den Abend wohl in der Wanne verbringen, mit Asia Orchidee.

Es wurde also Zeit für die Konversation.

Arno starrte in seinen Kaffeepott. Das Getränk darin machte ihn nicht grade munterer.

»Na«, sagte Erwin, »gestern noch rumgekommn?«

Arno nickte und zeigte die braunen Zähne. Das war kein Lächeln. Eher eine Art Aufmarsch der letzten Überlebenden.

»Mmmmh«, brummte er, die Bejahung verstärkend. Wer Arno kannte, wusste: Er war gespannt wie ein Flitzbogen. Erwin wartete einfach ab. Arno platzte schier vor Neugier. Und Erwin brauchte Informationen.

»War noch bei Gerda.«

»Ahms?«

»Mmmmh.«

Gerda Kluckhuhn, die Wirtin des Dorfkrugs, galt im Ort

als Frau mit betonartiger Leber. Selbst ein Mann wie Hinrich Gösemeier hatte Gerda nie unter den Tisch trinken können: Hinrich, der noch mit 4,2 Promille nachts um halb drei freihändig Fahrrad fahrend den Heimweg antrat und beim Durchfahren der Achelpöhler'schen Hofanlagen regelmäßig die Kante der Scheune am Hellweg erwischte. Dabei hatte er sich ein gewisses schartiges Aussehen erarbeitet, ohne je länger als eine halbe Stunde bewusstlos gewesen zu sein.

Auch Hinrich hatte Gerda niemals lallen hören oder sinken sehen.

Obwohl Gerda eine Frau war.

Oder doch zumindest etwas Ähnliches.

Gerda war die Herrscherin des Schankraums. Sie zapfte Pils, teilte Dornkaat, Jägermeister, Wacholderschnaps, Steinhäger aus. Als krötenartiges Wesen bot sie ein Bild, das man nicht vergaß. Mit knapp über eins dreißig ragte sie nur wenig über das Abtropfblech. Ihr Kopf schien tatsächlich wie eine gelbliche Kröte auf der Theke zu sitzen. Gerda arbeitete mit erhobenen Händen – was nicht im übertragenen Sinne zu verstehen war. Sie regierte ein Reich, in dem gern mal Roth-Händle aus eingelagerten Altbeständen geraucht wurden, original Lungentorpedos also. Und in den Schwaden des Kneipenraums flackerte ein Rotamint-Gerät. Der wurde noch mit Fünfmarkstücken gefüttert und schüttete Gewinne in ebensolchen Münzen aus. Vermutlich handelte es sich um den kleinsten Geldkreislauf des Landes.

Die Besatzung des Spielautomaten wechselte selten. Wie überhaupt an der Theke ein oder zwei Wesen saßen, deren

Todeszeitpunkt überschritten schien. Solange Gerda allerdings nicht einschritt und einen Körper beseitigte, blieb die Sitzordnung unverändert.

»Gerda sacht, die is aussn Kriech«, brummelte Arno und sah Erwin erwartungsvoll an. Die Zähne, der Mundwinkel, glänzend. Erwin brauchte jetzt bloß weiterzufragen. Arno würde seinen Drang, Neues zu erfahren, mit den eigenen Auskünften stillen. So funktionierte er in Notlagen.

»Ausm Kriech? Wer?«

»Gerda sacht das. Die Knochn. Die sind aussn Kriech.«

»Aussm Kriech?«

»Mmmmh. Sacht Gerda. Waa ne Bombe.«

»Ne Bombe?«

»Is ne Bombe bei Jaspers Hof damals runter. Inn Kriech. Sacht Paul-Gerhaad.«

»Paul-Gerhaad? Ich dachte, Gerda sacht das?«

»Jaa, Gerda sacht das, das Paul-Gerhaad das sacht. Die waa ausn Kriech. Ausn Ostn. Sone Flüchtige. Waa grad aufn Hof, da kam ne Bombe runter unn zack weg. Hamse gaa nich gefunn, damals.«

»Waa Paul-Gerhaad auch da?«

»Nee, hats inne Füße. Und der Rükkn. Weisse ja, nä?«

Erwin nickte.

»Is ja auch schonn alt.«

»Mmmh«

Arno nickte.

»Jasper waa auch da«, sagte Arno – vieldeutig.

»Hab ich schon gedacht.«

»Biss ja auchn Kommissar, nä?«, sagte Arno – Zähne und Lächeln formierten sich wieder.

»Nee.«

Arno griente, als Erwin halb verschämt abwiegelte.

»Was sacht er denn?«

»Jasper?«

»Mmmmh.«

»Waa zimmlich geladen, Jasper. Lassich mir nich gefalln, sachta. Zwei Tage, sachta. Mehr nich.«

»Zwei Tage?«

»Mmmh. Mehr willa nich wartn. Nich wegn Dettbaan, sachta. Vielleicht waateta ja doch länger, nä?«

»Nee, nich Jasper.«

»Mmmh, hass recht. Jasper nich. Der will da jetz flüügn.«

Die Konversation pingpongte noch eine Weile vor sich hin. Zu den einigermaßen belastbaren Aussagen, die Arno Wimmelböcker lieferte, gehörte die Vermutung, am Wald bei Thiesbrummel habe man die sterblichen Überreste einer jungen Flüchtlingsfrau gefunden. Die sei gegen Ende des Krieges auf dem Hof einquartiert gewesen. Geschichten über eine Bombe, die im Frühjahr 1945 bei Bramschebeck niedergegangen war, hielten sich schon länger im Mythenschatz der Gegend. Mal war die Bombe in den Bramschewald gefallen, mal hatte sie eine Herde Kühe zersprengt, mal Mickenbeckers Hof so schwer beschädigt, dass der alte Wilhelm Mickenbecker darüber nachdenken musste, alles aufzugeben. Wo doch Hermann, sein Sohn, erst zehn Jahre später aus Russland heimkehrte und Günther, Hermanns Sohn, damals noch viel zu jung war für einen kompletten Wiederaufbau. Wilhelm hatte aber nicht aufgegeben. Hart wie Kruppstahl eben, der alte Mickenbecker.

Irgendwas war drán an dieser Mickenbecker-Geschichte, doch was genau, wusste wahrscheinlich nicht einmal Heinz-Hermann – genannt Bubi – Mickenbecker, der jetzige Hofbesitzer. Günther, sein Vater, war mittlerweile 82 und total tüdelig. Und Gerda war zu sehr Teil jener Institution, die den Dorfgeschichten ihre fantastischen Abschweifungen verpasste.

Der zweite, vielleicht wichtigere Teil der belastbaren Aussagen Arnos bezog sich auf Jasper Thiesbrummel. Erwin hatte es ja schon geahnt: Jasper würde sich nicht sehr lange zurückhalten. Irgendetwas würde ihm einfallen, um das Landstück am Wald unter den Pflug zu nehmen, so spekulierte man im Dorfkrug.

Vielleicht war das Gerücht mit der Bombe Teil seiner Strategie.

Nannte man das Strategie?

Eine unbekannte Tote. Ein Kriegsopfer. Keine weiteren Nachforschungen. Den Pflug anspannen, bzw. an den Trecker bauen, und loslegen.

Hmmm.

Dennoch würden ein paar Behördenentscheidungen notwendig sein, um die Ermittlungen offiziell abzuschließen. Das würde dauern. Einige Wochen ganz sicher.

Nein, Jasper würde schnell zur Tat schreiten. Erwin musste sein Asia-Orchidee-Schaumbad verschieben.

Als Arno verschwunden war, erledigte Erwin einige Dinge im Haus, sah nach Lothar und verbrachte zwei Stunden in der Wintergarten-Bibliothek, wo er erfolglos den mysteriösen Satzfragmenten auf den Papierfetzen nachspürte.

Immer wieder wollte sich eine Stimme in Erwins Hinterkopf melden. Aber letztlich blieb es dort so wortkarg wie in seinen Gesprächen mit Arno.

Wohl magst du mich küssen und weinen und mir Küsse ...

Keines dieser Wörter hatte etwas Besonderes oder Auffälliges an sich. Mit einer Enzyklopädie oder einem Literaturlexikon kam Erwin also nicht weiter. Stammte der Halbsatz aus einem Buch? Dann wäre der Name eines wichtigen Charakters aus dem Buch gut gewesen. Stattdessen bloß *küssen* und *weinen*. Weder der eine noch der andere Begriff sagte ihm etwas.

Erwin informierte sich erst einmal über Frakturschrift. Das war insofern erhellend, als sich diese sogenannte gebrochene Schrift plötzlich in mehrere Varianten aufsplittete. War das überhaupt Fraktur, was er da gefunden hatte? Fraktur, wie es ihm eine Bildtafel im Lexikon zeigte, bestand aus ziemlich verschnörkelten Zeichen. Was Lothar da aber auf Papierstücken am Waldrand gefunden hatte, war weit weniger schnörkelig. Erwin entdeckte den Begriff *Gebrochene Grotesk* oder *Fraktur-Grotesk*. Er stieß auf eine Schrift namens *Tannenberg*. Dann auf den Begriff *Schaftstiefel-Grotesk*. Die Tannenberg-Schrift passte vielleicht ganz gut zu dem, was die Fundstücke boten. Wenn es sich tatsächlich um solch eine Schrift handelte, dann war das Papier womöglich irgendwann zwischen 1935 und 1941 bedruckt worden.

Tannenberg.

Da war schon wieder eine Stimme, nein: ein Räuspern unter der Schädeldecke. Erwin machte sich langsam Sorgen um seinen Kopf und sah auf die Uhr.

Kurz vor Mittag. Jetzt wäre eine gute Gelegenheit, Anni Twassbrakes Laden einen Besuch abzustatten. In der Mittagszeit war bei Anni meist nichts los. Anni schloss den Laden über Mittag nicht ab. Überdies war aus dem Grauhimmel ein Hellgrauhimmel geworden. Es würde vorerst wohl nicht regnen. Erwin stieg die Treppe hoch, schlüpfte in seine dieswöchentliche Trainingshose, setzte die Polizeimütze auf, trat an der Tür in die Gummistiefel und machte sich auf den Weg. Lothar wollte zu Hause bleiben, sonst hätte er auf das hinters Haus gerufene »Ich geh mal kurz zu Anni!« reagiert.

Das wunderte Erwin, denn Lothar mochte Anni. Aber Lothar war Lothar.

Der Weg zum Laden war nicht weit. Erwin marschierte Richtung Bramschebeck, bog am Dorfteich rechts ab und folgte der Gasse bis hinter den Zugangsweg zum Dorfkrug. Annis Laden lag gegenüber dem ältesten Gebäude des Dorfes, einem in die Knie gegangenen Fachwerkhaus mit Zündapp-Werbeblechschild.

Das Moped darauf gab's aber schon seit 50 Jahren nicht mehr.

Vielleicht konnte Anni so eines besorgen, wenn man es unbedingt haben wollte, ging es Erwin durch den Kopf, als er den Laden betrat.

Anni war eine kluge und pfiffige Frau. Die konnte alles.

»Na, Erwin, was brauchste denn?«

Anni kam direkt zur Sache. Zunächst entdeckte Erwin sie gar nicht. Knapp zwanzig Quadratmeter mit Verkaufstresen, zwei Rechteck- und mehreren Rundregalen voller vorverpacktem Buntkram bedeutete etwa die Größe einer

Gefängniszelle. Kaum Platz für ein Versteck also, und deshalb wunderte sich Erwin, dass Annis Stimme aus dem Off kam.

In der Regel saß Anni mittags, irgendwas schreibend, neben der bulligen National-Registrierkasse aus den frühen 1960er-Jahren. Erwin wusste noch nicht, dass Anni in der Woche zuvor in Dettbarn beim Arzt gewesen war, wo sie den Rat erhalten hatte, mittags mal die Beine hochzulegen. An einen Arztbesuch dachte bei Anni niemand. Schon gar nicht in Bramschebeck, wo bei kleineren und größeren Wehwehchen erst einmal der Rat von Wilfried Lappenbusch gefragt war. Wilfried galt als das medizinische Naturgenie der Gegend. Bei kalbenden Kühen war sein Einfluss enorm, und seine Anwesenheit im Stall garantierte in nicht wenigen Fällen das Überleben von Mutter und Kind. Wilfried hatte frühzeitig verstanden, dass sich mit verchromter Geburtskette, armlangen Einweghandschuhen, sauberer Schürze und insgesamt guter Geburtshygiene die Sterblichkeitsrate auch unter fehlgelagerten Kälbern senken ließ. Und was Ferkelwürfe betraf, hielt er die Ergebnisse solide im zweistelligen Bereich.

Weil Anni nie bei Wilfried Lappenbusch vorstellig wurde, ahnte natürlich niemand, dass sie dann und wann durchaus medizinische Hilfe in Anspruch nahm. An Dettbarn und eine Arztpraxis dachte ohnehin niemand. Selbst Erwin nicht.

Erwin entdeckte Anni, als er in den Beobachtungsspiegel im Winkel hinter der Kasse blickte. Anni lag in ihrem weißen Kittel auf einer Liege hinter der Ladentheke und schaute nach oben.

»Bist eben dochn Polizist, Erwin«, sagte sie anerkennend und lächelte ein bisschen.

Erwin wurde rot.

»Nee«, druckste er. »Weisste doch.«

Bevor Anni sich erheben konnte – sie würde vermutlich noch nach ihrem Tod, solange der Sarg nicht unter die Erde gebracht war, den Deckel öffnen, herausklettern und Einkäufe zusammenstellen –, bevor also Anni Erwin bedienen konnte, wollte Erwin ihr zuvorkommen. Er ahnte ja, was Anni vorhatte.

»Bleib ma liegn«, sagte er. »Brauch nurn paa Sachen. Kann ich mir ja selber nehmm. Weiss ja, wose sind.«

Anni quetschte sich dennoch ächzend hoch. 84 war doch kein Alter.

»Die Schaumflasche findste aber nich. Die hab ich neu.«

Schaumflasche? Erwin bekam leuchtende Augen.

»Ich hab mal Sandelholz mitbestellt. Is extra für den gestressten Herrn.«

Für den gestressten Herrn? Donnerwetter. Mit Anni zusammen hätte Erwin sogar ein Detektivbüro eröffnet. Woher kannte sie seine geheimen Wünsche? Sandelholz-Schaumbad mit der neutralen Formel für das natürliche Gleichgewicht der Haut: Das hätte er kaum zu bestellen gewagt. Erwin hatte gegenüber Anni nie mehr als das an sich schon verfängliche Wort *Schaumbad* herausgebracht – und Anni hatte verstanden und ausgesucht. Passend und klug.

Anni eben.

Anni holte die dunkelgrüne Glasflasche aus dem Nebenraum, der mit Plastikstreifenvorhang vom Laden abgetrennt

56

war. Sie zeigte Erwin die Flasche und packte sie gleich in eine Einkaufstüte.

Und dann suchte sie Erwin die Bestellungen zusammen, für die er gekommen war.

Und während sie die Sachen aus den Regalen holte und auf die Ladentheke legte, überlegte Erwin. Anni war ja nun weit über 80. Sie lebte schon lange in Bramschebeck. Wie lange genau und von wo sie kam, wusste Erwin nicht. Sie war vor so langer Zeit zugezogen, dass man ihr mittlerweile vielleicht sogar Dettbarn als Geburtsort verziehen hätte.

Nein, Erwin korrigierte sich. Anni war in Bramschebeck immer eine Fremde geblieben. Vielleicht war sie das aber schon seit dem Krieg?

»Sach ma, Anni«, sagte Erwin, »is hier einglich mal ne Bombe gefallen. Im Kriech, mein ich?«

Anni guckte hoch.

»Im Krieg? Gab's bei Gerda Selbstgebrannten?«

Sie schmunzelte.

Erwin wiegelte, die Augenbrauen hochziehend, ab. Er war nie bei Gerda. Das wusste Anni.

»Nee«, sagte sie. »Die Bombe is weit hinter Fechtelfeld gefallen. Is aber nix passiert. Da issn Flugzeug abgeschossn worden. 'n Bomber. Der hat die dann abgeworfen, bevor er runterging. Der Absturz war schon fast in Dettbarn. Hier doch nich.«

Erwin nickte zu den Sätzen. Anni log nicht. Und Anni konnte Geschichten von Wahrheit unterscheiden. Anni trank Kaffee. Manchmal sogar Tee. Sonst nix.

»Da hammse Knochn gefundn. Bei Jasper nebenem

Hof«, sagte Erwin. »Vonner Frau, meint der Kommissar. Der aus Dettbarn. War gestern hier.«

Anni sah ihn fragend an.

»Liegn da vielleicht schonn seitm Kriech. Die Knochn. Son Forensika sacht das.«

Annis Blick, der sehr lange sehr amüsiert gewesen war, wurde nun streng. Sie fixierte Erwin, als überlegte sie, eine Frage zu stellen. Da kam aber nichts.

»Knochen«, sagte sie schließlich. Mehr nicht. Der Tonfall hatte sich geändert. Erwin bemerkte das.

»'ne junge Frau war das. Vielleicht 'ne Flüchtige …?«, versuchte er es noch einmal.

»Flüchtling«, korrigierte Anni.

Erwin nickte.

»Die soll umgekommn sein«, meinte er. »Bei Jasper aufm Hof war die. Sacht Paul-Gerhaad. Hat Arno gesacht …«

»Paul-Gerhard? Unsinn!«, schnappte Anni. Erwin schreckte zurück.

In Annis Gesicht zuckte was. »Die trinken alle zu viel hier«, brummte sie – mehr zu sich selbst als zu Erwin.

Erwin war unschlüssig, ob er seine Frage wiederholen sollte. Da war dieser Widerstand. Und da war diese Dunkelheit in seinem Kopf. Doch aus dieser Dunkelheit heraus zuckte plötzlich wie ein knisterndes Flämmchen eine verwegene Idee: Nein, es war kein Knistern. Es war ein Flüstern, das er weitergeben musste. Ein Flüstern, das seine Frage mit ganz anderen Worten stellte. Mit Worten, die nichts mit der Frage zu tun hatten. Wäre es nicht Anni gewesen, er hätte geschwiegen. Und *WIE* er geschwiegen hätte. Aber Anni …? Vielleicht kannte der Geist, der Erwin diesen Satz einflüsterte, Anni und wusste, wie sehr Erwin Anni vertraute.

Insbesondere, wenn es um solche Worte ging ...

»Anni«, druckste er, »Anni, du kenns doch Bücher unn so?«

»Bücher?«

Anni wirkte abwesend.

»Bücher«, wiederholte Erwin. Dann räusperte er sich, seine Pupillen signalisierten Panik:

»Wohl ... wohl machste mich ... küssn unn ... weinn unn ... unn mir Küsse ...«

Er stockte bei fast jedem Wort, aber er brachte sie raus. Auch *küssen* und *Küsse*.

»Was?«

Anni sah ihn alarmiert an.

»Kennste das?«, fügte Erwin hastig hinzu. »Das Buch, mein ich ... Kennste das? Das such ich. Das is aussem Buch. Kennste das Buch?«

Annis Gesicht hatte alle Farbe verloren.

»Sag das noch mal. Was du da grad gesagt hast. Sag das noch mal, Erwin!«

»Noch mal?«

»Ja«, drängte Anni, und dann, ohne Erwins Antwort abzuwarten: »Woher hast du das?«

Erwin zog es vor, diese Frage zu beantworten und zu hoffen, dass er um eine Wiederholung der Worte herumkam.

Es gelang ihm tatsächlich. Anni blickte versteinert, als Erwin umständlich berichtete, Lothar habe so verklumpte Papierfetzen bei den Knochen gefunden.

Dann machte irgendwas in Anni *Klick*, als wechselte sie

in eine andere Welt – und Erwin verstand gar nichts mehr. Anni brauste auf.

»Hier gab's keine Flüchtlinge«, schnappte sie. »Auf keinem Hof hier gab's welche. Wer flüchtet denn hierher? Der muss doch verrückt sein. Total verrückt. Is doch viel besser, von hier wegzulaufen. Flüchten muss man von hier. So isses doch!« Ihre Stimme klang heiser. Anni zitterte. Erwin sah, dass sie zitterte. Sie drückte ihre Hände auf die Ladentheke, aber sie konnte das Zittern nicht unterdrücken. Erwin bekam Herzklopfen, weil er Anni mit seiner Frage und seinen Worten so sehr getroffen hatte. »Is alles gut, Anni?«, fragte er.

Anni reagierte nicht. Sie packte Erwins Sachen in die Tüte, noch immer zitternd. Sie hielt kurz inne, überlegte, stopfte noch eine rote Dose zu den Sachen, die Erwin kaufen wollte. Schließlich schob sie ihm die Plastiktüte zu. »Hier«, sagte sie. »Zahln kannste nächstes Mal. Muss mich jetzt wieder hinlegen. Bin wohl dochn bisschen krank.«

Sie sah schlecht aus, aschfahl, und drängte Erwin aus dem Laden. Der wusste nicht, wie er reagieren sollte, wollte etwas erwidern. Es gelang ihm nicht. So blieb er unschlüssig noch eine Weile vor der Tür stehen. Wenn Anni Hilfe brauchte …?

Da drehte Anni das Ladenschild hinter der Glastür um und zog die graue Gardine vor.

GESCHLOSSEN

Das hatte es bei Anni mittags noch nie gegeben. Verdattert blickte Erwin auf das Schild. Sein Blick klebte sekunden-

lang daran. Dann – so plötzlich wie eine Übersprungs-
handlung – warf er einen Blick in seine Plastiktüte. Oben,
auf all den gekauften, noch nicht bezahlten Sachen, lag die
rote Dose. Er zog sie vorsichtig aus der Tüte heraus:

Getrocknete Bachflohkrebse.

Es dauerte eine Weile, bis Erwin begriff:

Die waren für Lothar.

War das ein Zeichen von Anni? Ein Zeichen, dass doch
noch irgendwie alles gut war?

Erwin hoffte es. Er machte sich Sorgen. Er würde Anni in
den nächsten Tagen noch einmal besuchen. Vielleicht würde sich dann alles klären.

Erwin machte sich auf den Heimweg – verwirrt.

A – D – A – D

Es war gegen 15 Uhr am selben Nachmittag. Annis Verhalten ging Erwin nicht aus dem Kopf. Die Wortfolge auf den Papierfetzen hatte etwas bei ihr ausgelöst. Erwin brühte sich in der Küche grad eine neue Kanne Kaffee auf, um weiter in der Bibliothek nach *Wohl magst du mich küssen und weinen und mir Küsse...* zu forschen. Da rauschte der Wagen von Polizeikommissar Lars-Leberecht Heine mit schlaglochtestender Geschwindigkeit am Haus vorbei. Das versetzte Erwin einen kleinen Stich. Der Wagen war unverkennbar: Porsche 911 Cabrio. Kennzeichen: DB – IL – 007. Heine hatte Beziehungen zum Straßenverkehrsamt in Dettbarn.

Vermutlich eine weibliche.

Erwin war mit den Gedanken ganz woanders. Er wunderte sich nur über das pröttelnde Geräusch, das in der Lage war, seine Kaffeemaschine zu übertönen – auf ungefähr derselben Frequenz. Er sah hoch, erblickte von links kommend den so ortsfremd wirkenden Wagen, entzifferte das Nummernschild und erkannte Heine an seinem Kuhschissbart, der auch ins Profil schwenkend noch einen markanten Eindruck hinterließ.

Heine blickte nicht ein einziges Mal nach rechts. Er starrte gradeaus, Richtung Dorf.

Richtung Thiesbrummel.

Heine war allein, ohne Forensiker. Er würde sicher auf direktem Weg zur abgesperrten Knochenfundstelle beim Hof fahren. Erwin überlegte kurz, ob sich an seinem Plan etwas änderte, weil der Kommissar unerwartet so früh wieder auftauchte. Befanden sich weitere Kräfte bereits auf dem Hof? Die Zufahrt von Dettbarn war die B 61c, über den Grenzweg. Aber es gab auch die Möglichkeit, die Bundesstraße einige Kilometer hinter Fechtelfeld zu verlassen und über den Warzkamp kommend aufs Stühfeld abzubiegen. Das war ein meist von frischen Kuhfladen gepflasterter Parcours, weshalb Heine ihn vermutlich mied. Heines Fahrzeug war ganz und gar nicht für den Kontakt mit Vieh gebaut. Dem Forensiker oder den ihm unterstellten Einsatzkräften konnte das mit der Kuhscheiße hingegen egal sein. Die arbeiteten ohnehin mit organischem Material.

Aber weshalb war der Kommissar nicht mit einem Dienstwagen unterwegs, wie am Tag, als man die Knochen gefunden hatte?

Erwin hielt die Frage für nicht weiter wichtig und ging zurück in seine Bibliothek. Doch seine Unruhe blieb. Zuerst die seltsamen Reaktionen von Anni und jetzt der Kommissar. Hatte Anni vielleicht die Polizei gerufen, weil sie etwas wusste? Weil Erwins Fragen etwas in ihr ausgelöst hatten? Weil dieser Satz mit dem Küssen eine besondere Bedeutung für sie hatte?

Vielleicht fuhr Heine gar nicht zu Thiesbrummel, sondern zu Annis Laden? Vielleicht hatte Anni ihm was zu sagen?

Erwin musste bis zum Abend warten. Er konnte jetzt

nichts tun. Er musste hoffen, dass sich bis zum Abend nichts an der Fundstelle änderte. Und er betete gradezu, dass mit Anni alles in Ordnung war.

Knapp zwei Stunden vergingen, in denen sich Erwin noch einmal die Papierstücke vornahm und versuchte, weitere Sätze oder wenigstens Worte zu entziffern. Seine Ausbeute blieb allerdings mager:

... *mit geschulterter Heugabel* ... – das klang für jemanden aus Bramschebeck irgendwie vertraut.

... *Nelly, Nel* ... – ein Name. Nicht so außergewöhnlich, dass er Erwin helfen könnte, das Buch zu identifizieren. Er war sich ziemlich sicher, dass Anni das Buch kannte.

Ob er es noch einmal wagen sollte ...?

... *Miss E..ns...w...* – diese, nach vielen Bemühungen aus dem Papierklumpen befreite Buchstabenfolge ließ Erwins Herz schneller schlagen. *Miss* – es handelte sich also vielleicht um ein Buch aus dem Englischen. Auch Nelly könnte als Name in ein englisches Buch passen. Zu dumm, dass so viele Buchstaben nach dem Wort *Miss* unleserlich blieben. Dann fand Erwin die Worte: ... *kaltes Blut ist keiner Fieberglut* ... – war das Buch vielleicht eine, eine ...? Wies nicht schon ... *wohl magst du mich küssen und weinen* ... in diese Richtung? Wie hießen denn diese Bücher, die Erwin ganz und gar nicht verstand? Die er immer schnell beiseitelegte. Die beim Lesen ein Gefühl auslösten, als würde er mit dem Kopf in einer Wanne voller viel zu warmer, mit zu viel Schaumbad versetzter Worte versinken. In Erwins eigenwilliger Gedankenwelt waren Bücher nicht nur die Fortsetzungen von Bäumen. Sie waren auch so etwas wie exotische Schildkröten. Schildkröten faszinierten ihn fast so sehr wie Bücher. Sie wirkten unbeweglich, doch sie veränderten sich. Sie lebten. Sie wechselten beinahe unmerklich die Standorte – Schildkröten die äußeren, Bücher die inneren. Bücher waren …

Erwin schwitzte der Kopf. Nein, er schwitzte *im* Kopf. Weshalb dachte er jetzt über Bücher im Allgemeinen nach? Er wollte herausfinden, welches Buch da möglicherweise nahe bei Thiesbrummels Hof zerrissen, verbrannt, verbuddelt worden war. Vielleicht handelte es sich um eine … eine Romanze? Genau, so hießen die schwülstigen Dinger. Das Wort fiel ihm wieder ein. Aber er würde das schwülstige Buch ja nicht lesen müssen. Es genügte vielleicht, den Titel herauszufinden.

Von draußen drang das Geräusch eines Martinshorns zu ihm. Es schwoll an, hangelte sich in wenigen Sekunden an den Mauern der alten Wache entlang, und wurde wieder leiser.

Ein Polizeiwagen?

Oder die Feuerwehr?

In Pogge gab es ein Feuerwehr-Gerätehaus mit Einsatzfahrzeug – einem fast fünfzig Jahre alten, frischblutroten VW-Bulli. Das Gerätehaus gehörte zur Feuerwache von Fechtelfeld, aber die drei Jungs vom Schlauchtrupp Pogge, die den Bulli warteten, machten sich, wenn sie was getrunken hatten, gern mal einen Spaß und simulierten in ihrem altersschwachen Mobil mit Teufelshörner-Blaulichtern einen Einsatz. Diesen dann gern in Bramschebeck, womit die Geschichte der kleinen Nickeligkeiten zwischen Pogge und Bramschebeck von Zeit zu Zeit neue Nahrung erhielt.

War das nun also die Feuerwehr gewesen? Betrunkene Übungseinsätze erfolgten meist im Dunkeln, wegen der Blaulichter. Und weil das Trinken vor allem ein Abendsport war.

Der Kommissar, der vor einiger Zeit am Haus vorbeigefahren war, fiel Erwin wieder ein. Er verließ die Wintergarten-Bibliothek und machte, dass er in die Gummistiefel kam. Dann stürzte er aus dem Haus. Lothar bemerkte das und folgte, mit gewisser Sorge. Jemand, der die Ente kannte, hätte das trotz fehlender Mimik bemerkt. Erwin hastete die Straße entlang. Es dauerte knapp zehn Minuten, dann hatte er den Rand des inneren Dorfs erreicht. Seine Unruhe steigerte sich noch, als er den Wagen sah.

Das war nicht der Wagen der Feuerwehr.

Es war auch kein Polizeifahrzeug.

Da stand ein Krankenwagen.

Ein moderner Krankenwagen mit Blaulicht. An der Stichstraße ins Dorf, gegenüber dem Teich.

Rums! Rums! Die Türen wurden geschlossen. Der Einsatz war schon beendet. Ein Mann in Weiß – weiße Hosen, weißer Kittel – eilte zur Beifahrertür. Ein anderer, ebenfalls in Weiß, hastete zur Fahrerseite. Dann startete der Wagen, raste mit Blaulicht davon. Nein, er rutschte mit der Schnauze voran in die nächste breite Gasse, setzte zurück, drehte, und nahm Fahrt auf, brüllte an Erwin vorbei, Richtung Bundesstraße.

Eine Gruppe von Leuten stand noch auf der Straße. Sie unterhielten sich. Ihre Worte waren voller bedrohlicher Andeutungen. Plötzlich vernahm Erwin ein zartes Schnattern an seinem Bein.

Lothar.

Erwin verstand Lothar. Er fürchtete sich vor dem, was Lothar mutmaßte, denn es waren seine eigenen Mutmaßungen. Erwin schritt langsam weiter, auf die Leute zu: Lieschen Schnatmann, Magda Schwengelbeck, Anna Fortmeier und Trine Jasperneite. Frauen stellten sich dem Tod – Männer verleugneten ihn und forderten ihn heraus, führten Kriege oder schlugen sich was auf die Glocke. Die vier Frauen in ihren Haushaltskitteln schüttelten zwanghaft die Köpfe, die sie zusammengesteckt hatten, und murmelten Worte wie »nei, nei, dat dat niu grad so kuomm mott« und »Anni hätt oll ...« und »Anni sall oll ...«

Als sie Erwin erblickten, tuschelten sie zunächst verhaltener. Erwin mit seiner Polizeimütze war ihnen allerdings vertraut. Und irgendwie war Erwin ja der Polizist des Dorfes. Er war der Geist Friedhelms, besonders in einer Situation wie dieser, wo die Polizei nichts mehr ausrichten konnte, aber zum vom Schicksal bestimmten Bild dazugehörte.

»Ach, Äwinn«, klagte Lieschen Schnatmann, »de Anni is ümmfalln.«

»Nää, is wall daut«, sagte Anna Fortmeier.

»Kanns jetz nich einkaufn«, sagte Trine Jasperneite und verriet sich mit Einkaufsnetz als Geschädigte des tragischen Vorfalls. Und dann verfielen sie wieder ins geheime Sprechen ihres Altenzirkels:

»Fix geit dat. Dau häss Koppuine un denn iss iut«, meinte Madga Schwengelbeck.

»Jou, dat geit duiwelfix.«

»Duiwelfix geit dat.«

67

»Fälls ümm un büss daut.«

Erwin schwieg verwirrt. Er konnte, er wollte es nicht fassen. War Anni tot? Seine Gedanken ruderten wie mit schwachen Armen. Mit den Armen eines Ertrinkenden in tiefem Wasser. Das Blaulicht. Wenn Anni tot war, musste der Krankenwagen doch nicht so davonrasen, mit Blaulicht. Anni hatte sich nicht gut gefühlt, als Erwin gegangen war. Schon als er kam, hatte sie auf einer Liege gelegen. Das war doch nicht Anni gewesen? Anni, die nichts umwarf? So kannte er sie doch gar nicht …

Im Laden bewegte sich was. Erwin ging ein paar Schritte auf den Laden zu.

Noch immer war auf dem Schild hinter dem Glas der Eingangstür vor der vergrauten, dichten Gardine das Wort zu lesen, das Anni dort vor Stunden so unerwartet nach außen gewendet hatte:

GESCHLOSSEN

In dieser Sekunde öffnete sich die Tür. Ein gedrungener Mann mit rotem Glatzkopf trat heraus auf die Gasse, vermied jeden Blickkontakt, schloss die Tür und verschloss sie. Er zog den Schlüssel ab und ging, den Kopf offensichtlich voller dunkler Gedanken, Richtung Bramschebach, der Gasse folgend, davon.

»Nee, nee, nee«, brummelte er.

Die alten Damen nickten.

Heinz-Hermann – genannt Bubi – Mickenbecker.

Erwin folgte ihm, sehr bedachtsam, nur ein Stück weit.

Seinen breiten, lehmbraunen Geländewagen hatte Bubi,

von der anderen Seite des Dorfes kommend, bis zu jenem Teil der Gasse vorgefahren, wo sie zu schmal für die Feldzug-Spurweite des Fahrzeugs wurde. Bubi stieg ein, startete das Triebwerk und setzte zurück. Dann wendete er auf der Garageneinfahrt von Höltermeier und bollerte davon. Der Hof der Mickenbeckers lag Richtung Bundesstraße, am Bauernstich Ecke Runenweg, nordwestlich von Bramschebeck.

Erwin wusste nicht, wie er die Eindrücke der vergangenen Stunde ordnen sollte. Er machte sich auf den Heimweg, geschockt, wegen Anni. Als er den Grenzweg wieder erreicht hatte und Richtung Wache ging – Lothar treu und stumm, wie in Trauer, an seiner Seite –, pröttelte plötzlich der Porsche 911 Cabrio an ihnen vorbei. Kommissar Lars-Leberecht Heine war auf dem Rückweg: Augen gradeaus. Die Geschwindigkeit diesmal angepasst an die Schlaglochtiefe des Grenzwegs und die Empfindlichkeit des Chassis.

Der Kommissar war etwa drei, vier Stunden lang im Dorf gewesen.

Bei Jasper Thiesbrummel?

Der Wagen verschwand hinter der Wegkuppe zwischen Dorf und Bundesstraße. Erwin fühlte sich müde, verwirrt, verloren. Er stapfte langsamer als sonst. Es war wieder dunkler geworden, der Abend näherte sich, und die Wolkendichte hatte zugenommen. Doch noch immer fiel kein Regen.

Nachdem Erwin die Einmündung des Schiedrings passiert hatte und das letzte Haus des Dorfkerns hinter ihm lag, drehte er sich nach links, zu den Äckern von Jasperneite und Lappenbusch. Ein Signal, das sein Unterbewusstsein erreichte, bewog ihn zu dieser Drehung.

Mehrere Hundert Meter feldabwärts, dort, wo der Schiedring über den Bramschebach führte, stand der Wagen von Bubi Mickenbecker. Mitten auf der Straße.

Er hatte neben einem Mann gehalten.

Neben einem alten, dürren Mann, der da mit dunkler Kleidung, auf seinen knorrigen Gehstock gestützt, am Straßenrand stand.

Ein Mann mit schlohweißem Haar und ebensolchfarbenem Zottelbart.

Paul-Gerhard Bartelweddebüx.

Saruman.

So nannten ihn manchmal die Heranwachsenden Verslohs – hinter vorgehaltener Hand. Um die Anspielung zu verstehen, war die Gnade der späten Geburt hilfreich. Tatsächlich konnten außer Erwin nur wenige Ältere mit dem Namen Saruman etwas anfangen.

Das Aussehen des alten Mannes aber war unverkennbar, und als Erwin ihn dort neben Bubis fetthintrigem Wagen stehen sah, war sein erster Gedanke, dass es dem greisen Mann viel Mühe bereitet haben musste, den Weg vom Hof bis zur Bachbrücke zu gehen.

Weshalb hatte er sich das angetan?

Zurück in der Wache konnte Erwin sich auf nichts konzentrieren. Er hoffte, dass Arno Wimmelböcker auftauchen würde, um ihm brühwarm vom Gerede im Dorf zu erzählen. Doch zugleich wollte er nichts davon hören. Es kam ihm falsch vor.

Wie ein Verrat an Anni.

Nein, es wäre besser, Arno würde sich jetzt nicht zur alten Wache aufmachen. Erwin setzte sich in den Garten, den Kopf voller dunkler Wolken. Er würde Arno gar nicht hören, sollte er an der Tür klingeln. Wenn Erwin nicht öffnete, war er unterwegs, durchstreifte Äcker, Wiesen und Wälder. Erwin Düsedieker und Lothar, die Ermittlungsente. Wenn er die Tür nicht öffnete und nicht antwortete, verzog sich Arno bald wieder.

Erwin hockte da, auf der Holzbank zwischen Teich und Buchsbaumhecke, und ließ sich von Lothar an der Hand zupfen. Das half. Zumindest ein bisschen.

Dann ging er kurz ins Haus, holte die rote Dose mit den Bachflohkrebsen aus der Küche und verfütterte den Inhalt. Es wurde eine unerwartete Mahlzeit für Lothar, die allerdings länger andauerte, als Erwin es erwartet hatte. Auch Lothar fügte sich der tristen Stimmung.

Um kurz nach 20 Uhr fällte Erwin eine Entscheidung. Annis Tod hatte mit Kräften zu tun, die nicht länger im Dunkeln bleiben durften. Wenn Anni gestorben war, weil Erwin einer Sache auf die Spur gekommen war, dann gehörte die Sache aufgeklärt. Anni hätte das so gewollt. Außerdem musste er die bedrückenden Gedanken an Annis Tod loswerden. Er musste etwas unternehmen. Gedanken und Taten vertrugen sich nicht. Erwin gab sich einen Ruck, aß zwei Brote, trank noch einen Pott Kaffee mit bedenklicher Koffeinmenge, zog sich dunkle Sachen an, holte die Polizeitaschenlampe aus den Hinterlassenschaften seines Vaters, füllte vier neue Batterien ein, steckte sich vier Ersatzbatterien in die linke der Brusttaschen seines Parkas und setzte die Polizeimütze ab.

Das fiel ihm nicht leicht, aber die weiße Mütze war für das, was Erwin vorhatte, ungeeignet.

Aus einem ähnlichen Grund sprach er lange mit Lothar. Es schien ihm zu riskant, Lothar mitzunehmen, doch die Ente diskutierte nicht, sie handelte. Nach all den Bachflohkrebsen fühlte Lothar eine gewisse Pflicht, Erwin zu unterstützen. Bei was auch immer. Und Erwin sah sich, wie immer, außerstande, die Ente zu disziplinieren.

Das war einfach nicht sein Ding.

Also marschierten sie nach Einbruch der Dunkelheit los, und Erwin hoffte, dass die Ente in dieser Nacht nicht leuchtete.

Obwohl er das ja sonst sehr schätzte.

Sein oder Nichtsein

Ein unbestimmtes mulmiges Gefühl stellte sich bei Erwin ein. Nächtliches Umherstreifen im Gelände hatte bisher nicht zu seinen Vorlieben gehört. Damit hatte er also wenig Erfahrung. Was, wenn ihm jemand begegnete? Jemand, der Fragen stellte? Wie sollte Erwin sein Verhalten erklären? Wo ihm Erklärungen jeder Art so schwerfielen? Lothar war kein Hund, mit dem man spät abends noch einmal Gassi ging. Erwin fühlte überdies sehr deutlich, dass die Welt der beginnenden Nacht außerhalb des Hauses eine andere war als die der beleuchteten Bibliothek, der warmen Wanne, des Kaffeepotts mit Milch und Zucker. Mit der Dunkelheit formierte sich auf den Äckern so etwas wie Ehrlichkeit. Eine abstoßende Form von Ehrlichkeit. Bramschebeck hatte an diesem Tag den einzigen Menschen verloren, der Erwin im Dorf wirklich etwas bedeutete. Arno war eine gewisse Ausnahme, doch Arno und Anni waren so unterschiedlich wie Tag und Nacht. Jetzt war Anni nicht mehr da, und die Dunkelheit war ein Ausdruck dieses Verlusts.

Erwin und Lothar nahmen zunächst denselben Weg wie tags zuvor, über die Gerkensmeier'schen Felder. Erwin ließ die Taschenlampe ausgeschaltet, weil sie ihn auf Hunderte von Metern verraten hätte. Nebel wäre jetzt gut gewesen. Aber es war keine Nacht für Nebel.

Auf halbem Weg zum Thiesbrummel-Hof fiel Erwin ein,

dass es vielleicht eine bessere Idee gewesen wäre, bis nach Mitternacht zu warten. Ab Mitternacht schlief Bramschebeck oder befand sich im Steinhäger- und Wacholder-Koma. Um 22 Uhr gab es noch Spätfilme, Alkoholikerbewegungen, Hofgänge, Unruhe in den Ställen, Unwägbarkeiten.

Erwin ließ sich also Zeit. Versank immer wieder in Gedanken. Lothar wunderte sich, blieb in Erwins Nähe. Der schien mit einem Mal nicht mehr zu wissen, ob er den richtigen Weg gewählt hatte. Er irrte über die Äcker von Hilde Gerkensmeier und hielt schließlich auf den kleinen Hof zu.

Wollte er Arno in die Arme laufen?

Nein, Arno war sicher im Dorfkrug. Aber Hilde war zu Hause. Hilde war immer zu Hause. Und Hilde hatte im Wohnzimmer einen Waffenschrank mit der alten, doppelläufigen Schrotflinte, die Adolf Gerkensmeier, ihrem Vater, aufgrund ihres außerordentlichen Streuwinkels manchen Fasan, Hasen und Rehbock und manchen Ärger mit angeschossenen Jagdhelfern beschert hatte.

Zum Glück war Adolf Gerkensmeier seit 16 Jahren tot.

Und Hilde war besonnener als ihr Vater.

Erwin entschied sich, das Herumirren zu beenden. Er nahm Kurs auf die Düsternis zwischen den einsamen Positionslampen der Höfe von Gerkensmeier und Westersoetebier. Die Nacht war ein Meer. Der Wind hatte sich schlafen gelegt. Die Gebäude zeichneten sich im Dunkel ab wie Felsen mit kleinen Leuchtfeuern. *Skylla und Charybdis*, dachte Erwin, den die Ausflüge durch die Bücher seiner Bibliothek bereicherten, obwohl die Assoziationen oft mit ihm umsprangen wie ein verzogenes Kind mit seiner Mutter.

Erwin befand sich auf Mission. Er würde sein Ziel erreichen. Doch zunächst musste er sich unbemerkt zwischen Westersoetebier und Gerkensmeier hindurchmogeln, dann, jenseits des Wullbrinkholzwegs, vielleicht noch ein Stück weiter östlich, am Waldrand vorbei, nach rechts driften, auf den Golfplatz zuhalten, am Golfplatz schließlich nach Süden aufs Stühfeld vorstoßen und westwärts weitereilen Richtung Jasper, bis ...

Mist! Erwin unterdrückte einen Fluch. Der Stühfeldweg führte gradewegs durch die Thiesbrummel'schen Hofanlagen. Das ging ganz und gar nicht. Die Hunde. Das Vieh. Jaspers Vieh war hochnervös. Es lebte in einer Diktatur. Jaspers Schweineställe lagerten wie zwei hundert Meter lange Sprengsätze am Ende des Stühfelds, links und rechts, dort angebracht wie für ein Erwin'sches Selbstmordkommando. Ein falscher Schritt, ein zufälliger Lärm, ein den Tieren unbekanntes Signal ...

Nein: Erwin musste den ganz großen Bogen schlagen. Golfplatz, Warzkamp, Schwenk nach Westen, Richtung wilde Müllkippe, dann scharfe Kehre und ein Stück vor Husemanns Silos in den Wald. Von dort dann durchs düstere Gehölz bis zum Fundort der Knochen.

Dann war es sicher längst Mitternacht.

Hoffentlich hielt Lothar solange durch. Wenn Lothar begann, den Marsch infrage zu stellen, würde es schwierig werden.

Er musste der Ente vertrauen.

Er musste aufhören, über Dinge, die möglicherweise geschehen konnten, nachzudenken.

Erwin glitt voran, ließ seinen Kopf ein Lied summen. Bei

Gerkensmeier und Westersoetebier blieb alles ruhig. Zweihundert, dreihundert Meter tief tauchte er ein in offene Dunkelheit.

Lothars Federn tuschelten ...

Die Gedanken kehrten zurück. Vielleicht waren die Gedanken froh, in dieser Dunkelheit fehlender Gedankenlandeplätze einen Landeplatz gefunden zu haben.

Solche Gedanken auf stelzbeinigen Worten machten Erwin unglücklich.

Vielleicht war es das Gefühl, keinen Halt mehr zu haben. Füße allein genügten da nicht. Auch nicht mit Gummistiefeln, knöcheltief eingesunken im weichen Boden.

Erwin trug keine Uhr. Sein Vater Friedhelm hatte immer eine Uhr getragen. Allein dieses Wissen besetzte bereits den Platz an Erwins Handgelenk. Und da war noch etwas anderes: Uhrenträger vom Schlage Friedhelms benahmen sich wie Besitzende. Nicht wie Besitzende, die einen Besitz zu würdigen wussten – Erwin dachte an seine Badewanne, die Bücher ... – nein: wie Besitzende, die etwas ganz und gar vereinnahmten. Die sich ihrem Besitz gegenüber verhielten wie Kolonialherren und dabei übersahen, dass auch für sie, die Herren, sämtliche Gesetze der Kolonie galten – außer jene lächerlichen, die sie selbst erlassen hatten.

Tsching, tschang, tschong.

Brunnen schluckt Schere.

Papier bedeckt Brunnen.

Erwin fühlte sich schwindelig: Bilder, Kinderworte. Er begann, Sekunden zu zählen. Schafe machten womöglich müde. Die Gedanken fügten sich, widerwillig ...

...

Er hatte gar nicht gewusst, dass heute Neumond war. Das war gut – und es war nicht gut.

Oder war die Wolkendecke mittlerweile so dicht, dass die Nacht wie eine Neumondnacht wirkte? Ein schimmriger Rest von Helle war dort verblieben, wo Himmel sein musste: Himmel und sonst nichts.

114

115

116

117

Harter Boden. Die Straße. Das Clubhaus in der Mitte des Golfplatzes leuchtete von fern. Leute aus Fechtelfeld oder aus Dettbarn verkehrten dort. Ausland. Zum Warzkamp wären es jetzt noch ein paar Hundert Meter die Straße hoch. Thiesbrummels Gebäudeklötze waren schon zu ahnen.

Wie spät es wohl sein mochte?

Zu früh, dachte Erwin und blieb auf Umwegkurs. Eine weitere Stunde marschierten die Ente und er durch die Ödnis der Dunkelheit.

Warzkamp.

Wilde Müllkippe.

Kötterholzweg.

Gradeaus, auf den Acker ...

... und dann war der Wald erreicht. Und Erwin hatte sich nicht verrechnet:

Bäume, raschelndes Laub. Lothar blieb bewundernswert ruhig, trotz einer Nacht, die ihm alles fragwürdig erscheinen lassen musste, was ihn und Erwin verband.

Erwin liebte die Ente.

Knapp zweihundert Meter maß der Waldkeil, den sie

noch durchqueren mussten. Ein kleines, ewiges Licht an Jaspers und Alwines Hoftür an der Rückseite des Hauses, schräg dem Wald zugewandt, leuchtete ihnen, als sie ein Stück in den Wald eingedrungen waren. Mal hinter einem Baum oder Gruppierungen von Bäumen verborgen, dann wieder sichtbar in der Ferne.

Die Küste.

Der Strand.

Die Müdigkeit des Schiffbrüchigen.

Erwin begann erneut, Sekunden zu zählen. Jetzt war höchste Konzentration geboten.

Er wäre fast durch das Absperrband gestolpert wie ein Läufer, der das Ziel, schon kaum mehr bei Sinnen, als Erster erreicht. Aber das dünne Folienband ließ ihn schlagartig erwachen. Ab jetzt vergingen die Sekunden schneller: Sie rannten, rasten, galoppierten davon.

Erwin hockte sich hin, befühlte den Boden, ließ die Finger eindringen in weiche Kälte, Totenkälte. Er sah auf, warf einen Blick auf die Thiesbrummel-Hoftür, die dunklen Fenster. Er schaltete die Taschenlampe ein, nahm sie in die linke Hand, indem er die Hand nicht um den Griff, sondern um den Reflektor schloss. Dann öffnete er die Finger vor dem Reflektor ein wenig: Die Hand leuchtete rot, ein Gemisch aus Fleisch und Blut und Licht. Die Hand gab an den Schlitzen zwischen den Fingern Strahlen frei, die den Boden trafen, ein Zielfeld beleuchteten. Mit der Rechten begann er zu suchen, zu wühlen, zu graben. Papierschnipsel tauchten auf. Er sammelte sie ein.

Der Boden war lehmig. An manchen Stellen sogar fest wie Ton. Hier gab es fast keinen Mutterboden mehr.

Sehr merkwürdig, dachte Erwin.

Die Fundstelle lag in einer ausgedehnten Kuhle, das fiel ihm erst jetzt auf, obwohl es so dunkel war. Erwin hatte beinahe Angst davor, Knochen zu finden, die der Forensiker und sein Trupp übersehen hatten. Doch die Knochen waren allesamt verschwunden.

Erwin wurde mutiger, grub tiefer. Er förderte weitere Schnipsel zutage: Klumpige Fetzen, Reste verbrannten, zusammengepappten Papiers.

Reste eines Buches?

Fundstück für Fundstück verschwand in den Taschen seines Parkas. Die Taschen füllten sich. Erwin dachte, dass es eine ziemlich große Menge von Papier war für ein einziges Buch. Zugleich fragte er sich, weshalb er immer wieder von einem Buch ausging.

Erwin schnappte sich ein keilförmiges Holzstück, das er im losen Material der Grube fand, und hieb damit auf den Boden ein. Zäh und hart war der Untergrund, und Erwin stellte sich die nächste Frage: Was tat er hier eigentlich? Der Boden antwortete. Immer wieder gab das harte, nun eher tonige als lehmige Material zuvor fest umschlossene Papierfetzen frei.

Und dann stieß Erwin auf Metall. Raues, lehmverschmiertes Metall. Und auf Knochen. Tief im Waldboden waren wohl doch noch Knochen übersehen worden: Knochenstücke, dunkel und schwarzbraun. Kurze, zerbrochene, längliche. Manche der kurzen Knochen waren rund und knubbelig. Erwins Herz raste. Dieses Metall, das war doch ...?

Lärm brach los. Vom Hof her. Erwin riss das Metall aus

dem Boden, versenkte es in seiner Tasche. Von einer Sekunde auf die andere fegte die Lärmwelle über ihn hinweg. Lothar nahm Reißaus, ließ alle Loyalität fahren und machte, dass er davonkam, suchte Zuflucht in den Tiefen des Waldes. Auf dem Hof sprangen Lichter an, grelle, helle Lichter. Und dann war da ein startender Motor. Heiseres Dieselkeuchen. Rufe: wütend, aufgebracht. Und dieses ohrenbetäubende, anschwellende Quieken – untermalt vom Klang plötzlich einsetzenden Regens. Regen in biblischen Dimensionen. Doch es regnete nicht. Erwin wusste sofort, worum es sich handelte. Sein Kopf stieß mit der Lautstärke eines Nebelhorns, nur für ihn selbst hörbar, immer wieder drei Worte aus:

Rennen! Retten! Flüchten!

Die Signale blieben ohne Wirkung. Gelähmt vor Schreck verharrte Erwin am Boden seiner Wühlkuhle. Das Nebelhorn verstummte. Stattdessen xylofonte Erwins unberechenbares Gehirn eine idiotische Tonfolge:

Häschen in der Grube ...

Ja, er saß. Aber er würde nicht schlafen. Er würde sterben. Er würde einen gradezu mythischen Tod sterben. Wo Knochen, die Reste einer Leiche gelegen hatten, würde erneut eine Leiche liegen, zertrampelt. Fleisch und Blut und Lehm würden miteinander vermischt werden: feine Wurstmasse, geschaffen von den Hufen dieser aufgebrachten Rotte. Fleisch und Blut, zerstoßen in einem Waldboden-Mörser. Schweinefleisch als Mordwaffe.

Je unfähiger sich Erwin zeigte, geistesgegenwärtig den Sprung in Sicherheit zu wagen, desto greller leuchteten die Bilder in seiner Fantasie. Nie wieder würde er ein Buch lesen, die Kunst alter Meister betrachten: Er wollte lachen, laut auflachen, das irre Quieken hinfortlachen, den Albtraum beenden. Hatte er sich nicht immer wieder gefragt, auf seine ganz eigene Art, weshalb Schweine im griechischen Mythos solch eine hintersinnige Funktion erfüllten? Schweine in Hauptrollen. Schweine waren nicht die Opfertiere. Sie lieferten nicht die Mahlzeiten der haarigen Helden. Die Schweine des Mythos waren Keiler. Monster. Tötungsmaschinen. Hatte der Kalydonische Eber nicht ein ganzes Bataillon griechischer Superhelden in Grund und Boden gestampft?

Aufrecht stehn wie ein Wall, wie ragende Schafte dir Borsten. / Siedend mit heißerem Zischen herab um die Räume des Buges / Strömet der Schaum; und es drohen, wie indische Zähne, die Hauer...

Die Melodie von *Häschen in der Grube* untermalte einen elegischen Vortrag von Namen:

Enaesimus.
Hylaeus.
Ankaios.

Aber den Kühnen ereilt, und, wo leicht ihm dem Tode die Bahn ist, / Mäht in die Weiche des Bauchs ihm die Zwillingshauer das Untier. /... /... und voll des klumpigen Blutes / Gleiten die Eingeweid'auf die morgenfeuchte Erde...

Wo kamen denn all diese Bilder und Worte her? Erwin fühlte ein Ziehen im Schritt. Griechische Helden mochten mit ganzem Mut gekämpft haben, damals, in mythischer Vorzeit. Er aber empfand in seiner puren Angst nur noch eins: Er spürte, wie auch sein Geschlechtsteil verschwinden, sich davonmachen wollte … So wie Lothar …

… doch empor an gestemmeter Lanze sich schwingend, / Klettert' er auf das Gezweig des nächst ihm stehenden Baumes, / Wo er aus sicherer Höh' auf den Feind, der ihn schreckte, hinabsah …

Unter panischem Atempumpen und beflügelt von Ovid gelang es Erwin immerhin, auf die Füße zu kommen. Er japste sich gradezu hoch in den Stand. Da zeichnete sich in dem vom Hof her bleckenden Fahndungslicht die dunkle Silhouette der Jagdgöttin Artemis ab, die Hände erhoben, um …

Nein, natürlich stand da nicht Artemis, sondern Alwine Thiesbrummel, deren Statur jener der griechischen Jagdgöttin allenfalls deshalb glich, weil Erwin geistig erhitzt war und weil der Lichtwinkel Alwines quadratisch-gedrungene Statur ins Längliche zog. Artemis hätte wohl auch anderes geäußert als das, was nun ertönte – kaum unterscheidbar vom Quieken in finalem Forte Fortissimo:

»Jasper! Jasper! Pass op! Pass oop!!«

Das war gut. Aufpassen war immer gut. Hier allerdings nutzlos. Die Worte erreichten Erwin, für den sie gar nicht gedacht waren, im Grenzbereich zwischen Leben und Tod. Während 250 PS Deutz DX vom Hof Richtung Wald bölkten, rammte die erste der fetten Sauen aus Jaspers mastindustriegenormten Stallungen Erwin die Beine weg. Sein Schrei hüpfte wie ein Ball über das brodelnde Quieken der rasenden Rotte. Ein Tischtennisball. Ein Nichts. Erwin fiel nicht weiter auf. Und die zweite oder die dritte oder die vierte der Sauen ...

»O Herr!! O Herr!! Sto us doch bui!!«

... fing den aufschlagenden Körper Erwins wie ein rasender Torpedo beziehungsweise eine Trägerrakete aus Schinken, Borsten, Schweinespeck. Zwei Meter Länge. 300 Kilogramm Gewicht. Zitzen, die am Boden schleiften, was die Wut der Tiere vermutlich nicht milderte. Erwin sah nichts, hörte alles und brüllte um Hilfe. Doch Hilfe kam nicht. Zum Glück verfügte Erwin über leidlich gute Reflexe und vermochte es, sich verkehrt herum auf dem Rücken des Schweins, das seinen Sturz aufgefangen hatte, festzuhalten. Er lag auf diesem stinkenden, mächtigen, fetten Tier, klammerte Beine und Arme wie festgezurrte Gurte um den strammen Leib, presste den Kopf, zur Seite gedreht, in den zum Schweinehintern hin aufgewölbten Speck und wagte es aus Sorge um sein Leben sogar, die Finger fest in zwei Zitzen zu kneifen, um den Halt nicht zu verlieren.

Mein Gott, was die Sau tobte.

Und wie sie – was er zum Glück nicht sehen konnte – um sich biss.

Wie alle diese Tiere tobten.

Nie hatte ein Rodeo-Reiter mehr Mut und Ausdauer bewiesen. Selten hatte sich im ewigen Konflikt zwischen Mensch und Tier eine solche Symbiose ergeben. Und wie sehr verfluchte Erwin – wieder einmal – die Unfähigkeit seines Gehirns, klare Gedanken zu denken. Statt eine nüchterne Krisenanalyse durchzuführen, waberte Homer durch Erwins geschütteltes Haupt. Er sah Circe, die Verwandlung von Nacht in Schweine, den Menschenfresser Polyphem. Hätte Jasper nicht Schafe züchten können? Verglichen mit diesen quiekenden Schinkentorpedos wäre eine Herde verschreckter Schafe ein gradezu idyllisches, friedliches Fluchtumfeld gewesen. Wie gut hätte Erwin sich in der dichten Wolle warmer Mutterschafe festhalten können! Wie wenig aggressiv hätten sich die Tiere gezeigt!

Man konnte nicht behaupten, dass Erwin all dies tatsächlich dachte. Gewisse Bilder aus Angelesenem blitzten in ihm auf, brannten schnell und lichterloh, stürzten in sich zusammen, während die Sauen – vier- oder fünfhundert an der Zahl – die Fundstelle durchpflügten, bekoteten, spurentechnisch unleserlich machten. Und dann, nach einer gefühlten Ewigkeit zwischen Leben und Tod, brachen sie in den Wald, wo die Rotte in wenigen Sekunden zerfiel. Einzelne Sauen kamen gut voran, andere weniger gut.

Der Vorhang des Waldes öffnete sich – und schloss sich wieder.

Erwins Sau teilte sich zum Glück frühzeitig vom Rest der Rotte. Da der Wald beruhigend auf sie wirkte, die Waldgerüche sie ablenkten, verlangsamte sie das Tempo. Erwin gelang es, einen Blick nach vorn – also nach hinten – zu werfen. Er drückte den Oberkörper halb hoch. Er hob eine Hand und schnappte sich in verdrehter Haltung einen herabhängenden Ast. Wie er ihn hatte wahrnehmen können, würde ihm immer ein Rätsel bleiben. Aber er griff zu und zog mit aller Kraft, vollführte eine Schraubenbewegung. Der Ast hielt. Und obwohl Erwin seit Jahren keinen Klimmzug mehr versucht hatte, verliehen ihm Panik und ein frisches Glücksgefühl übernatürliche Kräfte. Erwin konnte sich hochziehen, den dicken Ast unter seine Arme zwängen.

So hielt er den Kopf sozusagen über Wasser. Schnell zog er noch die Beine an und hoffte darauf, dass die Sau nicht auf den Gedanken kommen würde, Rache zu üben, und falls doch, dass sie nicht bemerkte, welche Weichteile sich in diesem Moment für einen perfekten Racheakt anboten.

Erwin hing in der Luft und wartete.

Wieder spürte er ein Ziehen im Schritt.

Er war am Ende seiner Kräfte.

Er dachte an den Schmerz.

Der Lärm verebbte.

Einzelne Sauen grunzten in der Nähe. Es klang nach Neugier und Orientierung. So schnell wie der Sturm aufgekommen war, hatte er sich wieder verzogen. Erwin ließ sich stöhnend ins weiche Laub fallen. Seine Arme waren taub. Alles schmerzte. Alle Knochen schienen gebrochen, jeder Muskel gerissen. Erwin fühlte Prellungen, Rippenbrüche, die ganze Skala. Jede Bewegung verursachte Qualen, doch er konnte sich jetzt nicht ausruhen. Er musste fort von hier. Jasper würde die Tiere so schnell wie möglich zurück in die Ställe treiben: Jasper und Alwine. Wahrscheinlich holten sie bereits Helfer herbei. Hilde Gerkensmeier oder Arno. Oder jemanden von Husemanns Hof. Womöglich würde das Auftauchen des Tyrannen Jasper erneut für Unruhe sorgen unter den Tieren, sie in Rage versetzen. Dann wollte Erwin möglichst weit weg sein. Sein Interesse an Tieren war momentan gering. Selbst Lothar vermisste er nicht. Auf allen vieren davonkriechend, erwischte sich Erwin sogar dabei, wie er die Ente verfluchte.

Andererseits: Was konnte Lothar dafür, dass er sich hatte retten können, ohne Körperkontakt zu den Schweinen? Lothar war sehr viel zarter gebaut als Erwin. Er hatte flüchten *müssen*.

Es dauerte mehr als fünf Stunden, bis Erwin die alte Polizeiwache erreichte. Er war durchnässt vom Morgentau. Er fühlte, neben allen Schmerzen, eine bleierne Müdigkeit. Er nahm kaum wahr, dass Lothar zaghaft schnatternd um die Hausecke linste. Erwin wäre jetzt nicht in der Lage gewesen, irgendjemandem seinen Zustand zu erklären. Zum Glück kam Schwester Diekmann, die Diakonisse, erst in einigen Tagen, um nach dem Rechten zu sehen. Bis dahin war Erwin sicher wieder auf den Beinen. Er schleppte sich ins Haus, zog sich aus, ließ Wasser und Schaumbad in die Wanne, quälte sich über die Randlippe ins Warme, legte den Kopf zur Seite und schlief ein.

In seinen Träumen sah er die Jagdgöttin Artemis. Sie litt an einer drahtigen Form von Damenbart und beschwor höhere Mächte als sich selbst. Schließlich zog sie ein verdrecktes Paar Handschellen hervor, streckte es Erwin entgegen und fragte ihn, was er damit, bitte schön, vorhabe.

Gefangen in Puzzlestücken

Handschellen. Erwin hatte in der Knochengrube am Wald ein Paar Handschellen gefunden. Von Lochfraß korrodierte Handschellen mit dicken Verschlussbolzen, wie zwei Zapfen den Bügeln aufgesetzt. Es handelte sich um sehr alte Handschellen, ohne Zweifel. Das Modell besaß keine Eleganz, es sollte demütigen und bestrafen. Die beiden Schellen waren über einen dicken Ring miteinander verbunden. Die Handschellen lagen auf dem alten Polizeistuben-Schreibtisch im Elternschlafzimmer und sahen aus wie eine übergroße Brille. Eine Brille mit angedeuteten Augenbrauen. So jedenfalls wirkten die rechts und links schräg nach oben abstehenden Bolzen auf Erwin.

Die Handschellen waren geschlossen. Das ließ gewisse Vermutungen zu ...

Erwin widmete sich den Handschellen zunächst jedoch kaum. In den folgenden Tagen hielt er sich vor allem vor der Welt versteckt. Das hatte einerseits mit Anni zu tun und seiner Trauer. Andererseits mit seinem Körper. Der war gezeichnet von Kontusionen. So lautete das Wort, das Erwin in einem Buch fand: einem schönen, großformatigen Buch mit hässlichen medizinischen Fotos.

Mit seinen Prellungen und Blutergüssen sah Erwin aus wie ein Opfer des Teufels. Sein linkes Auge war zugeschwollen. Seine Haut war grün und gelb, blau und dunkelrot. Und die Farben veränderten sich. Immer wieder zog er aus dem Regal einen Bildband über Malerei hervor und wuchtete ihn stöhnend aufs Lesepult. Das Ende des Mittelalters. Matthias Grünewald. Der Isenheimer Altar. Pest und Antoniusfeuer. Erwin betrachtete den von grellen Farben und Totenblässe gleichermaßen gezeichneten Körper eines dahingesunkenen, halb nackten Mannes. Sein Bauch war aufgequollen, übersät von roten, brustwarzenartigen Feuermalen. Der Bauchnabel schien entzündet. Dort blühte eine dicke, rote Zitze. Der Mann hatte einen Schweineleib. Nein: Der Bauch des Mannes war eine gelbliche, fette Frauenbrust. In seinem Leib steckte der Tod. Erwin schämte sich für die nächtliche Aktion. Die Schweine waren eine Strafe gewesen. Schmerzen erzeugten Reuegefühle. Erwin hielt sich tapfer am Stehpult. Länger als eine halbe Stunde jedoch war ihm das Studium von Büchern mit furchtbaren Bildern nicht möglich. Dann musste er wieder ruhen, sich ins Bett legen oder – besser noch – in die Wanne. Lothar beobachtete ihn, durch die Glasfront des Wintergartens. Die Ente mit ihrem Blick ohne Spott war Heilung für Erwin. Es dauerte fünf Tage, bis er die Sühnephase überwunden hatte und den Ritt auf der Sau als das sah, was er gewesen war: ein saublödes Missgeschick, das böse hätte enden können.

Nach vier Tagen bekam Erwin nachmittags Besuch von Schwester Diekmann. Wie immer hatte sie eine Tüte Kekse dabei, die sie in der Küche gemeinsam knabberten. Schwester Diekmann, die nie krümelte – was Erwin bewunderte –, bemerkte, dass Erwin angegriffen aussah. Aber Erwin konnte ihr, mit den für ihn typischen wenigen Worten, die Geschichte von einem Vireninfekt auftischen. Zumal nach vier Tagen fast alle Spuren körperlicher Gewalt einem diffusen Bild vergangenen oder vergehenden Leidens gewichen waren. Sie sprachen dann auch weniger über Erwin als vor allem über Anni. Schwester Diekmann seufzte bekümmert und berichtete Erwin, dass Anni noch im Laden gestorben sei. Das Herz. Heinz-Hermann Mickenbecker habe sie, kaum noch atmend, vor der Ladentheke liegend, gefunden. Fast hätte ihr dieser Besuch das Leben gerettet, wo doch »der Bubi«, wie Schwester Diekmann sagte, sonst nie bei Anni im Laden einkaufe, sondern immer bei Landhandel Plögens in Fechtelfeld (obwohl Bubi Mickenbecker durchaus ein Vertreter der Spezies *Kaufe-im-eigenen-Dorf* war: Bei Plögens machte er eine Ausnahme). Ein merkwürdiger Zufall – und ein tragischer noch dazu.

So war Anni also gestorben. Erwin hatte es ja längst gewusst. Aber jetzt fühlte er sich doppelt elend. Waren sein Besuch im Laden und die Aufregung, die seine Worte damals ausgelöst hatten, der Grund für Annis Tod?

Es gab so viele Fragen.

Schwester Diekmann erwähnte dann noch, dass Anni zwei Tage zuvor auf dem Friedhof von Fechtelfeld beerdigt worden war. Sie hatte wohl schriftlich verfügt, nicht in Bramschebeck unter die Erde zu kommen. Irgendwie verstand Erwin das. Es passte zu Anni. Und es passte zu Bramschebeck, dass man sich nun darüber die Mäuler zerriss. Schwester Diekmann nahm sie allerdings sehr gelassen, diese feindselige letzte Handlung von Anni dem Dorf gegenüber. Das sprach für Schwester Diekmann.

Erwin hatte gar nicht daran gedacht, zu Annis Beerdigung zu gehen. Es war ihm schlichtweg nicht in den Sinn gekommen, dass Anni in ihrem Tod so weit gehen würde, ihren Körper unter die Erde bringen zu lassen. Unter die Erde, das bedeutete eine unüberbrückbare Distanz zu ihm. Er fragte sich, ob Arno wohl dort gewesen war, auf dem fernen Friedhof. Arno, der Beerdigungsexperte. Eine Reise nach Fechtelfeld wäre Erwin nie in den Sinn gekommen. Aber Arno ...?

Auf gewisse Weise erleichterte es Erwin allerdings auch, dass Anni nun in Fechtelfeld lag – wenn sie schon irgendwo beerdigt liegen musste. Und Erwin erwischte sich dabei, wie er seine Schuldgefühle dadurch zu mindern versuchte, dass er sich sagte, ein Besuch bei Annis Beerdigung wäre für ihn wegen Fechtelfeld ein Ding der Unmöglichkeit gewesen.

Nun ja: Das mit der Schuldminderung klappte nicht so richtig.

Als Schwester Diekmann gegangen war, fühlte sich Erwin stark genug für weitere Kontakte. Nach fünf Tagen begann er wieder zu ermitteln. Und er setzte sich morgens mit Arno in die Küche zum Kaffee.

Arno hatte schon unmittelbar nach dem Schweineritt bei Erwin auf der Matte gestanden. Da hatte Erwin ihm aber nicht die Tür geöffnet. Erwin hatte geschlafen. Am Abend hatte Arno es ein zweites Mal versucht und war abgewimmelt worden. Das war der Moment gewesen, an dem Erwin auf die Idee mit dem Vireninfekt kam. Er hatte eine hoch ansteckende Infektion dieser Art simuliert, mit drastischen Beschreibungen in kurzen Sätzen, durch die geschlossene Haustür hindurch. Er hatte eine Magen- und Darmrebel-

lion aus den Eindrücken konstruiert, die ihm die Leidens-
bilder des Matthias Grünewald boten. Arno hatte mit Ver-
unsicherung reagiert. Er war nicht so leicht zu beeindrucken.
Kotzerei und Dünnschiss und solche Sachen waren gar
nicht so weit weg von dem, was ein ordentliches Saufgelage
bewirkte. Was Erwin Leiden nannte, grenzte für Arno unmittelbar an Genuss. Überdies fragte er sich, wie er sich
anstecken sollte. Wer, wie er, tagtäglich im Schweinestall
stand und eine Zahnbürste als Gegenstand betrachtete, den
man nach lebenslangem, unregelmäßigem Gebrauch noch
vererben konnte, zuckte bei Worten wie Krankheit, Anste-
ckung oder Hygiene bloß mit den Schultern.

Aber gut: Erwin war ein anderer Mensch als Arno. Das
wusste Arno. Arno ging, aus unerfindlichen Gründen, sogar
so weit, Erwin für einen Menschen zu halten, der Zugang
zu Kreisen hatte, in denen man sich ansteckte und litt. Das
färbte wohl ab. Und weil Arno Erwins Autorität achtete,
war er schließlich gegangen. Am nächsten Morgen hatte er
sich vorsichtig nach Erwins Befinden erkundigt. Nachmittags hatte er ihm was Stärkendes von Hilde Gerkensmeier
gebracht, es vor die Haustür gestellt. Und so war es auch
an den folgenden Tagen gewesen. Hausmittel, die Erwin im
Klo entsorgte, neugieriges Nachfragen und gute Wünsche.
Erst am Morgen des sechsten Tages, als Erwins linkes Auge
wieder halbwegs gesund aussah, wagte er es, Arno im Haus
zu empfangen. Dieser war drauf und dran, das gesamte
Dorf auf Erwins Zustand hinzuweisen. Das hieß es zu vermeiden.

»Mööönsch, Äwinn«, fiel ihm Arno entgegen, »du machss
Sachn!«

Erwin winkte ab.

»Ich hab noch was von Hilde. Von die Suppe. Iss ma!«

»Nee, liebern Kaffe«, murrte Erwin.

»Jau, 'n Kaffe.« Die Suppe war schnell vergessen. Arno setzte sich, ließ sich Kaffee eingießen, füllte tapsig Milch und Zucker nach, rührte um, hob den Pott und schlürfte. Dabei beobachtete er Erwin.

»Siehss aber schonn bessa aus«, sagte er vorsichtig.

Erwin nickte nur.

Arno nickte ebenfalls und guckte in seinen Kaffeepott.

Dann guckte er wieder auf Erwin, kniff die Augen zusammen und nickte nochmals.

»Geht ganz schön aufs Auge, nä? Sone … Dings …?«

»Och«, sagte Erwin und drehte den Kopf leicht.

»Oder bisse wogegen? Hmm?«

»Nee. Issne Entzündung«, sagte Erwin. »Scheiß Fieber.«

»Jou. Scheiß Fieber.«

Arno merkte, dass da ein Rest von Rätsel bleiben würde, was Erwins Krankheit betraf. Betrunken mit dem Kopf wogegen. Das hätte gepasst. Aber gut. Dann eben zu den Neuigkeiten:

»Hasse schon gehört? Von Jasper?«

Erwin verzog das Gesicht. So ein kurzer Zahnschmerzausdruck, den Arno falsch deutete.

»Die Knochen?«, fragte Erwin vorsichtig. »Warn se … Warn se noch mal bei Jasper? Die vonner Polizei??«

»Ou, ou, ou!« – plötzlich wurde Arno lebendig. »Da war was lous, lezze Woche. Die hamm ja die Bombe da, nä? Weisse ja. Bei Jaspa. Inn Kriech, nä? Un dann sin Alwine die Schweine durch. Beim Füttan, ahms, nä? Du aahnsses

92

nich. Wo se die Knochen gefundn ham. Da sindse durch. Die Sauen so mit Karacho so, nä? Un Jasper un Alwine konntn nix machen. Mussn Mordsdüernanner gewesen sein, nä? Jasper sacht, du glaubsses nich, was Sauen so veranstaltn könnn!?«

»Die ... Die Sauen?«, fragte Erwin verdattert.

»Jau!«, sagte Arno.

»Die von Jasper? Die Sauen? Die sind ausgebrochn?«

»Jau. Alle. Fömpf Stunn hamse gebraucht, bissese widderhattn.«

»Is ja'n Ding ...«

Erwin fühlte einen tiefen Schmerz.

»Jau. Is 'n Ding. Der Kommissar war erssmal sauer, nä? Wegen der Stelle mitte Knochn. Sah ja aus wie nachem Bommntreffa, da wo die Bombe inn Kriech hoch is, nä?«

Erwin musste sich zusammenreißen, um sich nichts anmerken zu lassen. Zum Glück schienen Jasper und Alwine ihn nicht bemerkt zu haben in jener Nacht. Arno jedenfalls machte keinerlei Bemerkungen, die auf so was hinwiesen, sondern fuhr unbeirrt fort:

»War aber nich so schlimm, sacht Jasper. Weil, die Knochn warn ja ausn Kriech. Sachter Kommissar, sacht Jasper. Hatter Glück gehabt, sachter Kommissar, nä? Sonst wär's 'ne ... 'ne ... Behinderung vonne Ermittlungsdings ... arbeitn gewesn, sacht Jasper, sacht der Kommissar. Aber is alles in Butter jetz. Die Knochn warn ausn Kriech. Kein Mord oder so.«

Erwin nickte – und dachte an Anni. Keine Bombe, hatte Anni gesagt. Und Anni hatte immer alles gewusst.

Keine Bombe.

Kein Mord?

Irgendetwas war hier faul. Oberfaul.

Arno brach um kurz vor zehn Uhr auf. Zuvor hatte Erwin ihn tatsächlich noch gefragt, ob er auf Annis Beerdigung gewesen war. Ja, Arno war, was ihn in Erwins Augen in den Stand eines Freigeistes erhob. Arno wusste nicht viel zu berichten über die Beerdigung. Eines war allerdings interessant: Arno hatte mit einer gewissen Verwunderung festgestellt, dass sehr viele Bramschebecker der Bestattung in Fechtelfeld beiwohnten. Vor allem die ältere Generation war vertreten: Paul-Gerhard Bartelweddebüx (trotz Arthritis), Günther Mickenbecker, Dietrich Westersoetebier (trotz seiner unglaublichen Tüdeligkeit), Minna Tuxhorn und noch einige andere. Menschen, mit denen Anni kaum oder gar keinen Kontakt gehabt hatte.

Merkwürdig, dachte Erwin.

Als Arno dann verschwunden war, wollte sich Erwin sofort daranmachen, die Funde der Nacht zu untersuchen. Das war längst überfällig, doch Arnos Erklärungen hatten Erwins Verwirrung nur noch gesteigert. Hatte es im Wald hinter Thiesbrummels Hof nun einen Bombentreffer gegeben oder nicht? Damals, im Krieg? Erwin verstand nicht viel von Bomben. Um genau zu sein: Er verstand *nichts* von Bomben. Erwin war 1955 auf die Welt gekommen – in jenem Jahrzehnt also, als der Krieg und seine Hintergründe kein Thema waren, nirgendwo im Land. Aber er erinnerte sich an einen Zeitungsbericht, den er mal gelesen hatte. Der Redakteur für die Wochenendbeilage des Pökenhagener Landboten bot den Dörflern gern was Modernes. Einmal war es eine Reportage über ein Kampfmittelräumkommando gewesen. Überschrift: *WIE ICH LERNTE, DIE BOMBE ZU LIEBEN*. Eine zierliche junge Frau von vielleicht 25 Jahren neben einem Blindgänger, der halb aufrecht aus einer Baugrube ragte. Bildunterschrift: *Eins fünfzig lang und 60 Jahre alt: Melanie W. steht auf Reife und Größe*. Im Artikel hatte der Redakteur, dem das Thema *Blindgänger* offenbar entgegenkam, dann doch noch zu einer weniger kreativen Form gefunden und ein paar ganz passable Informationen geliefert. Wenn solche Bomben nicht zu Blindgängern wurden, sondern einschlugen und hochgingen, richteten sie gewaltige Schäden an. Druckwelle, Bombentrichter, Sprengkraft, Kilotonnen … Erwin ließ sich von den blumig-brisanten Ausführungen mitreißen. Und immer wieder betrachtete er Melanie W. neben dem ragenden Rostrohr. Erwins unberechenbares Gehirn griff das Bild auf, verwandelte Melanie in Alwine. Der Körper des Mädchens gewann an Fülle, kompakter Statur, und die Bombe daneben wurde irgendwie harmloser.

Plötzlich sah er vor seinem geistigen Auge, wie Alwine nachts auf dem Hof gestanden hatte. Angestrahlt von 1000 Watt. Alwine im Lärm herannahender Sauen (wie hatten die ausbrechen können?). Alwine mit ihren Augen – ihren von Gesichtsfleisch verpackten kleinen Augen. Alwine, die ihre zum Schlamm-Catchen höchst geeigneten Arme langsam an ihrem zum Schlamm-Catchen höchst ungeeigneten Körper emporhob, die Handteller, fast lampenschirmgroß, an den Mund setzte.

Alwine brüllend:

»Jasper! Jasper! Pass op! Pass oop!!«

Und dann die Detonation. Der Lichtblitz. Die Bombe, die so groß war wie ein preisverdächtiges Mastschwein. Es mochte gut sein, dass Alwine Thiesbrummel eine solche Detonation zwar nicht lebend, dank ihrer kompakten Bauweise jedoch relativ vollständig überstanden hätte. Alles wäre beisammengeblieben, am späteren Fundort. Das Bild, das Erwin von dem Opfer des möglichen Bombenabwurfs hatte, war jedoch ein anderes. Es glich Melanie W. Von einem zarten Wesen ihrer Art hätte die Wucht der freigesetzten Kilotonnen kaum etwas übrig gelassen, außer in sehr weitem Umkreis verteilte, winzige Knochensplitter. Erwin konnte an nichts anderes als an einen Volltreffer denken, und auch das mochte mit Alwine zu tun haben. Er kam gar nicht auf die Idee, dass die Bombe möglicherweise in einiger Entfernung vom Opfer eingeschlagen war und dieses zwar getötet, nicht aber atomisiert hatte. Auch fragte er sich gar nicht, ob sein laienhaftes Sprengstoff-Verständnis vielleicht grundfalsch war. Und weitaus stärker noch als Alwine beeinflusste Anni die Richtung von Erwins Ermittlungen. Anni, an die er jetzt wieder denken musste, weil sie immer irgendwie anwesend war.

Nein, Anni hatte recht gehabt. Es hatte dort am Rand des Thiesbrummel-Hofes, in der Nähe der Knochenfundstelle, keine Bombe gegeben. Keine Bombe und keine Detonation. Das Ganze war nichts als eine falsche Fährte. Weshalb und mit welcher Absicht gelegt, war Erwin ein Rätsel.

Ein Rätsel, das er unbedingt lösen musste.

Also stieg er mit neuer Entschlossenheit die Treppe hinauf zum Elternschlafzimmer mit dem Polizeistuben-Schreibtisch und nahm sich die Funde vor.

Die Papieruntersuchungen erfolgten nach dem bekannten Muster mit Lupe, Pinzette und viel Geduld. Was Erwin in den nächsten Stunden an Lesbarem aus Verfallsprozessen herüberrettete, lieferte so vielsagende Ergebnisse wie:

... er ist in meiner Seele. Und ...
... Macht, daß'r rauskom ... ... beide! ...
... jeder liebt – du bist töricht ...
... lieben Mr. Edgar ...

Er notierte sich alles in krakeliger Handschrift. Für Erwin bestätigten sich die Vermutungen der ersten Untersuchungen. Bei dem Buch oder dem Text musste es sich um so etwas wie eine Romanze handeln. Und es klang alles sehr englisch. Namen wie Nelly, Mr. Edgar oder Miss E.... – das waren Hinweise, die ihm helfen sollten herauszufinden, um welches Buch es sich handelte.

Aber wie konnte er dabei vorgehen?

Erwin trollte sich nach unten, in den Wintergarten. Er drehte sich zur Innenwand mit den hohen Regalen und ließ seinen Blick an den Buchrücken entlanggleiten. Er wusste nicht, wo er nachschlagen sollte.

Bei so was hatte er früher immer Anni fragen können. So wie er es versucht hatte an dem Tag, als sie starb. Sehr viele Bücher in seiner seltsam zusammengewürfelten Bibliothek stammten von Anni. Und oft, wenn Erwin sich Bücher bestellt hatte, hatte Anni ihn beraten. Das wusste im Dorf natürlich niemand. Anni war der gute Geist des Düsedieker'schen Studierzimmers mit Badewanne und Gartenblick gewesen. Erwin näherte sich den Büchern wie ein Kind auf der Suche nach Buntem. Anni war die Lehrerin gewesen, die das Kind gut kannte und die seine Neugier lenken konnte.

Ach, Anni …

Erwin drohte in einer Welle von Traurigkeit zu versinken. Er riss sich von den Büchern los, stieg die Treppe wieder hinauf, setzte sich hinter den Schreibtisch und nahm sich die Handschellen vor. Die gruseligen Dinger brachten ihn auf andere Gedanken.

Er betrachtete die schweren Metallschellen genau. Sie bestanden offensichtlich aus einer irgendwie rostfreien Art von Stahl. Na ja, rostfrei vielleicht, aber dennoch hatten Zeit und Lage im Waldboden den Metallbügeln zugesetzt. Das ehemals glänzende Metall war stumpf und durchsetzt von dunklen Poren. Lochfraß. Vernickelter Stahl neigte zu Lochfraß. Das hatte Erwin mal in einem Buch über Detektivarbeit gelesen. Und die Bilder in dem Buch glichen dem Metall, das Erwin nun prüfte.

Vernickelter Stahl also …

Die von den Schellen abstehenden Bolzen waren Schlosszylinder. Oben, in den Kopf der Zylinder, wurde ein Schlüssel eingeführt, um die Schellen zu öffnen. Die Bügelenden waren Ratschen: gezahntes Metall. Je nach Armdicke rasteten sie also mehr oder weniger weit ein.

Erst jetzt fiel Erwin auf, dass die Schellen zwar geschlossen waren, aber nur in der ersten oder zweiten Position. Die Handgelenke des Gefangenen waren also ziemlich dick gewesen, wenn er mit Schellen gefesselt vergraben worden war.

Handgelenke einer Frau?

Kommissar Heine, der Forensiker und auch Arno hatten sehr deutlich von einer Frau gesprochen, deren Knochen bei Jaspers Hof gefunden worden waren. Insbesondere dem Forensiker war, was tote Frauen betraf, doch wohl zu vertrauen. Etwas anderes als eine Frau kam für die Untersuchungen gar nicht infrage.

Vielleicht handelte es sich um eine Frau wie Alwine.

Aber solche Frauen gab es auch in Bramschebeck oder in Pogge nur wenige.

Erwin notierte sich auch diesen Punkt auf seiner Liste von Auffälligkeiten.

Dann untersuchte er die Handschellen mit der Lupe. Die Lupe gab ihm das Gefühl, akkurat zu arbeiten, wie ein Polizist. Nein: wie ein Detektiv. Doch irgendwo ganz hinten in seinem Kopf musste Erwin sich eingestehen, dass er absolut nicht weiterwusste.

Auf einem der Zylinderschlossbolzen waren Buchstaben eingraviert:

A. STOTZ

Ein Markenname? Hatten Handschellen Markennamen?

Plötzlich kam Erwin die Idee, dass ihm das Modell der Handschellen vielleicht verraten konnte, aus welcher Zeit es stammte.

Ja: Was für Autos galt, galt vielleicht auch für Handschellen. Erwin meinte sich daran zu erinnern, dass unter den vielen Polizeihandbüchern und Akten, die er und seine Mutter nach Auflösung der Wachstube auf den Dachboden geschafft hatten, ein schmales Buch oder eine Broschüre zu polizeilichen Hilfsmitteln im historischen Rückblick gewesen war.

Friedhelm Düsedieker hatte solche Bücher geschätzt.

Erwin erinnerte sich auch daran, dass auf der Vorderseite dieses Buches ein düster blickender Wachtmeister neben einem schuldbewusst blickenden Schwarzen gestanden hatte, dessen Hände vor dem Schritt mit Handschellen fixiert waren.

Erwin hatte sich immer gefragt, weshalb das Schwarze im Gesicht des Mannes knapp unterhalb der Haargrenze endete. Und natürlich hatte er sich gefragt, wann je er in Versloh einen schwarzen Mann gesehen hatte.

Erwin legte den Zugang zur Dachbodentreppe frei. Unter der ausziehbaren Treppe stand mittlerweile das elterliche Ehebett, und es dauerte eine ganze Weile, bis Erwin die Möbel des vollgestellten Zimmers so weit neu geordnet hatte, dass der Aufgang zum Dachboden wieder dauerhaft genutzt werden konnte. Erwin fühlte instinktiv, dass er sich vielleicht mehr als einmal in die dort oben versammelte Vergangenheit zurückbegeben musste.

Mit solchen Gedanken setzte er den rechten Fuß auf die unterste Stufe der Treppe und stieg dann mit mulmigem Gefühl hinauf.

Paster Blotevogel

Es war ziemlich dunkel auf dem Dachboden. Dunkel und staubig und eng. Der Raum war vollgestellt mit schiefen Schränken und Regalen, mit hohen und weniger hohen, zwischen denen es hier und da einen Durchschlupf gab zu den Winkeln am unteren Ende der Dachschrägen, wo auf dem Fußboden Akten lagerten und Papiere und Bücher und Stapel von Büchern in den Uniformen von Sammelwerken und dergleichen. Licht von außen fiel lediglich durch ein schmales, bleiumfasstes Dachbodenfenster zwischen den Sparren und durch halb zerbrochene, halb verstellte Dreiecksfenster an den Giebelseiten, auf Höhe des rohen Fußbodens. Im engen Halbdunkel des gewundenen Mittelgangs hing das Kabel einer alten Fernsehantenne unter den unverkleideten Dachpfannen. Die Antenne wurde nicht mehr genutzt. Erwin hatte keinen Fernseher, weder für Antennen- noch für Kabel- oder Satellitenempfang. Auch kein Radio. Kein Telefon. Und schon gar keinen Computer. Die Bücher waren geduldiger mit ihm. Ihre Bilder eigenwilliger. Das mochte er.

Der Bretterfußboden des Dachbodens quoll an manchen Stellen auf. Dort hob das dunkle Holz die Nägel aus den darunterliegenden Balken. Feuchtigkeit war überall eingedrungen. Nichts war isoliert, Wind zog zwischen den Dachpfannen hindurch, war aber nicht stark genug, den Bau von

Spinnweben-Kathedralen zu verhindern. Es gab auch für den Wind zu viele Hindernisse, Ecken, Winkel.

Erwin stolperte in eines dieser Kunstwerke zwischen zwei mannshohen Aktenschränken hinein und fing an zu husten. Dann schlug er mit dem Kopf gegen einen blöderweise ziemlich tief verlaufenden Querbalken zwischen den Stützpfosten in der Dachbodenmitte und überlegte unter Schmerzen, ob es nicht irgendwo einen Lichtschalter gab. Ein Stück oberhalb seines Kopfes hing eine jener glatzkugeligen Glühbirnen, die Räume, in denen menschliches Leben nichts galt, beleuchteten.

Wie lange war er nicht mehr hier oben gewesen? Fast zehn Jahre waren es wohl schon.

Der Lichtschalter befand sich wahrscheinlich nahe der Bodenluke. Dort würde er Sinn machen. Erwin ging also zurück zur Treppe und fand den Schalter tatsächlich am dortigen Pfosten. Ein Klick – doch nichts geschah.

Vermutlich war die Birne durchgebrannt.

Zum Glück hatte ihm Anni einen Vorrat von Birnen in den Lichtstärken 60, 80 und 100 Watt verkauft. Vor vielen Monaten. Anni hatte Vorbehalte gegen Energiesparlampen gehabt. Sie hatte gesagt, Kultur funktioniere nur, wenn es eine Gemeinsamkeit gebe zwischen Köpfen und Lichtquellen. Bei Energiesparlampen sehe sie das noch nicht.

So ungefähr hatte Anni das formuliert. Erwin war sich bei Anni nicht immer ganz sicher, was sie meinte, wenn sie solche Sätze sagte.

Aber er vertraute ihr ja.

Er hatte ihr vertraut.

Wieder spürte Erwin die Trauer durchs Haus schleichen.

Wie der Wind, der die Spinnweben nicht zerstörte. Er konnte ihr kaum entgehen, dieser Trauer, dieser Traurigkeit. Sie tauchte überraschend auf. Sie war unsichtbar.

Er stieg die Dachbodentreppe hinab, dann die Treppe ins Erdgeschoss, ging in die Küche und kramte aus dem Schubfach unten im Küchenherd eine 100-Watt-Glühbirne hervor. Er steckte sie ein, stieg wieder auf den Dachboden hinauf und schraube die Birne in die Fassung.

Klick.

Es wurde Licht.

Mein Gott, dachte Erwin, wie viel Vogelscheiße sich hier oben angesammelt hatte. Zwischen Sparren und Dachpfannen entdeckte er ein verlassenes Schwalbennest. Und überall lag Mäusekot, auf den Bodenbrettern kaum zu erkennen. Hellgelblichen Papieruntergrund jedoch zierten sie wie winzige Bohnen. Erwin manövrierte sich erneut zwischen Regalen und Schränken hindurch, entdeckte einen an sich überlappende, festgetrocknete Kotzflecken erinnernden Haufen Taubendreck nahe dem Loch im Giebelfenster und nahm sich vor, hier oben irgendwann mal gründlich aufzuräumen und sauber zu machen.

Ja. Irgendwann mal.

Jetzt aber musste er doch noch einmal runter und die Polizei-Taschenlampe holen. Das Licht der Glühbirne reichte nicht in die Ecken hinter den Schränken. Und wenn er Schranktüren öffnete, war ihm Schatten im Weg.

Die Düsternis des umgebenden Raums diktierte ihm ihre Regeln. Erwin fröstelte. Aprilkälte hielt den Dachstuhl besetzt.

Als Erwin dann endlich alles beisammenhatte, überlegte

er einige Minuten lang, wie er vorgehen sollte. Seine Mutter und er hatten damals, nach dem Tod Friedhelm Düsediekers und der Auflösung der Wache, alle Unterlagen der Polizeiwache und sämtliche Aktenschränke auf die linke Seite des Dachbodens verfrachtet. Das war die Seite, die sozusagen zur Bundesstraße hin wies. Auf der anderen Seite hatte schon zu viel Zeugs gestanden beziehungsweise gelegen. Vergangenheitszeugs.

Es war damals niemand von der Kreisbehörde gekommen, um Akten oder Ähnliches abzuholen, erinnerte sich Erwin. Offenbar war das, was in Versloh polizeilich geschah, vollkommen uninteressant für die Welt da draußen.

Nun ja: Umgekehrt galt das ja auch.

Der Strahl von Erwins Taschenlampe fiel diesmal nicht durch fast geschlossene Finger, sondern grellte über die staubig-stockigen, mäuse- und vogelbekoteten Stapel im Winkel der Dachschräge. Einzig die Sachen in den hohen Aktenschränken waren einigermaßen sauber geblieben. Erwin graute ein bisschen davor, hier oben suchen zu müssen.

Wo konnte diese Handschellen-Broschüre denn nur verschwunden sein?

Erwin nahm sich vor, erst einmal locker über alles hinwegzuleuchten. Vielleicht fiel ihm das Ding ja zufällig bereits beim groben Suchen auf. Das wäre eine feine Lösung. Erwin hatte, anders als Arno, ein gespanntes Verhältnis zu den Grundsubstanzen des Lebens. Seiner Meinung nach glichen diese Substanzen allzu sehr jenen Stoffen, die das Leben aus verständlichen Gründen gern aus sich herausließ – loswerden wollte.

Staub war da gar nicht inbegriffen.

Staub zu Staub. Asche zu Asche.

Und Scheiße blieb Scheiße.

Wo, verflixt, steckte diese Broschüre?

Nach zehn Minuten frustrierenden und gebückten Herumleuchtens hielt Erwin inne und trat zurück in den Mittelgang. Dann überlegte er, was es mit der anderen Hälfte des Dachbodens auf sich hatte. Handelte es sich bei den assortierten Dingen dort drüben nicht ebenfalls um Hinterlassenschaften aus der Polizeiwache? Vielleicht war das Buch ja schon in einer früheren Aufräumaktion nach hier oben entsorgt worden und lag irgendwo auf der anderen Seite, im Reich des Unbekannten.

Erwin ging nachsehen.

Er fand Bücherstapel vor. Plus zwei Aktenschränke und jede Menge Kartons. Erwin öffnete einen der Kartons und leuchtete hinein: Papiere. Nichts als Papiere. Vergilbtes Papier, mit einer alten mechanischen Schreibmaschine betippt. Ganz offensichtlich. Diese Satzendpunkte, die das Papier durchlöcherten wie Kugeln, abgefeuert aus einer Miniaturpistole: Papiere, Durchschläge – vermutlich die Inhalte von Akten, deren Ordner nicht mehr existierten.

Erwin hob mit dem Daumen einen Teil des Papierstapels.

```
Gemeinde Bramschebeck, Pastorat,
z. Hd. Past. Blotevogel, Grenzweg 2 …
```

Er ließ die Blätter langsam am Daumen entlang zurück auf den Stapel gleiten.

Immer wieder diese Anschrift. Daneben auch der Name Engelfuß. Und Zeilen wie:

Ihr sehr ergebener O. Blotevogel.
Hochachtungsvoll, gez. A. Engelfuß

Keine Briefe, sondern behördliche Schreiben. Amtsschreiben.

Die Kartons stammten noch aus der Zeit, als in diesem Haus der Pastor des Dorfes gewohnt hatte. Zunächst Otto Blotevogel, dann, nach dessen Tod, Adolf Engelfuß. Das war gewesen, bevor aus dem Haus die Polizeiwache wurde. Das Pastorat von Bramschebeck gab es schon lange nicht mehr. Die Kirche wurde nur noch an wenigen Sonntagen im Jahr genutzt. Der Pastor der Gemeinde wohnte seit vielen Jahrzehnten in Pogge, und die Kirche von Versloh war an den meisten Sonntagen die Kirche von Pogge, gegenüber der Bundesstraße, am Süllbach.

Erwin öffnete weitere Kartons und guckte hinein.

Kerzen, Schreibtisch-Nippes, alte Stempel, ein Locher, noch mehr Papiere, Stapel alter Gesangbücher, gefaltete Deckchen, Bilderrahmen, ein verbeulter Kelch aus angelaufenem Metall, Metallschälchen, kleinere grauweiße Stoffdecken ...

Das waren zum Teil Dinge für den Gottesdienst. Ohne Zweifel. Von Pastor Blotevogel hatte Erwin gehört – oder Paster Blotevogel, wie es in Bramschebeck unter den Alten hieß. Er war in den Kriegsjahren der Seelsorger im Ort gewesen, bis wenige Jahre bevor Erwin geboren wurde. Pastor Engelfuß hatte Erwin noch kennengelernt – als um Gottes Gnade wissenden Mann, der bekümmert über Erwin den Kopf schüttelte. Wenn auf dieser Seite des Dachbodens die Reste dessen lagerten, was mal aus dem alten

Pastorat aussortiert worden war, würde Erwin hier wohl kaum ein Buch über Handschellen finden. Bei der Verbindung von Handschellen und Religion waren Erwins Gedanken viel zu sehr die eines Kindes.

Er wollte sich also wieder der düstereren und leider bei Mäusen und Vögeln beliebteren Seite des Dachbodens zuwenden, als der Strahl der Taschenlampe über ein knapp meterhohes Regal neben dem zweiten Giebelfenster glitt. Eine schmale Reihe von Büchern fiel Erwin auf. Bücher mit trutzig-farbigen, von Alter gezeichneten Einbänden: dunkelgrün, dunkelrot, braun, schwarz. Die Bücher waren unterschiedlich hoch und unterschiedlich breit. Die Titel der Bücher waren in gebrochenen, teils von Abnutzung unleserlich gemachten goldenen Typen im oberen Drittel der Buchrücken aufgebracht.

Erwin trat näher an das Regal heran. Diese Schrift war nur schwer zu entziffern.

… Verzeichnus … Ehestand getreten …
… Verzeichnus … Verstorbnen …
… Predicht bey der Leych …
… Verzeichnus …

Erwin zog eines der Bücher aus dem Regal und blätterte es auf. Handschriftlich beschriebene Seiten, ziemlich altes Papier. Die Seiten waren, das war kaum noch zu erkennen, vorliniert. Am Seitenrand fand Erwin handschriftlich eingetragen Jahreszahlen:

1751.

Im Textfeld der Buchmitte dann:

ANNO 1751, 17. Nov., wurden in den H. Ehestand christlich eingesegnet Johann Wilhelm Meyerhenrich, Conrad Meyerhenrichs, Gemeinsmann Sohn, mit Anna Constanza Husmann, Johann Adam Husmann in Bramsbeken ehelichen Tochter. Text: conc. erat ex Hos. 2,19,20. Ich will mich mit dir …

Erwin blätterte weiter. Die Eintragungen endeten 1968. Unterschiedliche Handschriften, je nach Pastor und Federkiel oder Stift.

Erwin zog ein anderes Buch hervor:

1783.

Anno 1783, 21. Mai, wurde begraben eine arme Frau, welche mit einem Bübgen hierher geführet worden. Ihr Mann soll ein Zimmer Geselle gewesen seyn, der sie aber verlassen, weilen Er sie schwanger befunden. Das Bübgen, so bey ihr gewesen, möchte ohngefehr 3/4 Jahr alt seyn. Ob das Kind, so dermahlen noch in Poggen aufbehalten wird getauft sey, kan man nicht erfahren. Ich, der Pfarrer, zu ihr gefordert, habe im Beyseyn des Herrn Eusterhusen, weil sie bereits in agone gelegen, nichts von ihr ausbringen können, ob sie das Kind getaufet, oder auch welcher Religion sie gewesen.

Das nächste Buch, an einer zufälligen Stelle aufgeschlagen:

Mitten wir im Leben sind / mit dem Tod umfangen. / Wer

ist, der uns Hilfe bringt, / daß wir Gnad erlangen? / Das bist du, Herr, alleine. Uns reuet unsre Missetat, / die dich, Herr, erzürnet hat. / Heiliger Herre Gott, / heiliger starker Gott, / heiliger barmherziger Heiland, / ewiger Gott: / uns nicht versinken / des bittern Todes Not. / Kyrieleison.

Erwin fühlte plötzlich die Verbindungen zwischen einem Pastor und einem Polizisten. Alles war rätselhaft: das Leben, der Tod, die Gründe für Leben und Tod. Leben war Strafe, Sühne, Reue. Das Schicksal war ein Strafgericht, und es fällte harte Urteile.

Diese Bücher gehörten in ein Archiv, waren aber offenbar bei Auflösung des Pastorats vergessen oder einfach nie zur nächsthöheren Behörde geschickt worden. Erwin blätterte weiter in diesen unter die Zeit hinweggetauchten Schriftzeichen und fand immer wieder Stimmen, Sätze, die von den Seelenqualen der Pastoren zeugten. Sie glaubten an Gott und sahen Elend, Not, Tod, Krankheit. Sie verurteilten menschliche Verfehlungen und sahen doch den Menschen hinter den Verfehlungen. Diese Pastoren, dachte Erwin, ermittelten nicht nur, sie mussten auch noch Recht sprechen.

Und es fiel ihnen schwer.

Eines der Bücher, ein schmales schwarzes, trug keine Beschriftung auf dem Rücken. Das bemerkte Erwin erst jetzt. Es hatte sich sozusagen getarnt, hatte sich hinzugemogelt, denn es war ebenso von Alter gezeichnet wie die übrigen Bücher, obwohl es viel jünger war. Das schlanke, schwarze Diarium begann 1936 und endete 1951. Das Titelblatt zier-

ten die Worte: *Die Kirche in Bramschebeck und das Reich Gottes.*
Darunter fand Erwin die Autorenangabe: *Otto Blotevogel.*

Erwin zog die Augenbrauen hoch. Erlaubte sich der Titel
da einen hintergründigen Scherz? Er war durch einen Umbruch in zwei Zeilen unterteilt: *Die Kirche in Bramschebeck und
das Reich* – dann, das letzte Wort, in der zweiten Zeile:
Gottes.

Die Kirche in Bramschebeck und das Reich
Gottes

Was hatte Otto Blotevogel, der Pastor, zu dieser Zeit zu
sagen? Erwin nahm das Buch, verschob seine Nachforschungen zu den Handschellen auf später und stieg hinab
zum Polizeischreibtisch im Elternschlafzimmer, wo er sich
ans Lesen machte.

Otto Blotevogel hatte von 1936 bis zu seinem frühen
Tod 1951 im Pastorat am Grenzweg gelebt. Dieses Pastorat
war insofern eine Besonderheit, als es dasjenige Haus des
Dorfes war, das so ziemlich am weitesten entfernt lag von
der alten Kirche in Bramschebeck. Das hatte seinen Grund
in den schwierigen Beziehungen zwischen Pogge und
Bramschebeck, aus denen Mitte des 19. Jahrhunderts in
einem frühen Akt von Gebietsreform die Gemeinde Versloh
wurde. Als das alte Zollhaus am Grenzweg zum Pastorats-
haus für die zwangsverheirateten Dörfer umfunktioniert
wurde, nach Plänen und auf Anweisung der Dettbarner
Kirchenleitung unter Präses Thies Magnus Hinnerksen,
hielt man in Bramschebeck und in Pogge den Mund und
verschränkte die Arme. Präses Hinnerksen verfuhr in sei-

nem Amt nach dem Motto: *Wo es mehr Rindviecher gibt als Schafe, da müssen wir strategisch vorgehn – und ökonomisch.*

Ss-trategisch – mit Küsten-Es.

Hinnerksen, seiner Zeit weit voraus, kam aus Hamburg, war auf einer sehr flexiblen Karriereleiter in Dettbarn gelandet und fühlte sich zu offensivem Handeln genötigt, weil er sich in Versloh von sehr viel Defensive umgeben sah. Und weil er dachte, kühnes Handeln sei der Garant für weiteren Aufstieg.

Welch ein Irrtum.

Ein Pastor für zwei Dörfer, die ja schon mit zwei schmucklosen Kirchen ausgestattet waren.

Sie ließen ihn machen, die Bauern von Bramschebeck und Pogge, die den Namen Versloh mieden. Und als der neue Pastor – ein Schwager des Präses – den ersten Gottesdienst in Bramschebeck hielt, blieb die Kirche leer. Genauso wie einige Stunden später in Pogge. Zwei Gottesdienste, ein elend langer Fußmarsch dazwischen, keine Schafe. Das Pastorat war eine Herausforderung. Pastor Lürssen berichtete an den Präses. Der sprach erneut von Rindviechern und legte dem Schwager nahe, die Predigten der kommenden Gottesdienste bildlich und inhaltlich aufzurüsten. Dem einfachen Volk sei die Macht des heiligen Wortes in ganzer Schärfe zu vermitteln, so Hinnerksen.

Das einfache Volk blieb taub und stur – und den Gottesdiensten weiterhin fern.

Die Macht des heiligen Wortes erwies sich in den folgenden Wochen als wenig verlässlicher Verbündeter Lürssens – zumal er die Macht des heiligen Wortes seines Schwagers Hinnerksen zu spüren bekam. Doch sowohl

Hinnerksen als auch Lürssen bissen sich die Zähne aus an der Allianz der Verfeindeten aus Bramschebeck und Pogge. Erst als Monate vergangen waren und die Kirche an höheren Orten Befürchtungen hegte, dem Antichristen ein Schlupfloch in die ansonsten fromme Welt des Landes zu öffnen, löste man das Problem: Es sollte nun ein Pastorat für Pogge geben und eines für Bramschebeck. Und je einen Pastor für die Dörfer, die sich nichts teilen wollten. Dass es für Bramschebeck dann kein neues Pastorat gab – ein Wohnhaus neben der Kirche, wie andernorts üblich –, sondern das alte Zollhaus am Grenzweg, war ein Zugeständnis der Bauern an den guten Willen des Präses.

Vermutlich floss auch Geld. Aufgeklärt wurde das nie, denn kurz nach dieser unrühmlichen Episode verließen Hinnerksen und Lürssen die Gegend. Von Hinnerksen ist noch die Aussage verbürgt: *Die Aufgabe des Kirchenmannes ist es, Seelen zu fischen*, was sich interpretieren ließ als Ankündigung, zurück nach Hamburg zu gehen oder an die Küste. In den Annalen der Landeskirche stachen die Namen Hinnerksen und Lürssen jedenfalls nicht wieder hervor, und der Antichrist verschob sein Erscheinen auf unbestimmt.

Alles war also gut.

Pastoren kamen und gingen, in Pogge, in Bramschebeck – bis in die späten 60er-Jahre, die mit ihren Umwälzungen dem doppelten Pastorat endgültig und diesmal fast widerstandslos den Garaus machten.

Und Blotevogel?

Otto Blotevogel begann seine Tage in Bramschebeck mit sauberer Handschrift. Er schien ein Mensch von Mitteilungsbedürfnis gewesen zu sein. Das vermutete Erwin, nachdem er die ersten Seiten des Buchs vom Reich – Umbruch – Gottes gelesen hatte. Otto Blotevogel stammte aus der näheren Umgebung. Er war zudem von tiefer religiöser Grundstimmung gewesen, was man in Bramschebeck so nicht kannte.

Hatte er deshalb seine Gedanken einer Art Tagebuch anvertraut?

Erwin blätterte durch die Seiten des Buchs und las hier und da. In den ersten Eintragungen war der Ton des Herrn Pastor beinahe hymnisch – und voller seltsamer Vergleiche:

Wie danke ich dem Herrn, der das Volk Israel, die heiligen Männer unserer heiligen christlichen Lehre, hinaussandte gegen die Söhne Ben Ammis und Moabs und sie prüfte mit den Verlockungen Baals. O mein Herr, in tiefer Demut beuge ich mich Deinem Willen, der auch mich leitet in meiner Schwäche. Der Weg des Volkes Israel in das Land von Milch und Honig, er sei mir Mahnung. Herr, Du gabst mir nur ein kurzes Stück jenes Wegs, und ich will diesen Ort annehmen wie das gelobte Land. Der Boden hier ist fruchtbar und voller Dunkel. Aber die Glocke schallt weit hinaus. Hier will ich säen und pflanzen und ernten zu Deiner Ehre ...

Der Weg Blotevogels, so konnte Erwin weiteren Eintragungen entnehmen, war etwa fünfzehn Kilometer lang gewesen, denn Blotevogel stammte aus Fechtelfeld. Das hatte ihm die Arbeit sicher nicht erleichtert. Zur Zeit seiner Ankunft, 1936, war er 33 Jahre alt, was ihn, auf der dritten Seite seiner Reichsbetrachtungen, zu folgendem Eintrag verlockte:

Doch fühl ich es stärker: der dreieinige Gott. Im Jahre Dreiunddrei-
ßig setzte er Zeichen, und ich, stand ich nicht ebenso im dreiunddrei-
ßigsten Jahr, als er mich aussandte? Die Wege des Herrn sind uner-
gründlich ...

Die Wege des Herrn erschienen Blotevogel auf den kommenden Seiten immer unergründlicher. Je länger Blotevogel in Bramschebeck weilte und seelsorgte, desto fragen-
der wurde der Ton seiner Betrachtungen. Das Hymnische
des: *Ich folge Dir, mein Gott! Hosianna!* wich sehr vorsichtig,
sehr gewunden zunächst und sich der Aussage kaum bewusst einem: *Ich hoffe, Du kennst den Weg, mein Gott?*
    Was allerdings ebenfalls auffiel: Die Fragen, die versteck-
ten Anklagen, die zunehmende Verbitterung über den Zustand der Welt – alles dies bezog sich gar nicht so sehr auf
Bramschebeck und die Dickschädeligkeit der Dörfler. Die
Seiten waren gefüllt mit Analogien, die Blotevogels Ringen
mit seiner Lage vor Ort zeigten und die doch über den Ort
hinauswiesen:

Du bist der Weinstock, Herr, und Deine Kinder die Reben. Ich be-
ginne die Prüfung zu verstehen, Herr. Ich weiß, Herr, alles ist zu
Deinem Ruhm ein großes Gleichnis. So sind wir wohl die Knollen,
Herr, und reifen unter der Erde. Wir werden das Licht sehen, eines
Tages. Wir werden nicht müde, Herr, in unserem Schlaf ...

Wenige Seiten weiter neigte Blotevogel dann fast schon zu
Formulierungen wie: *Du bist der Strunk, Herr, und wir die Kar-*
toffeln, wäre der Pastor nicht mit beinahe genetisch begrün-
deter Bedingungslosigkeit außerstande gewesen zu solchem

Sarkasmus. Aber vielleicht war es auch eine Art Vorsicht, denn, wie gesagt: Blotevogels Betrachtungen schielten immer weniger auf die Welt im Kleinen, auf Bramschebeck. Es wurden ... größere Betrachtungen.

Reichsbetrachtungen.

O Herr, die Macht, die Du gegeben hast, wird sie genutzt zu Deinem Lob? Wissen die, die da herrschen, was sie tun?

Als der Krieg ausbrach, 1939, änderte sich Blotevogels Ton nochmals. Verstörung mischte sich in die Worte. Die Eintragungen wurden seltener. Der Krieg konnte zwar in Bilder aus dem Alten Testament gefügt werden, doch Blotevogel scheute diese Rahmungen. Er sprach von den Machthabern und vom Krieg stets so, dass der innere Widerstand des mit so viel Enthusiasmus in Bramschebeck gestrandeten Pastors nicht allzu deutlich wurde. Er verblieb im Uneindeutigen. Auch das war ja eine Stärke biblischer Bilder.

Aber den Worten war zunehmend anzumerken, wie verlogen sie Blotevogel erschienen.

Anfang 1940 hörten die Eintragungen dann auf.

Sie begannen erst 1945 wieder.

Im Mai. Mit nur wenigen Sätzen:

Es ist vorbei, mein Gott. Wir haben gesündigt. Du hast uns bestraft. Du bist gerecht auch in Deiner Strafe.

Und dann, im späten Dezember 45, zur Jahreswende, brach es plötzlich aus Blotevogel heraus. Alles war anders. Jetzt wandte sich Otto Blotevogel an seinen Gott wie an einen fernen Freund, dem er wichtige Dinge berichten musste, von dem er Hilfe erwartete – in einer letzten, verzweifelten Anstrengung. Doch es blieb seine Scheu, Namen zu nennen. Es blieb ein Stil der Andeutungen bei allem, was da konkret wurde:

Was geschieht hier, Herr?, so begann der Text, und er ließ von fern den berühmten Satz *Mein Gott, mein Gott, warum hast Du mich verlassen?* anklingen.

Der Krieg ist aus, und nun könnte Frieden sein. Und doch, die Geborenen des Jahres dreißig, in ihnen lebt der Geist fort. Ist es so, mein Herr? Der Kindersturm, so nannte man sie. Der Kindersturm, er kommt nicht zur Ruhe. Was ist mit den Menschen, Herr? Gibt es denn keine Hoffnung auf Frieden? Steh ich hier, in meiner Schwäche, dem allmächtigen Feind gegenüber? Sie, die Kinder einst, die wir in unserer Verblendung, müde von Krieg und Unheil und verwirrt in unseren Sinnen den Kindersturm nannten: Sie nennen sich nun ›Des Teufels Neun‹. Sie geben keine Ruh! Und ich frage mich, Herr, sehe ich Satan ins Angesicht? O Herr, erspare mir diese Prüfung. Ich bekenne, ich bin schwach. Ich bin ein Werkzeug Satans gewesen. Wir alle haben ihm gehuldigt. Im Krieg. Im Reich des Krieges. Ist dies der Grund für deine erneute Prüfung? Ist es Strafe nach der Strafe? O mein Gott, laß sie zur Vernunft kommen! Ich weiß, Herr, Du hast einen Engel geschickt. Ja, sie ist ein Engel, ein Engel, der kämpfen kann, ein Engel mit Posaune: die junge Frau! Sie müht sich um die Seelen der von Dir Abgefallenen. Aber sie allein im Kampf gegen des Teufels Neun? O Herr, was soll nur werden? Gib ihr Kraft, denn meine Kraft, sie ist am Ende. Ich kann nicht bestehen gegen die Macht Satans!

Aus.

Kein weiteres Wort mehr.

Die letzten 50 Seiten des Buches waren unbeschrieben geblieben.

Erwin blätterte verstört hin und her in den gelblich-bräunlichen Seiten. Die Schrift, die anfangs so akkurat, beinahe herrisch gewesen war, sie war zum Ende hin flüchtig geworden. Die Buchstaben duckten sich. Manches war kaum noch leserlich.

Der Kindersturm.

Die Geborenen des Jahres dreißig.

Der Engel.

Die Frau.

Des Teufels Neun ...

Erwin wandte sich noch einmal dem mit Polizeisachen belegten Abschnitt des Dachbodens zu. Er fühlte sich knöcheltief im Matsch einer Spur. Er hatte Kontakt aufgenommen mit den Sünden der Welt.

Ein Albtraum und ein Brief

Des Teufels Neun – diese mysteriösen Worte brachten eine neue Dimension in den Stand der Ermittlungen, zumal Erwin spät am Abend noch fündig wurde und Friedhelm Düsediekers Informationsbroschüre zu Handschellen und sonstigem polizeilichem Folterbesteck fand. Die Lehrschrift mit dem Titel: *Keine Angst vorm schwarzen Mann – die kleinen Freunde und Helfer der deutschen Polizei* hatte sich in einen Stoß Vernehmungsakten verirrt, der einer Schar Tauben als Basis für ihre Friedensmissionen gedient haben mochte. Zum Glück hatte die Broschüre nicht obenauf gelegen.

Als Erwin dann die Abbildungen der Handschellen betrachtete, stieß er tatsächlich auf ein Paar mit seitlich abgewinkelten Verschlussbolzen, wie er es in der Knochengrube gefunden hatte. Erwin studierte die Seite mit den Bildern genau:

Diese Handschellen der Firma Stotz aus Stuttgart, hieß es da recht fröhlich, *trugen bis Ende der 19vierziger-Jahre maßgeblich dazu bei, dass Sicherheit und Ordnung weiterhin als Qualitäten mit dem Siegel des Deutschen galten.* Dann ließ sich der Text noch zu Besonderheiten der Verschlussmechanik aus, pries die Schmerzhaftigkeit eng anliegender Schellen beim Versuch, sich derselben gesetzeswidrig zu entledigen, und lobte die disziplinierende wie charakterbildende Wirkung von Stahlschellen auf die Psyche von Übeltätern. Der Verfasser der

Bildunterschriften schien ein Verfechter volksnaher Polizeiarbeit gewesen zu sein. Jede Beschreibung schloss mit
einem Merk-Reim: *Stotz – dem Verbrechen zum Trotz* oder *Ham-
burger Acht – der Verbrecher nicht lacht.* Die Broschüre war 1959
erschienen und traf wohl den Geschmack der Zeit.

Für Erwin war vor allem die Information ... *bis Ende der
19vierziger-Jahre* ... wichtig, denn in seinen Gedanken und
Grübeleien hatten die Informationen des Tages begonnen,
sich miteinander zu verbinden. War *der Engel*, von dem Otto
Blotevogel in seinen Aufzeichnungen gesprochen hatte,
womöglich das Opfer eines Mordes geworden? Umgebracht von *Des Teufels Neun* oder einem seiner Mitglieder? In
jenem Jahr, als Blotevogels Aufzeichnungen plötzlich wieder einsetzten – und zugleich endeten?

1945?

Das Alter der Handschellen war zumindest ein Indiz.

Mehr aber auch nicht. Und es war noch dazu ein Indiz
von seltsamer Tragweite. Wenn das Opfer die Handschellen getragen hatte, welche Rolle hatte dann die Polizei bei
dem Mord gespielt? Stammten die Handschellen aus der
Wache von Bramschebeck?

Nein, das konnte nicht sein, denn die Wache war ja erst
eingerichtet worden, als das Pastorat aufgelöst worden war,
lange nach dem Tod Otto Blotevogels. Zuvor hatte es
keine Polizeiwache gegeben, sondern lediglich ein provi-
sorisches Dienstzimmer im Gebäude der alten Schule. Und
anders als in der Frage der Pastorate hatte es in Versloh
auch nie zwei Polizisten gegeben. Im Krieg war der Dorfpolizist Frieder von Hackemack gewesen, wohnhaft Im
Holskebruch, ein gutes Stück westlich von Pogge. Es war

schon seltsam, dass weder Bramschebeck noch Pogge den Polizisten innerhalb der Dorfgrenzen duldete.

Dieser Gedanke blieb Erwin allerdings fern. Erwin hatte anderes im Kopf. Er, der noch wenige Minuten zuvor geglaubt hatte, einer Spur auf der Spur zu sein, war sich mit einem Male gar nicht mehr sicher, welche Schlussfolgerungen er ziehen sollte beziehungsweise ziehen konnte. Es gab zu viele Unwägbarkeiten. Die Handschellen mochten aus den Dreißiger- oder Vierziger-Jahren des vergangenen Jahrhunderts stammen, aber waren solche Dinger nicht vielleicht sehr lange im Einsatz? Was so schlecht rostete, rastete womöglich auch Jahrzehnte nachdem es angeschafft worden war, noch gut ein. Also war die Frau womöglich sehr viel später als 1945 ermordet worden und *Des Teufels Neun* hatte nichts mit dem Mord zu tun. Wenn es denn ein Mord gewesen war. Noch dazu der Mord an einer Frau: Der Durchmesser der geschlossenen Schellen, so erinnerte sich Erwin, verwies weniger auf eine Frau denn auf einen Mann, einen kräftigen Mann.

Und was, wenn es sich bei den Handschellen um einen Zufallsfund handelte, der nichts mit irgendeinem oder irgendeiner Toten zu tun hatte? Dann war es vielleicht auch Zufall, dass die Handschellen geschlossen waren, so wie sie geschlossen waren ...

Aber da waren ja auch Knochenstücke gewesen: dort, wo er die Handschellen gefunden hatte. Knochensplitter ...

Der Kaffee hatte seine Wirkung verloren. Erwin fühlte sich müde. Er verließ das Obergeschoss, setzte sich zu Lothar in den Garten, führte ein karges Zwiegespräch mit dem klugen Tier und ging dann zu Bett.

Nach einer Nacht voller Träume, in denen Erwin an den Händen gefesselt im Feuer gestanden hatte, schreckte er schweißgebadet auf. Sie hatten um ihn herum getanzt. Sie hatten Messer geschwungen und Sensen, Mistgabeln. Sie hatten kräftige, schwielige Hände gehabt und haarige Arme. Sie waren mit nackten Körpern aufgetreten, rußbeschmiert und glänzend, wie eingeölt, die Flammen des Feuers und Erwins angstverzerrtes Gesicht spiegelnd. Ihre Haut war rosig gewesen unter dem Ruß: Schweinehaut. Schweine mit waffenschwingenden Armen waren aufrecht, auf ihren Hinterhaxen durch den Schlammboden von Schlachtfeldern getanzt. Schweine mit grotesken Schnauzen, aus denen reißzahnartige Hauer ragten, gelb und blutig. Und Schweine mit Matrosenmützen auf dem Kopf. Kleine Schweine. Kinderschweine. Quiekende Ferkel-Derwische. Im Schlamm versinkende, tobende Zwerge ...

Schnitt.

Träume, so empfand es Erwin, konnten Folterwerkzeuge sein. Die von Träumen erzeugten Bilder besaßen weit mehr Kraft als die Bilder der wirklichen Welt. Träume waren furchtbare Wesen im Zentrum der Bilder, im Inneren des Labyrinths. Das Schreckliche, das die Bilder, die Gemälde großer Meister zeigten, führte in Träumen ein wildes, ungezügeltes Leben. Der Schlaf sperrte den Menschen in einen Käfig, schloss ihn ein in jenem Labyrinth, in dem irgendwo in der Mitte das Monstrum hauste. Also war Schlaf nichts anderes als der Versuch, dem Monstrum nicht zu begegnen, die Mitte des Labyrinths zu meiden. Und wenn man ihm dennoch begegnete, wenn man in die Falle tappte und der Teufel scheinbar Gnade zeigte und den Träumenden erwachen ließ, war auch das Erwachen noch Teil der Folter: Dann brannten sich die Bilder fest. Der Schmerz des Hochschreckens war der Schmerz des Brandmals, und der Lärm war der Schrei des Gezeichneten ...

Nein, in diesem Fall war es die Klingel an der Haustür. Erwins überhitzter Bildgenerator reagierte auf das Geräusch wie auf einen Eisguss. Noch ganz benommen vom Rücksturz ins halbdunkle Schlafzimmer, warf Erwin einen Blick auf die fluoreszierenden Zeiger seines Weckers:

7.15 Uhr.

Arno.

Wer sonst?

Wieder ein Klingelton. Dann Abriss.

»Äwinn?! Biss noch krank?!«

Die korrekte Antwort wäre ein lautes und kräftiges *Ja* gewesen. Aber Arno ließ sich nicht so leicht vergraulen.

»'n büschen noch! Komm gleich! Wart mal!«

Erwin quälte die Beine über die Bettkante und spürte seinen Kreislauf. Ihm war schwindelig. Die Schweine. Die Prellungen. Die vielen Gedanken. Die Träume ...

»Äwinn? Ich habn Brief! Von Kleinebregenträger!«

»Jaddoch! Komm ja!«

Erwin richtete sich am Bettpfosten auf und überlegte, ob er sich anziehen sollte. Er hatte das Gefühl, dass der Kriminalfall und die Müdigkeit plus Arnos Anwesenheit ihn überforderten. Vielleicht war es ganz gut, ein wenig Schwäche zu zeigen. Arno hatte die eine oder andere Stelle, an der er empfänglich war für Signale, die um Rücksichtnahme baten.

Erwin griff nach seinem alten Frotteebademantel und zog ihn über den sträflingsgrau-weiß gestreiften Pyjama, mit dem er in den Kerker der Nacht hinabgestiegen war. Er trat in die Pantoffeln und schlurfte zur Haustür, öffnete und ließ Arno genügend Zeit, seinen Morgengruß zu formulieren.

Männer in Pyjama und Bademantel sah Arno nicht oft.

Erwin fragte sich, ob Arno den speckigen Filzmantel überhaupt jemals ablegte. Wie sie sich jetzt so gegenüberstanden, nahm diese Frage quasi ihren natürlichen Weg: Sie verharrte – und verflog.

Arno hielt einen Briefumschlag in der Hand, die er wortlos hob. Arnos Hand hatte Spuren hinterlassen auf dem Papier. Als Täter wäre Arno ein Segen für jeden Ermittler.

»Siehss ja noch blass aus, nä?«, sagte er.

Arno verzog den Mund und zeigte seine das Lächeln störenden Zähne.

»Hier issn Brief. Vonn Börgermeister.«

Erwin nickte und runzelte die Stirn. Ein Amtsschreiben? So was schien Arno zu meinen. Was wollte Bürgermeister Kleinebregenträger von ihm?

»Bisse jetz Possbote?«

»Nee. Werner waa grad bei Hilde inne Küche un sachte was von den Brief. Unn weila noch zu Plöger muss, sach ich, kannse faahn, Werner. Ich geh ma sowieso zu Äwinn, nä?«

Erwin nahm den Brief: Amt Versloh, Fritzwalter Kleinebregenträger, Bürgermeister, Poggsiek 9.

»Is vonn Börgermeister, nä?«

»Steht da drauf«, sagte Erwin.

»Jau«, sagte Arno und blieb beharrlich vor der Tür stehen. Erwin betrachtete den Brief und zuckte mit den Schultern.

»Alles nur wegene Jauchegrube. Muss ja alles ann Kanal jetz.«

»Ann Kanal?« Arno hatte auf mehr gehofft. Jauchegrubenangelegenheiten gehörten zu seinem Alltag.

»Schonn der zweite Brief vonn Amt. Wolln die Straße aufbuddeln. Machen die alles vorher mitte Post. Komm, krissn Schnaps.«

Arno machte ein paar nur halbherzig abwiegelnde Wiegebewegungen mit dem Oberkörper. Die Enttäuschung über den Brief ließ ihn das Angebot mit dem Schnaps, womöglich den Schnäpsen, umso reizvoller erscheinen. Erwin schlurfte in die Küche, wo er im Kühlschrank eine Flasche Wacholderschnaps hauptsächlich für Arno bunkerte. Er selbst nahm nur selten davon. Der Inhalt der Flasche hatte allzu unvorhersehbare Auswirkungen auf seine fragile Gedankenwelt. Arno aber, der halbe Nächte in der Dorfkneipe verbrachte, reagierte souverän auf das klare Getränk. Arno hielt das Pinnchen, Erwin kippte ein. Arno hob das Pinnchen an die Lippen, kippte nach hinten.

»Aaah ... dasss gutt!« – kehliger Tonfall.

»Nocheinn?«

Lippevorstülpen, Kopfnicken: Arno hob das Pinnchen, Erwin kippte Schnaps ein, Arno kippte, Pinnchen am Mund, den Inhalt in seine Kehle.

Ende zweiter Akt.

Dann, unmittelbar darauf, dritter Akt – und Ende dritter Akt.

Kurzes, tröpfchenwerfendes Auspusten: »Brrrr ...!«

Drei Pinnchen Schnaps brachten Arno zurück in den Zustand seelischer Ausgeglichenheit, den er durch Brieftransport und Enttäuschung verloren hatte. Da es bei Erwin offensichtlich nichts Neues gab – der Pyjama sprach eine deutliche Sprache –, machte sich Arno bald auf den Rückweg. Im Gehen, kurz bevor er Kopf, Nacken und den halben Oberkörper in jene charakteristische Bückhaltung senkte, mit der er den Marschgang für seine Ackerquerungen einlegte, wandte er sich noch einmal an Erwin:

»Jasper krichtn neuen Trecker, weisste schonn, nä?«

»'n neuen Trecker?«

»Ja, sacht Hilde. Is ja schonn alt, seiner. Unn Jasper wollte ja immer soon richtich großen. Soon Jonn Dia. Hatta aber kein Geld für, nä?«

»Unn jetz hatter?«

»Nee, sacht Hilde. Die Schweine unn so, dass war teuer, sacht Hilde. Aber Lina Fiekens war da, unn die sacht, Paul-Gerhaad steckt dahinnta. Der zahlt ihn dass.«

»Paul-Gerhaad? Zahlt der das?«

»Ja, sacht Hilde. Lina sacht, Paul-Gerhaad zahlt das. Soon dicken Trecker. Soon fömfhunnat PeEss Jonn Dia. Kennssja Jasper. Denn krichta seinn Ffluug besser hoch!«

Jetzt lachte Arno – meckernd.

»Paul-Gerhaad? Der zahlt Jasper 'n Trecker?«, wiederholte Erwin. Die Puzzlestücke der vergangenen Stunden gerieten wieder in Bewegung. Erwin räusperte sich.

»Sach ma, wie alt is Paul-Gerhaad einglich?«

Arno stutze, kratzte sich am Kopf.

»Paul-Gerhaad? Dersschonn alt. So über achzich so.«

Erwin nickte.

»Na, tschüss, Arno«, sagte er dann.

Arno hob die Hand, ging in Marschhaltung und zog los.

Erwin blieb noch einen Moment in der Haustür stehen. In seinem Kopf setzten Bilder Zahlen frei. Ein nicht besonders flinker Mechanismus führte vom verschwommenen Konterfei eines Mannes namens Paul-Gerhard Bartelweddebüx zur Jahreszahl 1930. Und dann erinnerte sich Erwin wieder an die Bücher auf dem Dachboden. Noch im Pyjama stieg er hinauf und suchte zwischen Taubenschiss und Mäusekot unter den Büchern des kleinen Gemeindearchivs, das auch Pastor Blotevogels Buch der brennenden Sorgen enthielt, dasjenige mit den Taufeintragungen heraus. Er schlug es vorsichtig auf und blätterte, bis er auf eine bestimmte Seite stieß.

Er ging die Eintragungen durch und sammelte die Namen:

Günther Mickenbecker

Horst-Eberhard Thiesbrummel

Luise Quakernack

Sigrun Gösemeier

Annemarie Strullwülker

Wilma Reddehase

Dietrich Westersoetebier

Adolf Gerkensmeier

Lieselotte Schnatmann

Bernhard Lappenbusch

Friederike Rullkötter

Erich Achelpöhler

Karl Husemann

Eva Kuhfuß

Minna Frobieter

Und tatsächlich fand sich unter den Verzeichneten auch der gesuchte Name:

Paul-Gerhard Bartelweddebüx

Alle waren sie Kinder des Jahrgangs 1930.

Seid fruchtbar und mehret euch. Das Jahr 1929 musste ein besonders ereignisloses gewesen sein. Der Volkszuwachs 1930 ließ einen solchen Schluss zu. Es waren mehr als neun Geborene.

Des Teufels Neun.

Schließlich fand sich noch ein weiterer Name im Taufverzeichnis – eingebettet, wie all die anderen, in Bibelsprüche. Erwin hatte den Namen längst erwartet, denn von *einem* Menschen in Bramschebeck kannte er das Geburtsdatum sehr genau.

24. Dezember 1930.

Vielleicht war diese in seinem Kopf vergrabene Zahl der Grund gewesen, weshalb er nicht sofort auf den Gedanken gekommen war, das Taufverzeichnis nach den Geburten des Jahres 1930 zu durchsuchen.

Vielleicht hatte er diesen Namen nicht lesen wollen:

Friedhelm Düsedieker

Durch einen Menschen ist die Sünde in die Welt gekommen und der Tod durch die Sünde, und so ist der Tod zu allen Menschen durchgedrungen, weil sie alle gesündigt haben
(Römer 5.12)

Kein sehr freundlicher Taufspruch. Friedhelms Eltern trugen die Namen Fürchtegott und Irmintrude. Gehörte Friedhelm Düsedieker auch zu den Neun? Wer waren sie? Hatte es eine Gruppe mit solchem Namen tatsächlich gegeben? Was, wenn Blotevogel – wozu Menschen mit Kontakt zu höheren Mächten schon mal neigten – halluziniert hatte?

Paul-Gerhard Bartelweddebüx gab Jasper Thiesbrummel das Geld für einen teuren Trecker. Ausgerechnet Bartelweddebüx, die graue Eminenz des Dorfes.

Saruman, der Geizige.

Saruman, der Gierige.

Dem bereits das halbe Dorf gehörte.

Erwin machte sich einen Pott Kaffee. Die Kaffeemaschine pröttelte vor sich hin, und Erwin grübelte. Irgendwann bemerkte er, dass er noch immer seinen Pyjama trug, und er zog sich endlich an. Dann setzte er sich an den Küchentisch, schlürfte Kaffee und grübelte weiter. Der Brief, den Arno Wimmelböcker gebracht hatte, lag auf dem Tisch.

Paul-Gerhard Bartelweddebüx, der reichste und geizigste Bauer von Versloh, Fechtelfeld und Pökenhagen, kaufte Jasper Thiesbrummel einen hochmodernen, PS-strotzenden Trecker. Wie viele Zehntausend Euro mochte eine solche Landmaschine wohl kosten?

Erwin nahm den graugrünen Briefumschlag mit dem Absender des Bürgermeisteramtes und riss ihn auf. Er zog zwei auf graues Papier gedruckte Schreiben hervor. Es enthielt eine knappe, vom Bürgermeister unterschriebene Nachricht und die Weiterleitung einer Amtsnachricht des Nachlassgerichts in Fechtelfeld. Der Bürgermeister hatte in seinem Schreiben zusammengefasst, was im Amtsschreiben aus Fechtelfeld ohnehin stand: Erwin Düsedieker, wohnhaft Grenzweg 2, 49233 Versloh, wurde mitgeteilt, dass am 26. April 2012, zehn Uhr, das Testament von Annegret Adelheid Twassbrake eröffnet würde. Ort der Testamentseröffnung: Nachlassgericht Fechtelfeld, Pansenbrink 5, 49230 Fechtelfeld, Zimmer 416. Erwin wurde von diesem Umstand in Kenntnis gesetzt, da er auf der beim Notar Dr. Kanterpohl & Partner hinterlegten Erbenliste genannt sei. Gezeichnet: unleserliche Unterschrift.

Erwin vibrierte.

Aber nicht, weil er sich fragte, weshalb Bürgermeister Kleinebregenträger ein an ihn, Erwin, gerichtetes Amtsschreiben aus Fechtelfeld erhalten und geöffnet und kommentiert weitergeleitet hatte. Erwins Frage war eine andere: Was sollte er auf Annis Testamentseröffnung? Was mochte Anni ausgerechnet ihm vererben? Und dann der Ort: eine Testamentseröffnung in Fechtelfeld? Das lag absolut abseits all dessen, was Erwin als denkbar empfand. Fechtelfeld war ein Name für einen Ort außerhalb der Welt. Erwins Herz pochte jetzt so heftig, dass seine Gedanken hektisch wurden. Er legte die Schreiben beiseite, verließ in Eile die Küche und schlug die Tür zu – so laut, dass Lothar noch im Garten vor Schreck mit den Flügeln zuckte und einer Schnecke das Leben schenkte. Dann aber nahm die Ente durch die Frontscheibe des Wintergartens schemenhaft jene Bewegung wahr, die ihr Frieden signalisierte.

Erwin ließ Wasser in die Wanne.

Die nächsten zwei Stunden verbrachte Erwin in Fruchtwasserwärme und Schaum, gebettet in seine frei stehende, barock-goldene Wanne. Es gelang ihm, die inneren Stürme zu besänftigen. Um die Mittagszeit hatte er einigermaßen zurückgefunden zu einem Gefühl diffuser Ruhe. Nun hätte man denken können, dass ihn die Sache mit der Testamentseröffnung nicht länger beschäftigte. Doch dem war nicht so.

Bei dem Schaumbad, in dem er dümpelte, handelte es sich nicht um Asia Orchidee mit Bambus und Avocadoöl, rot und romantisch. Erwin genoss die herberen Aromen von Sandelholz für den gestressten Herrn – jenes Elixier, das ihm Anni bei seinem letzten Besuch mitgegeben hatte. Die leicht konische Flasche stand auf dem Wannenrand zum Fenster hin: durchleuchtetes Dunkelgrün. Der Umriss der Flasche glich dem stilisierten Oberkörper eines mutigen Mannes mit breiten Schultern.

Erwin konnte Anni nicht enttäuschen. Grade jetzt nicht. Er hatte bereits begonnen, sich mit dem Gedanken einer Reise nach Fechtelfeld vertraut zu machen. In fünf Tagen würde er aufbrechen. Morgens in aller Frühe. Selbstverständlich zu Fuß. Immer die Bundesstraße entlang. Fünfzehn Kilometer in östliche Richtung. Ohne Polizeimütze. Und ohne Ente.

Doch vorher gab es noch etwas anderes zu erledigen. Und dabei konnte Lothar ihn durchaus begleiten.

Geisterstunde am helllichten Tag

Es war noch früher Nachmittag, als Erwin und Lothar den alten Friedhof hinter der Kirche von Bramschebeck erreichten. Es war warm gewesen an diesem Tag, warm und windstill, anders als am Tag zuvor. Der Abend würde opulent werden, mit einem Sonnenuntergang ganz untypisch für den ländlichen April. Übermütige Insekten taumelten an den unsichtbaren Grenzen des Ortes, zeichneten diese Grenzen nach mit einem Netz beständig zerfallender und wieder erneuerter Bewegungen.

Erwin kam nur dann und wann hierher. Auf seinen Wanderungen mied er den Friedhof, weil er nicht bei jedem Dahingeschiedenen restlos überzeugt war vom Ableben mit dem Tod. Das galt insbesondere für Friedhelm und Gertrude Düsedieker, die in einem dem strengen Nebeneinander ihres Ehebettes nachempfundenen Doppelgrab am Westende des verwunschenen Parks lagen. Die Grabsteine auf Kopfhöhe der Gräber glichen akkurat positionierten Kissen oder kleinen Pulten. Das Material war geglätteter Basalt mit eingemeißelten Buchstaben. Diese ruhten in den Schatten ihrer selbst. Die Fachwelt nannte solche Steine tatsächlich Kissensteine oder Pultsteine, was Erwin nicht wusste. Aber das Bild passte zu gut.

Die Kissen waren dunkel, hart, bräunlich-grünlich, als läge etwas tief und unausschüttelbar in ihnen. Wann immer

Erwin sich den Gräbern näherte, drei- oder viermal im Jahr, einen sterbenden Strauß Garten- oder Wiesenblumen in der Hand, getrieben von einer seltsam hartnäckigen Moralvorstellung, verspürte er den Drang zu sprechen. Dann trug er im Geist kurze Hosen. Dann schmerzten unsichtbare Striemen auf seinen Beinen. Dann richtete er sein im Geist verheultes Gesicht auf die Steine und verbiss sich im letzten Moment trotzig jede Antwort auf die Fragen, die da wie schwülstiger Duft über den Gräbern standen. Erwin öffnete seinen Mund, rhythmisch, wie man es erwarten konnte von einem großen Fisch in seiner Trübnis – und sagte wieder einmal nichts.

Die Gräber lagen in der Ecke des Friedhofs im Schatten wipfeliger Hecken von Lebensbaum und Scheinzypresse. Die Düfte hier waren so schwer wie Wasser, das man niemals wechselte: harzige Noten der hohen, einfassenden Gewächse, die das Leichtere, Verschwindende von Duftveilchen und Leberblümchen verdrängten. Im Frühling brannten dort Tupfen von Krokusfeuerchen. Und der Ysander, das Dickmännchen, das die Grabflächen bedeckte, erschien Erwin an manchen Tagen wie ein klebriges Gründelgrün, aus dem die zwei Toteninseln der Pultsteine herausragten:

*Gertrude Düsedieker, * 13. 5. 1929 † 16. 11. 2010.*
*Friedhelm Düsedieker, * 24. 12. 1930 † 11. 9. 2001.*

Lothar erlebte den Friedhof anders als Erwin. Lothar, der durchaus Eigensinnige, war immer ganz Ohr, wenn Erwin sein grüblerisches »Müssen ma wiedern paa Blumn zu Mutti bringn...« äußerte. Vielleicht hatte es damit zu tun, dass

Lothar mit diesen Worten eine Art Frühlingsbotschaft verband, denn im Winter und im Herbst war der Friedhof für Erwin tabu. Vielleicht spielte auch Lothars Freude an der Gräberwelt eine Rolle. Auf bestimmte Weise glich der Friedhof dem Garten hinter dem Haus am Grenzweg. Es gab hier zwar keinen Teich, doch eine ähnliche auf Dominanz beharrende Pflanzenwelt. Dem Friedhof wie dem Garten war es gelungen, einen kleinen Raum in der Landschaft zu öffnen, in dem sich die immerfort ein- und vor allem ausatmenden Höfe und Stallungen nicht bemerkbar machten. Und das war wie ein Wunder.

Möglicherweise sorgte auch Gundi Tüssbarns dem Friedhof gegenüberliegender Salatgarten für eine gewisse Anziehung. Lothar jedenfalls verschwand immer mal wieder durch ein Loch in der Scheinzypressenwandung und wilderte in Gundis Grün. Wäre Erwin häufiger zum Friedhof gegangen, hätte es wohl irgendwann Ärger gegeben. So aber blieb Lothars Schaden vernachlässigbar gegenüber dem, was Gundis eigenes Viehzeug anrichtete.

Nun denn, im April war Lothars geliebter Eisbergsalat noch nicht so weit, und die Ente blieb dem Schlupfloch fern. Lothar folgte Erwin, der mit vorsichtigen Schritten ein Stück über den zentralen Kiesweg schritt. Weil die Geräusche der kleinen, hellen Steine störendem Kleingeldklang glichen, wich Erwin auf die schmalen Schotterwege zwischen den Grabfeldern aus und erreichte im Zickzack das Doppelgrab seiner Eltern. Die Blumen, die Erwin im Garten gepflückt hatte, hatten sich im schwitzigen Griff der vergangenen halben Stunde verabschiedet.

Aber niemand bemerkte das. Der Friedhof war, wie immer,

fast leer. Männer erschienen hier selten. Bei Beerdigungen vielleicht. Danach nur, wenn sich in der Familie kein weibliches Wesen fand, das die Grabpflege übernahm. Und wenn Trauer im Spiel war. Friedhofsbesucher waren also in der Regel Frauen, die, so älteren Jahrgangs, Schwarz trugen. Obwohl Schwarz aus den Kleiderfarben auch dieser Gegend zu verschwinden begann.

Erwin trug eine schwarze Hose und dunkelbraune, lehmverkrustete Schuhe. Über seinem Hemd trug er den Parka. Und auf dem Kopf die Polizeimütze. Auf dem Friedhof spürte Erwin schon wegen der Anwesenheit seines Vaters einen gewissen Zwang zur Dienstmütze. Die Frauen, die Erwin sahen, nickten grüßend. Ihre Blicke waren leer. Vielleicht war die Leere Ausdruck von Mitgefühl. Sie wussten ja, wie schwer Erwin es hatte. Vater und Mutter tot, wo er doch noch irgendwie ein Kind war. Andererseits hatte ja auch Gertrude es immer schwer gehabt mit ihrem Erwin.

Wenn, was sich auf dem Friedhof bisweilen ergab, zwei oder mehrere in Schwarz gekleidete Frauen neben einem Grab standen und ein Schwätzchen hielten, dann zwang sie der Anblick Erwins zu kurzem Innehalten und Tuscheln. Das bemerkte Erwin, weil die Bewegungen ihrer Münder schneller, auffälliger wurden. Und weil die Blicke, hühnerkopfruckend, immer mal wieder zu ihm herüberhuschten.

Doch um auf Lothar und seine Friedhofsliebe zurückzukommen: Vielleicht genoss die Ente ja auch die Anwesenheit solch sonderbaren Geflügels?

In gewissem Sinne schon, denn die Menschen auf dem Friedhof übten sich, bei allem, was sie taten, in Zurückhaltung – nicht nur diejenigen, die hier quasi gar nicht anders konnten. Menschliche Zurückhaltung aber gewährte Lothar Freiräume. Die Damen in Schwarz dachten vielleicht, dass eine Ente auf dem Friedhof nichts zu suchen hatte. Da sie Erwin ihre Lothar betreffenden Bedenken wegen des Zurückhaltungsgebots allerdings nicht mitteilten, war Lothars Friedhofs-Freiheit nicht allzu gefährdet.

Amen.

Außerdem war Erwin immer ein schwieriges Kind gewesen. Da drohten womöglich Diskussionen oder Widerstand. Wie hatte er es überhaupt geschafft, seine Mutter anständig unter die Erde zu bringen? Hatte es da Hilfe gegeben, damals? War das denn …? Nein, war ja noch nicht so lange her. Jaja! Genau! Die ganzen Amtssachen und so, die Bestattung. Man hatte geholfen. Und er lebte seitdem allein. Die Gemeindeschwester meinte, es ginge ganz gut. Tatsächlich? Nun, solange die – wie hieß sie noch …? – nichts Verwerfliches feststellte … Schwester Diekmann, genau! Die war ja durchaus eine ordentliche Frau. Und Anni Twassbrake war jetzt auch noch gestorben. Da hatte er doch immer eingekauft. Die seltsame Anni. Die hatte ja mit ihm können. Aber war diese Anni nicht mal in der Klapsmühle gewesen? Nein, *er* war drin gewesen. Ja, für 'ne kurze Zeit … Konnte Erwin überhaupt alleine einkaufen? Na, die Zukunft würde ja zeigen, wie es mit ihm weiterging. Und überhaupt: diese Anni … Da hatte es doch so Gerüchte gegeben, nicht wahr? Ja, wegen dieser Lehrerin, damals … Irgendwas Schmuddeliges … Na, über Tote soll man nichts Böses sagen. Was hieß denn aber Böses? Genau!

Amen.

Heute herrschte zum Glück absolute Leere auf dem

Friedhof. Erwin trat unbehelligt vor das Grab seiner Eltern und schwieg.

Lothar betrat das Grab. Er empfand da weniger Scheu als Erwin. Auf Friedhelms Kissenstein glänzte eine Schneckenschleimspur. Die hatte etwas Abstoßendes und zugleich etwas Intimes.

Für Lothar hatte sie etwas durch und durch Anziehendes. Die Schnecke klebte noch am Ende der Spur, rechts unten auf dem Stein. Sie war eigentümlich schwarz. Das passte einerseits gut zum Ambiente. Andererseits deutete es darauf hin, dass sie die frühe Frühlingssonne nicht vertragen hatte und bereits vertrocknete. Lothar testete das und schnäbelte das schwarze Ding auf.

Erwins Blick fiel auf die Stelle, an der die Schnecke eben noch geklebt hatte. Dort schien ein Stück des Basalts herausgebrochen. Oder war da ein Zeichen eingemeißelt? Ein Pfeil? Ein Buchstabe vielleicht? Nur noch halb erhalten oder nicht sehr sorgfältig gearbeitet? Was auch immer es sein mochte, Erwin betrachtete die Stelle nur flüchtig. Es war eine Unregelmäßigkeit. Basalt dieser Art verwitterte eben sehr schnell. Verwitterung hier oben, Zersetzung dort unten.

Amen.

Erwins Mund bewegte sich. Doch Erwin sagte nichts, noch immer nicht. Er verharrte wie in stillem Gebet, um eventuellen Beobachtern Gelegenheit zu geben, sein Verhalten wohlwollend zur Kenntnis zu nehmen. Nach wenigen Minuten wandte er sich zum Rand des Grabes, wo halb versteckt eine rostige Harke mit kurzem Stil lag. Teufelskralle nannte er das. Ein Dreizink. Ein Miniaturpflug für kleine Beete. Erwin bückte sich, lockerte den Boden zwischen den Blumen und den verwobenen Flächen von Grün. Was war das? Efeu? Lorbeer? Oder Buchsbaum? Erwin wusste es nicht. Und das Wort Ysander kannte er nicht. Er zupfte hier und da ein abgestorbenes Blatt, einen fehl gelandeten Zweig oder Halm aus dem Grün, warf ihn beiseite. Viel war nicht zu tun. Anna Fortmeier und Trine Jasperneite pflegten die Gräber seiner Eltern. Anna, Trine und Gertrude waren so was wie enge Freundinnen gewesen. Und beide achteten den Beruf des Polizeiwachtmeisters sehr. Das kam Erwin entgegen.

Er richtete sich auf.

Gertrude Düsedieker, * 13. 5. 1929 † 16. 11. 2010.
Friedhelm Düsedieker, * 24. 12. 1930 † 11. 9. 2001.

24. 12. 1930. Deswegen war er hier.

Amen.

Es war ein Gedanke gewesen, eine vage Idee, die vielleicht zu nichts führte. Die Geborenen des Jahres 1930 waren ja zum Teil schon tot. Da Versloh-Bramschebeck, wie auch Versloh-Pogge, zu jenen Orten zählte, die sich selbst genügten, war die Wahrscheinlichkeit, einen Geborenen des Jahres 1930 auf einem Friedhof in einem anderen Teil der Welt zu finden, nicht sehr groß. Anders ausgedrückt gab es diese Orte aus Versloher Sicht in so geringem Maße, dass ein Dort-in-der-Erde-Liegen Erwin kaum wahrscheinlich schien. Das galt ja schon für Nachbarorte. Was geschah denn, wenn man post mortem flüchtete? Ließ sich jemand – wie Anni Twassbrake – in Fechtelfeld beerdigen, dann führte die Verwirrung darüber in Versloh zu gradezu absurden Reaktionen – Abstoßungsreaktionen. Die tatsächliche Anni Twassbrake verwandelte sich in ein mythisches Wesen, womöglich in eine teuflische Gestalt. Und solche Gestalten begegneten den Bramschebeckern dann zum Beispiel bei Debatten in Gerda Kluckhuhns Dorfkrug.

Amen.

Zunächst ging es Erwin darum, zu erfahren, wer von den damals Geborenen bereits unter der Erde lag. Vielleicht führten ihn die hier auf dem Friedhof gefundenen Daten dann mithilfe der auf dem Dachboden gefundenen Unterlagen von Paster Blotevogel zu neuen Erkenntnissen.

Des Teufels Neun – was hatte es damit auf sich?

Darüber hinaus erhoffte sich Erwin Aufschluss über die Satzfragmente, die ihm seit dem Knochenfund bei Thiesbrummels Hof durch den Kopf gingen:

Wohl magst du mich küssen und weinen und mir Küsse …

Immerhin war der Friedhof der Ort der meisten Worte in Bramschebeck – abgesehen von Erwins Bibliothek und der Bibliothek Annis, die Erwin jedoch nur vom Hörensagen kannte und die nun womöglich bald aufgelöst, zerschlagen oder sogar verbrannt wurde. Annis Bücher kannte Erwin über Bücher, die Anni ihm geschenkt hatte. Bücher mit Worten voller Geheimnis, Dunkelheit und Kraft. Hier auf dem Friedhof versammelte sich eine ganz andere Poesie:

Gefallen für den Führer
(Hermann Spöckemeier. 1918–1943)
Ein Volk, ein Reich, ein Heldentod
Nun bist du frei von aller Not
(Gerd-Gustav Röwekamp. 1916–1944)

In Stein gemeißelt.

In Metall gegossen.

Auf Stelen verewigt.

Amen.

Erwin flanierte vorbei an all den Gräbern, die Tod mit Krieg übersetzten. Es verwunderte ihn, wie sehr Bramschebeck in Weltkriegen steckte. Eine statistische Auswertung der Todesdaten auf diesem Feld der Ehre – so musste man wohl sagen – hätte extreme Risiken für die Zeitspanne von 1914 bis 1918 sowie von 1939 bis 1945 ergeben. Und weil der Tod in jenen Jahren so selbstverständlich war, hatte die Schwarmintelligenz des Dorfes dafür gesorgt, dass er sich auf dem Friedhof wohlfühlen konnte. Seine Wohnung war angemessen eingerichtet. Es gab ein Ehrenmal für die Gefallenen des ersten Krieges. Es gab eines für die Gefallenen des zweiten Krieges. Es hätte eines geben können mit Hinweisen, dass zwischen all den Heldentoten auch Normalgestorbene ruhten. Aber das gab es natürlich nicht.

Wohl magst du mich küssen und weinen und mir Küsse . . .

Insofern war Erwins Hoffnung, diesen Spruch voll Schmerz und Liebe und doch auch tiefem Frieden auf dem Friedhof erklärt zu bekommen, gering.

Amen.

Was einen *Kindersturm* betraf, eine Gruppierung namens *Des Teufels Neun*, eine vielleicht mit dem Zweiten Weltkrieg in Verbindung stehende blutig-geheimnisvolle Sache, hatte Erwin eventuell größere Chancen. Es mochte wohl sein, dass er nach einem Grab mit der Zahlenfolge 1930–1945 suchte. Das wäre dann das Grab eines – nun ja – Kindes gewesen. Vielleicht sogar das Grab eines *Kinderstürmers*, eines Mitglieds jener von Paster Blotevogel beschworenen Gruppe. Die schimmernde Zahl 9, diese Ziffer des Unheimlichen, verbarg etwas. *Den Sterblichen, ewig dem Tode verfallen, neun, / Einer dem Dunklen Herrn auf dunklem Thron ...* Bilder und Worte spielten seltsame Spiele miteinander in Erwins Kopf. Erwin streifte zwischen den Gräbern umher. Er las Grabsprüche, prüfte Geburts- und Todesdaten. *Annemarie Strullwülker: 1930–1998.* Nichts Ungewöhnliches. Lothar folgte Erwin. Die Schnecke, die halb vertrocknete von Friedhelms Grab, war noch genießbar gewesen, und so war auch die Ente auf der Suche. *Adolf Gerkensmeier: 1930–1996.* Hmmm. Das war der Vater von Hilde. Erwin betrachtete den Grabstein. Granit, roh behauen. Eingemeißelte Buchstaben. Kaum zu erkennen. Kein Spruch. Erwin verlor die Hoffnung, dass er ein Grab mit Hinweisen zu Otto Blotevogels Andeutungen finden würde. Es gab eine Reihe von 1930 Geborenen auf dem Friedhof, doch die Grabsteine enthielten nichts Auffälliges. *Karl Husemann: 1930–1986.* Der war, als er starb, etwa so alt gewesen wie Erwin jetzt. Schon deshalb hätte Erwin gern eine Erklärung, ein paar Worte gehabt, die über Namen und Zahlen hinausgingen. Aber da gab es nichts. Nichts ...

Moment. Erwin stutzte, betrachtete den Grabstein genauer. Wie beim Grab seiner Eltern handelte es sich um einen Basaltstein, einen dieser Natursteine, die gern für im Kampf Gefallene verwendet wurden. Und wieder versteckte sich da in der unteren rechten Ecke des Steins dieses Zeichen. Verglichen mit dem Zeichen auf dem Grabstein seines Vaters wirkten die eingemeißelten Linien hier deutlicher, tiefer, mit größerer Hingabe hineingearbeitet. Obwohl der Grabstein doch bedeutend älter war.

Was stellten die Linien dar?

Ein Segel mit einer Querstange am Mastbaum?

Eine Schwalbe ohne Kopf, mit angewinkelten Flügeln?

Und der die Symmetrie zerstörende Querstrich?

War es ein Doppelkreuz mit einer umspannenden Linie, die links unten ein Feld ausließ?

Erwin zog ein Stück Papier und einen Bleistift aus der Parkatasche und kopierte das Zeichen. Dann, einer Ahnung folgend, ging er zurück zu dem Grab von Adolf Gerkensmeier. Die Granitstele dort war massiver als der Basaltstein auf Husemanns Grab. Die Buchstaben verborgener. Und doch entdeckte Erwin das Zeichen auch hier. Es war gar nicht mal so klein. Als zentrales Element ein Kreuz mit gleich langem Quer- und Längsbalken. Im unteren Teil des Längsbalkens, genau mittig, ein halbierter Querbalken, nach rechts weisend. Umlaufende Verbindungslinien vom linken Eckpunkt des Querbalkens über den Kopfpunkt des Längsbalkens, den rechten Eckpunkt des Querbalkens, den halbierten, unteren Querbalken schneidend, hinunter zum Fußpunkt des Längsbalkens.

War das eine Art russisches Kreuz? Erwin versuchte sich zu erinnern auf eine Weise, in der er gut war: Er appellierte an sein Bildgedächtnis. Doch da kam nichts. Nein, ein russisches Kreuz sah anders aus.

Erwin marschierte noch einmal zum Grab seines Vaters. Er hastete jetzt beinahe über den Schotter. Es interessierte ihn nicht, ob sich noch jemand auf dem Friedhof befand und sein schnaubendes Herumirren zwischen den Gräbern befremdlich fand. Erwin war ja der Irre. Als Irrer durfte er das: Herumirren und Schnauben.

Der Pultstein auf Friedhelm Düsediekers Grab: Jetzt war er schneckenfrei, trug bloß noch seine Schleimschärpe.

Tatsächlich. Das Zeichen konnte auch hier passen. Es war zum Teil weggebrochen und kleiner gearbeitet, in eine offensichtlich schwache Stelle des Steins. Frost hatte es angreifen können. Der untere Teil des Zeichens fehlte, aber die nach oben weisende Dreiecksspitze und die nach rechts weisende, die waren noch vorhanden.

Erwins Herz hämmerte.

Lothar gab ein fragendes Schnattern von sich. Erwin reagierte nicht. Er zwang sich zu innerer Ruhe. Dann schritt er systematisch Grabreihe für Grabreihe ab, prüfte jeden einzelnen Grabstein. Er benötigte eine knappe Stunde, um alle Gräber des Friedhofs zu erfassen. Am Schluss hatte er das Zeichen auf insgesamt 4 Grabsteinen nachweisen können:

Friedhelm Düsedieker, * 24. 12. 1930. † 11. 9. 2001.
Karl Husemann, * 11. 8. 1930. † 2. 3. 1986.
Horst-Eberhard Thiesbrummel, * 22. 1. 1930. † 19. 10. 2005.
Adolf Gerkensmeier, * 9. 6. 1930. † 19. 2. 1996.

Mit den Ergebnissen seiner Friedhofstour machte sich Erwin gegen 16.30 Uhr auf den Weg zurück nach Haus. Er war müde. Sein Kopf summte – vor kreisenden Überlegungen und vor Erschöpfung. Auch Lothar wirkte müde, weshalb Erwin und er nicht so schnell vorankamen wie sonst. Sie passierten den Dorfteich, wurden hier und dort angesprochen. Erwin reagierte gedankenverloren. Sehr schnell war seine Euphorie Ernüchterung gewichen. Und alles glich sich seiner Müdigkeit an. Was hatte er gefunden? Nichts als ein weiteres Rätsel, das ihn verwirrte. Da waren die Knochen, die angeblich von einem Bombenopfer stammten, obwohl es im Krieg nie einen Bombenabwurf auf Bramschebeck gegeben hatte – und nie einen Flüchtling, der bei einem Bombenabwurf umgekommen war. Das hatte Anni gesagt, und Anni log nie. Es gab die halb zersetzten Papierfetzen mit ihren 40er-Jahre-Frakturbuchstaben und den Worten *Wohl magst du mich küssen und weinen* und so weiter – Worte, auf die Anni so seltsam, so verstört reagiert hatte. Und es gab zu diesen Worten womöglich ein Buch, dessen Titel Erwin herausfinden musste, ohne dass er auch nur die leiseste Idee hatte, wie er das anstellen sollte.

Und dann?

Dann waren da die Handschellen der Marke A. Stotz mit ihren viel zu weit geöffneten Bügeln. Da waren der neue Trecker für Jasper, die Eintragungen von Pastor Blotevogel mit ihren verzweifelten Warnungen vor *Kindersturm* und *Des Teufels Neun* und der Hinweis auf einen Engel. Und nun war auch noch dieses Zeichen aufgetaucht, das Erwin auf ein Stück Papier gekritzelt hatte. Ein Zeichen, das auch seinen Vater betraf. Ein rätselhaftes Zeichen:

Was sollte er jetzt nur tun?

Annis Testament

In den folgenden drei Tagen versuchte Erwin vergeblich, die gefundenen Puzzlestücke zu einem größeren Ganzen zusammenzufügen. Er kam dabei einfach nicht weiter. Das Zeichen auf den Gräbern weckte in ihm keinerlei Erinnerungen. Gesehen hatte er dergleichen nie. Auch was er in den Büchern seiner Bibliothek zum Thema Symbole fand, lieferte ihm keine Hinweise. Aber er hatte eine Theorie. Erwin hatte sich Folgendes überlegt: Wenn das gefundene Zeichen zu einem Geheimbund gehörte, der sich *Des Teufels Neun* nannte, dann mussten die Mitglieder des Bundes dieses Zeichen verwendet haben – zum Beispiel in ihrer Korrespondenz. Für Erwin lag es also nahe, in Aufzeichnungen Friedhelm Düsediekers zu stöbern.

Was allerdings ein gewisses Problem darstellte: Friedhelm Düsedieker war kein Mann des geschriebenen Wortes gewesen. Erwin erinnerte sich nicht daran, seinen Vater jemals mit einem Stift in der Hand gesehen zu haben. Und das galt nicht nur für Friedhelm. Friedhelm hatte sich dem Leben in Versloh-Bramschebeck und den dort herrschenden Verhältnissen angepasst. Schreibgeräte gehörten, wenn überhaupt, in Frauenhände. Männerhände umschlossen Werkzeuge. Als Werkzeug galt alles, mit dem man letztlich töten konnte. Mit einem Stift zu töten wäre niemandem unter den gebürtigen Bramschebeckern, Frauen eingeschlossen, in den Sinn gekommen – weder im realen noch im übertragenen Sinn. Im übertragenen Sinn schon gar nicht, denn eine Formulierung wie: *Worte können töten* erübrigte sich in Bramschebeck allein wegen der vielfältigen Schwierigkeiten der Bramschebecker, Worte rhetorisch gekonnt zu verwenden. Wer Worte als Mordwerkzeuge einsetzen wollte, sollte zumindest über mehr als bloße Grundkenntnisse im Sprachgebrauch verfügen.

Nein, Friedhelm Düsedieker war kein Mann des geschriebenen oder gesprochenen Wortes gewesen. Als Mann des getippten Wortes hatte er auf der alten Dienstschreibmaschine von Bramschebeck zwar Fingerabdrücke hinterlassen. Die mit einfachster Vernehmungsprosa formulierten Protokolle etc. stammten jedoch aus den Fingerspitzen Gertrudes.

Erwin war ratlos. Er verbrachte Stunden auf dem Dachboden, blätterte in Papieren und in alten Akten. Ohne Erfolg. Er durchsuchte die Papiere, die im Elternschlafzimmer aufbewahrt wurden. Auch dort fand er nichts.

Von welchem Geist ließ er sich narren?

Am Tag vor der Testamentseröffnung erfuhr Erwin, dass die Ermittlungen in Sachen Knochenfund bei Thiesbrummel tatsächlich eingestellt worden waren. Schwester Diekmann besuchte ihn. Während ihrer rituellen Kaffeestunde mit Keksen wiederholte sie, was schon Arno angedeutet hatte: Die Mordkommission in Dettbarn war nach Bewertung des forensischen Gutachtens zu dem Schluss gekommen, dass es sich bei den gefundenen Knochen um die Überreste eines Bombenopfers aus dem Krieg handelte. Damit war der Fall offiziell erledigt.

Erwin schwieg dazu. Er glaubte dem Bericht kein Wort.

Erwin schwieg auch zu dem Thema Testament. Es hatte während des gemeinsamen Kaffees einen Moment des Zweifels gegeben. Da hatte er den starken Wunsch verspürt, Schwester Diekmann einzuweihen und sie um Rat zu bitten. Doch als der Moment kam, kam auch die Antwort auf die seit Tagen bohrende Unsicherheit – und Erwin krümelte mehr noch als sonst:

Er würde nach Fechtelfeld gehen. Er würde sich dem Entschluss fügen, den er im Grunde schon in der Wanne gefasst hatte: Er würde Annis letztem Willen folgen.

Am nächsten Morgen, bei Sonnenaufgang, tat Erwin, was er selten tat: Er sperrte Lothar in das Gartenhaus. Die Ente protestierte auf fast zärtliche Art. Sie hatte begriffen, dass Erwins Handeln von Verzweiflung bestimmt war – seine Gesten, seine Erklärungen, seine überschwängliche Morgengabe von Körnerfutter und grünen Beilagen waren deutliche Zeichen. Und als Erwin zurückkehrte, bei Sonnenuntergang – als sich der Tageskreis schloss –, da ahnte Lothar, welche großen Gefühle Erwin zwischen Sonnenaufgang und Sonnenuntergang bewältigt haben musste. Erwin kam, öffnete den Stall, sah die Ente an, setzte sich zu ihr ins Gartenhaus, kraulte ihr den Rücken und seufzte: »Ach Lothar, die Anni.« Minutenlang starrte er hinüber in das Dunkel um Stroh und Stützpfosten und Entenleiter, die hinaufführte zu Lothars Schlafplatz. Dann verbrachte er die halbe Nacht, auf Stroh sitzend, an der Seite der Ente.

In der Nacht stand über dem Entenstall ein Stern – das

sei noch erwähnt. Aber vermutlich stand er dort bei klarem Nachthimmel immer.

Aus Solidarität, und weil er selbst ins Grübeln geraten war, verzichtete Lothar auf seinen angestammten Platz in erhöhter Position. Erst als sich Erwin am frühen Morgen, durchgefroren, ins Haus zurückzog, stieg Lothar langsam die kleine Holzleiter hinauf, als schleppte er etwas Schweres mit sich, und fiel in tiefen Schlaf.

Was war geschehen?

Erwin hatte, in Sonntagskleidung, den Weg nach Fechtelfeld in etwa zwei Stunden bewältigt – immer entlang der Bundesstraße 61c. Der Tag war schnell ziemlich sonnig geworden, und trotz Morgenkälte war Erwin verschwitzt in der Stadt angekommen: mehr als eine Stunde zu früh, hungrig, unfähig, einen Bissen runterzukriegen. Ein hartes Käsebrot, in Pergamentpapier gewickelt, hatte er in der Jackentasche getragen.

Das Nachlassgericht bzw. das Amtsgericht in Fechtelfeld, Am Pansenbrink 5, hatte er nach einigem Suchen gefunden. Dann hatte er gewartet, an einer Stelle, wo Kirchturmuhr und das Eingangsportal des Gerichts gut im Blick lagen. Die ganze Wartezeit über hatte Erwin befürchtet, auf eine Vielzahl von bekannten Personen aus Bramschebeck zu stoßen. Männer in dunklen, hochwassrigen Anzügen. Frauen in langen, dunklen Röcken und dunklen Strickjacken. Erben womöglich. Sie würden Erwin anstarren und Fragen haben, die sie aber nicht zu stellen wagten.

Vor diesem Verschweigen von Fragen fürchtete sich Erwin fast noch mehr als vor den Fragen.

Doch Erwin hatte Glück. Es war, gegen Viertel vor zehn,

nur eine einzige Person aufgetaucht: Lina Fiekens. Eine Bekannte von Anni, das wusste Erwin. Sie war ein paar Jahre jünger als Anni und wohnte in einem Kotten zwischen den Höfen von Bartelweddebüx und Poggenpohl. Lina war anscheinend informiert worden über Erwins Einladung zur Testamentseröffnung. Jedenfalls hatte sie sich kein bisschen über Erwins Anwesenheit in Fechtelfeld gewundert. Sie hatte Erwin sehr nett begrüßt, und das hatte Erwin schon mal geholfen.

Ja, und dann war es zehn Uhr geworden. Nachdem die Formalien erledigt waren, hatten Lina Fiekens und Erwin Düsedieker im für Nachlass-Sachen bestimmten Zimmer des Amtsgerichts Platz genommen. Dr. Kanterpohl war erschienen, ein älterer, hochgewachsener Herr mit schütterem Haar und dicker Brille, und hatte das Testament mit den bei solchen Anlässen wohl üblichen Formulierungen eröffnet.

Und danach hatte Erwin bis zum späten Abend kaum noch ein Wort sprechen können.

Anni hatte in ihrem Testament verfügt, dass Erwin und seine Ente Lothar den Laden am Tag der Übergabe an den neuen Besitzer – in diesem Fall die neue Besitzerin – betreten sollten. Erwin mit Lothar wohlgemerkt. Sie sollten – auch Lothar – Gelegenheit bekommen, sich in den Regalen kostenlos zu bedienen, ungestört, ohne weitere Kunden. Sie sollten sich aus dem Warenbestand zusammensuchen, was sie gebrauchen konnten, ohne Rücksicht auf Menge und Preis. Zudem sollte Erwin den zum Laden gehörenden Lieferhandkarren für den Heimtransport benutzen. Auf diesem würden einige von der Erblasserin bereits ausgewählte

Waren lagern, die er ebenfalls mit nach Hause nehmen und in seinen Besitz überführen sollte.

Der Laden und Annis sonstige Hinterlassenschaft ging über in den Besitz von Lina Fiekens. Anni hatte keine leibliche Verwandtschaft. Lina Fiekens wurde verpflichtet, stets an Erwin zu denken und ihm die Grundversorgung zu sichern, in Notzeiten mit Kredit, in Normalzeiten mit günstigen Preisen und Sonderangeboten.

Dr. Kanterpohl hatte ein paar Mal verwirrt in die Runde geblickt, weil Annis Testament so ganz und gar nicht einem üblichen Testament entsprach, und weil Erwin eine für Erben ungewöhnliche Zurückhaltung zeigte. Doch da keine Formalien verletzt worden waren und Anni bei geistiger Gesundheit gewesen war, als sie das Testament verfasst hatte, nahm die Sache ihren rechtlich unangreifbaren Lauf.

Erwin hatte bei Verlesung des Testaments schüchtern und verwirrt zu Lina Fiekens hinübergeblickt. Was in Annis Testament geschrieben stand, berührte ihn – aber auch auf eine peinliche Weise. Doch Lina hatte ihm stumm zu verstehen gegeben, dass schon alles so in Ordnung sei. Und nach der Testamentseröffnung hatte sie Erwin vor dem Gericht lange umarmt. »Die Anni«, hatte sie gesagt, und Erwin hatte: »Ja, die Anni«, geantwortet. Mehr hatte er nicht herausgebracht. Und dann hatte Lina ihm die Hand gereicht und gesagt, er solle doch am folgenden Tag, um die Mittagszeit, zum Laden kommen. Zusammen mit Lothar. Da würde sie den Laden übernehmen. Eröffnen würde sie erst einen Tag später. Sie freue sich schon darauf, auch Lothar kennenzulernen.

Erwin hatte genickt.

Lina Fiekens war ein guter Mensch.

Mit diesem und vielen anderen Gedanken im Kopf hatte sich Erwin auf den Heimweg gemacht. Und er hatte fast doppelt so lange gebraucht wie für den Hinweg.

Die Sonne stach ins Zimmer. Erwin erwachte gegen zehn Uhr vormittags und stellte fest, dass er auf Stroh gebettet lag. Er hatte wohl ziemlich viel vom Einstreu aus dem Entenstall mitgeschleppt, als er sich am Morgen ins Bett gewälzt hatte – ohne die Sonntagssachen zu wechseln. So brauchte er nun, obwohl sich sein Kopf anfühlte wie nach einer durchzechten Nacht – Erwin ahnte zumindest, wie sich eine durchzechte Nacht auf die empfindliche Struktur seiner Hirnrinde auswirkte –, keine zwei Sekunden, um wieder zu wissen, was ihm an diesem Tag bevorstand.

Ihm und Lothar.

In Annis Laden.

Erwin quälte sich aus dem Bett, machte sich tagesbereit und versuchte ein kleines Frühstück. Ihm war flau im Magen. Gegen elf Uhr schaute er bei Lothar vorbei. Erwin hatte das Enten-Gartenhaus am Morgen nicht wieder verschlossen. Das schlechte Gewissen gegenüber der Ente hatte nachgewirkt. Lothar ging es ausgesprochen gut. Er schien sich auf den Tag zu freuen, joggte ein wenig am Gartenteich entlang und verfolgte spielerisch torkelnd fliegendes Getier. Vielleicht hatte Lothar die richtige Einstellung zu Tod und Trauer. Erwin nahm sich vor, mehr noch als bisher vom Wesen der Ente zu lernen.

Während all seiner Tätigkeiten arbeitete Erwins Kopf wie eine verkalkte Kaffeemaschine an der Frage, was er und

Lothar in den kommenden Stunden in Annis Laden tun sollten. Die Ergebnisse dieses pröttelnden Nachdenkens stellten sich allenfalls tröpfelnd ein. Der Oberbauch – ein Körperteil, das dem Nachdenken bisweilen angeschlossen oder vorgeschaltet ist – lieferte Erwin ein höchst ungutes Gefühl. Anni hatte verfügt, dass er und Lothar sich im Laden bedienen sollten. Das Testament war Erwin in Kopie ausgehändigt worden: klare Sätze in Annis klarer und doch in einer anderen Zeit verschwimmenden Handschrift. Anni hatte es gut gemeint. Aber sich im Laden zu bedienen, ohne Aufsicht, allein mit Lothar – einer Ente, die doch in einem Kram- und Lebensmittelladen nichts zu suchen hatte –, das kam ihm falsch vor. Das war Unrecht. Das war …

Es war, als hätte Anni ihn aufgefordert, sie zu plündern.

Schlechte Zeiten. Bombenkrieg. Man hat nichts. Man plündert.

Und Anni war ein guter Mensch gewesen. Sie war immer noch ein guter Mensch.

Erwin fühlte sich wie bei einer Prüfung. Wollte Anni ihn prüfen? Oder erfolgte die Prüfung durch eine höhere Macht?

Die um sich selbst kreisenden Überlegungen führten zu nichts, ließen allenfalls den Wunsch anklingen, die Mittagszeit in der Badewanne zu verbringen. Das kam jedoch nicht infrage. Gegen zwölf Uhr dreißig war Erwin mehr oder weniger bereit. Er sagte Lothar Bescheid, und sie wanderten, in der Mittagssonne, hinüber ins Dorf.

Lina Fiekens erwartete sie bereits. Sie begrüßte Erwin und Lothar an der Ladentür. Weil sie bemerkte, dass Erwin mit sich rang und seine vor dem Laden wieder hochkommende

Trauer zu bewältigen versuchte, schüttelte sie ihm umso herzlicher die Hand und umarmte ihn, so wie nach der Testamentseröffnung – in Bramschebeck eine eher ungewöhnliche Geste.

»Komm, Erwin«, sagte sie. »Die Anni hat's so gewollt. Und wir hatten sie doch beide gern.«

»M-Hmm«, machte Erwin und schluckte schwer.

»Hier«, sagte Lina, »die Ladenkarre mit den Sachen, die Anni dir schon ausgesucht hat. Eine Kiste voll. Hab sie dir vor die Tür geschoben. Passt noch viel drauf. Mach ihn orndlich voll, Erwin« – und weil Erwin noch immer unglücklich guckte, fügte sie aufmunternd hinzu: »Für Anni.«

Erwin nickte. Er sah den Karren. Ein zweirädriger Karren mit Gummireifen und hochgebogener Deichsel war das. Man konnte ihn wohl an ein Fahrrad oder ein Moped kuppeln, wenn man den T-Handgriff mit einem Kälberstrick am Sattel befestigte. Aber Erwin würde den Karren selbstverständlich ziehen. Und Lothar würde hinterherwatscheln.

Die Kiste auf der Karre war eine unbeschriftete, geschlossene Umzugskiste. Erwin wollte da jetzt nicht reinschauen.

»Kommt«, sagte Lina – und wandte sich auch an Lothar. »Sagt einfach Bescheid, wenn ihr fertig seid. Ich bin im Büro.«

Erwin nickte nochmals. Ein Büro. So was gabs natürlich auch in dem Laden. War ja ein richtiges kleines Geschäft gewesen, der Laden von Anni. Mit Buchhaltung und all dem. Und es würde auch ein solches Geschäft bleiben. Nicht mehr mit Anni, sondern mit Lina.

Lina Fiekens, die ein bisschen wie Anni war.

Erwin und Lothar betraten also den Laden. Und dann waren sie plötzlich ganz allein zwischen den zwei Regalen, die da eng gestellt und parallel zur Ladentheke wiesen: zur Theke mit der wuchtigen alten Registrierkasse. Da hing der Spiegel im Winkel über der Kasse. In diesem Spiegel hatte Erwin Anni beim letzten Besuch entdeckt. Da hatte sie auf einer Liege gelegen, schon krank, aber immer noch auf Posten. Anni, die sich nicht kleinkriegen ließ.

Dunkel war es im Laden. Dunkler als sonst. Da gab es an der Ladentür nun so eine Blende, ein Rollo, hinter der Gardine, das war halb heruntergezogen. Und die beiden Regalblöcke in der Mitte des Raums schluckten viel Licht. Sie waren so hoch, dass Erwin kaum drübergucken konnte. Auch die Wände des Raums, der Platz hinter der Kasse, die Längsseiten und die schmale Wand neben der Ladentür waren von oben bis unten mit Regalflächen bedeckt: Regale, in denen Anni nach ihrem eigenen Ordnungsprinzip all die Kisten, Kästen, Flaschen, Stiegen, Körbe, Schachteln, Dosen, Verpackungen einsortiert hatte, die nur sie wiederfand in dem schlechten Licht. Es gab nur ein einziges, winziges Fenster, schmal und hoch in der Wand. So eine Art Kellerfenster ...

»Anni, wo sinn denn ...?«

Erwin erschrak, als diese Wortfolge in seinem Kopf erklang. Er vernahm ein patschendes Geräusch, und es dauerte einen Moment, bis er erkannte, dass es von Lothar stammte. Entenfüße auf dem kalten Fliesenboden.

Was sollte Erwin mitnehmen? Was konnte er nehmen, um Anni zu zeigen, dass er es als Erinnerung an sie ausgewählt hatte? Alles andere kam doch nicht infrage.

153

Erwin fühlte sich hilflos.

Was tat Lothar da? Es war schon eine seltsame Idee von Anni gewesen, dass sich auch die Ente was aussuchen sollte.

Tap – tap – tap – tap – tap …

Lothars Füße. Er war um die Regalecke verschwunden. Jetzt verstummte das Tapsen. Jetzt hörte Erwin ein Rascheln. Lothar bediente sich doch wohl nicht selbst? Erwin eilte um die Regalecke und entdeckte Lothar, wie er den Kopf unten in ein Fach an der Wandseite geschoben hatte, unweit des Ladentresens. Hier stehlen zu wollen war ziemlich dreist. Hier hätte Anni einen Dieb sofort entdeckt, wenn sie …

Aber Lothar stahl ja nichts. Er wählte aus. Er durfte doch …

Lothar tat, wozu Erwin nicht in der Lage war.

Der Kopf der Ente kam nicht wieder zum Vorschein. Die Ente zog und ruckte an etwas herum, das sich partout nicht aus dem Regalfach lösen wollte.

Die Ente wurde ärgerlich.

Das empfand Erwin als Ausdruck von Gier, den er hier keinesfalls dulden wollte. Lothar stieß Laute der Empörung aus und stemmte die Füße auf die Fliesen. Der kleine Entenkörper umhüllte sich mit einer Aura von Athletik, die allenfalls lächerlich gewesen wäre, hätte sich Lothar nicht mitten in Annis Laden für diese Metamorphose entschieden. Das ging einfach gar nicht.

Doch Erwin war nicht in der Lage, der Ente die Meinung zu sagen.

»Lothar, was machste denn?«, murmelte er bloß, mit einem Hauch von Verzweiflung in der Stimme. Da Lothar nicht reagierte, resignierte Erwin, hockte sich hin und versuchte zu helfen.

Das zumindest ließ die Ente zu. Als Lothar registriert hatte, dass Erwins Finger genau jenen Gegenstand erfasst hatten, den sein mit einigen Fingereigenschaften gesegneter Schnabel aus dem Regal zu ziehen versuchte, ließ er los, trat zurück und wartete ab.

Erwin bemerkte einen Geruch, den er nicht sofort einordnen konnte. Seine Finger hatten einen harten Papierumschlag erfasst. Der lag wie hinter eine Reihe von H-Milch-Packungen gerutscht. Aber dieser Geruch … Das war doch nicht Milch, die den Zustand wechselte?

Es gelang Erwin, den Papierumschlag anzuheben und hervorzuziehen. Lothar gab ein Erwartungsschnattern von sich, auf das nun Erwin nicht reagierte. Der Papierumschlag – braungolden, DIN A4, gefaltet – trug mit Kugelschreiber die Anni-Worte: *FÜR ERWIN – ICH VERTRAU DIR!* – nicht so sauber gesetzt wie die Worte des Testaments. Eher flüchtig, hastig hingeschrieben. Doch die Handschrift war ohne Zweifel Annis.

Erwins Herz raste. Lothar schob den Kopf näher, zuppelte mit dem Schnabel am Umschlagpapier herum.

»Nu nich so ungeduldig, Lothar!«, entfuhr es Erwin beinahe in Panik. Die Ente trieb ihn dazu, den Umschlag zu öffnen. Nebenbei registrierte er, dass draußen, unweit des Ladens, ein Auto vorfuhr. Das bollernde Motorengeräusch erstarb. Dann schlug eine Autotür …

Erwin öffnete den Umschlag, kippte ihn. Plötzlich rieselten kleine, weichlich wirkende, wurmig rotbraune Dinge zu Boden. Lothar stürzte sich sofort darauf, ließ alle Hemmungen fahren. Jetzt erkannte Erwin auch den Geruch:

Bachflohkrebse.

Getrocknete Bachflohkrebse, wegen Spuren von Feuchtigkeit am Umschlag dem Kreislauf natürlicher organischer Prozesse in einem frühen Stadium wieder anheimgegeben.

Kein Wunder, dass sich Lothar unten am Regal bodenturnend versucht hatte.

Mit rasenden Gedanken und immer noch wummerndem Herzen schüttete Erwin die restlichen Bachflohkrebse auf die Fliesen. Da war ja noch mehr in dem Umschlag. Das, was ihn schwer und für einen Entenschnabel hinter den Milchpackungen unmanövrierbar gemacht hatte, war ein Buch. Ein sehr altes Buch mit einem dicken, dunkelpapiernen Schutzumschlag und aufgeklebtem Titelfeld. Darauf stand, in schöner Handschrift geschrieben:

Emily Brontë –
Wuthering Heights / Die Sturmhöhe

Ein kurzer Blick in das Buch genügte Erwin, um die Buchstaben, die er bereits aus Worten wie *küssen* und *weinen* kannte, wiederzuentdecken:

Und dann hörte Erwin aufgeregte Stimmen. Die kamen aus dem Büro des Ladens. Lina war in ein heftiges Gespräch mit einem Mann verwickelt. Hastig und wie auf unausgesprochenen Befehl stopfte sich Erwin das Buch in die Parkatasche. Er wählte die Innentasche, wie es vielleicht ein Dieb getan hätte. Die Stimmen wurden lauter. Erwin wusste längst, wer da mit wem stritt. Er machte, dass er aus der Hocke kam, verließ die Ecke, in der Lothar die letzten Spuren von Bachflohkrebsen beseitigte, und heftete den vom Puls flackernden Blick an eine unbestimmte Stelle zwischen Seife, Scheuermilch und Waschpulver.

Die Tür vom Büro zum Verkaufsraum flog auf, und der Kuhschissbart von Kommissar Lars-Leberecht Heine schoss wie ein Boxhandschuh in den Laden.

»Hören Sie, auch die Polizei kann hier nicht so einfach reinplatzen. Sie können doch nicht ...!«, schimpfte Lina, die dem Kommissar folgte.

»Ja, ja, ja!«, sagte Heine genervt und hob die Hände. Er warf einen schnellen, fast finsteren Blick zu Erwin rüber. »Nu regense sich mal nich so auf. Es gibt da ein paar Umstände beim plötzlichen Tod von Frau Twallebrack, die müssen noch untersucht werden. Kann sein, dass sich unter den Sachen, die sie Ihnen überlassen hat ...!«

»Trotzdem, Sie können nicht ohne Untersuchungsbefehl, oder wie das heißt, den Tresor von Frau Twass...!«

»Gute Frau!«, schnarrte Heine, streckte dabei die Hände scheinbar abwehrend von sich, doch es war ein klares Angriffssignal. »Alles hat seine Ordnung. Wenn Frau Trallebrack, wie es die Umstände ihres Todes nahelegen, allerdings was eingenommen oder gegessen hat, das ihren Tod ausgelöst haben könnte, dann müssen wir das untersuchen! Dann müssen wir ALLES untersuchen! Auch an einem Samstag! Zumal der Verdacht besteht, dass die gute Frau psychisch ...«

»Aber ...!«, versuchte es Lina ein drittes Mal.

»ABER!«, rammte sich Kommissar Heine dazwischen.

»Wenn SIE ...« – das SIE verdeutlichte er mittels Lautstärke und mit dem waffenscheinpflichtigen Finger eines Kommissars – »... wenn SIE hier jemanden in den Laden lassen – wie gut, dass ich das noch rechtzeitig erfahren habe,
hallo Erwin –, dann warte ich NICHT, bis ich am Wochenende einen Durchsuchungsbefehl habe. Schon mal was von
Leuten gehört, die andre mit in den Tod reißen ...?«

»Wie bitte?!« Linas Entrüstung war unüberhörbar. Der
Kommissar ließ jedoch noch immer nicht locker:

»Stelln Sie sich mal vor, da sind Sachen, vergiftete Sachen vielleicht, die noch verkauft werden. Und Erwin ...«

Erwin rührte sich jetzt nicht. Sein Körper war vollkommen starr. Lothar hielt sich irgendwo versteckt.

»...mein Freund Erwin, für den ich eine GEWISSE Verantwortung fühle, nimmt das mit ...« Heine machte eine
schwer zu deutende, wiegende Kopfbewegung. »... Was
machen Sie denn dann? Hmm? Wenn's den nächsten Toten
gibt? Frau Fieken?!«

Zack. Lina Fiekens schwieg. Ihr Mund schnappte auf und
zu. Aber sie erwiderte nichts. Lars-Leberecht Heine ließ
seinen Worten volle Wirkung, indem er sich gar nicht mehr
um Lina kümmerte. Er schnellte herum zu Erwin. Heines
Kuhschiss-Lächeln konnte seine glühenden Augen kaum
mildern. Der Kommissar ging auf Erwin zu. »Keine Panik,
Äwinn!!«, sagte er, viel zu laut. »Is nur wegen der Sicherheit. Mannmannmann. Hab gehört, dass du hier heute ein-
sackst ...« – Heine lachte dreckig – »... da muss ich ja
aufpassen kommn. Kann nämlich sein, dass hier irgendwas ...« Während er sprach, sah er sich suchend um, ließ
argwöhnisch-düstere Blicke zwischen die Regale gleiten,

158

konzentrierte sich dann aber vor allem auf den Bereich um den Verkaufstresen, öffnete die Kasse, schaute in die Geldlade – »... dass hier irgendwas ... nich in Ordnung is. Gift unn so ... Erinnerste dich noch an den Forensiker? Walter? Is noch nich sicher, aber könnte sein, dass das Herz der alten Dame, wie hieß sie noch ...?«

Heine wartete Erwins Antwort gar nicht ab.

»... kann sein, dass die hier was Totgiftiges ... Und wo ja alles so geblieben ist, seitdem die Alte ..., also diese Frau Trallebracke ... So hießse doch ...?«

»Twassbrake«, sagte Erwin. »Anni ...«

»Jaja«, rumpelte Heine. »Genau. Also. Vorsicht. Am besten KEINE Sachen zum Essen, verstehste, Äwinn?«

Heines Lächeln wurde schmerzhaft grell.

»Verstehste doch, Äwinn, oder?«

Erwin starrte den Kommissar an wie das Kaninchen die hypnotisierende Schlange.

»Haste irgendwas gefunden hier?«, fragte Heine nun vieldeutig und fast beiläufig.

»Nee«, sagte Erwin leise, den Kommissar immer noch anstarrend. Irgendetwas in Erwins Kopf bezweifelte, dass er sich je wieder würde bewegen können.

Lars-Leberecht Heine kam hinter dem Tresen hervor, schnüffelte im Laden herum, durchsuchte die Regale, zog Dosen, Kästen, Schachteln heraus. Heine hatte sogar eine Taschenlampe dabei, mit der er in Winkel und Ecken leuchtete.

Lina Fiekens beobachtete ihn, schwieg aber. Sie wusste, dass sie bei Heine mit Worten nichts würde ausrichten können. Wonach suchte der bloß? Musste er bei Verdacht einer schweren Vergiftung nicht irgendein Amt benachrichtigen? Würden die dann nicht alles dichtmachen hier?

Lina machte sich Sorgen.

Nach einer Weile intensiven Herumschnüffelns wandte sich Lars-Leberecht Heine ihr plötzlich wieder zu. »Passense auf, gute Frau«, sagte er – gezwungen wohlwollend und dennoch warnend. »Am besten, Sie ... Sie vernichten alles, was hier so an ... an Essbarem rumsteht. Salz, Zucker, Milch, Konserven und so weiter, klar?«

Er sah Lina an, wie auf Antwort wartend. Lina blickte nur stumm und fragend zurück.

»Verstehen Sie? Vielleicht erweist sich der Verdacht als unbegründet. Vielleicht aber auch nich. Ein Wink von mir, und das Landesamt trägt Ihnen morgen den ganzen Laden hier ab und untersucht alles. Alles! Wissen Sie, was das heißt? Ich mache Ihnen also ein Angebot. Ich vertrau Ihnen. Wenn Sie mir versprechen, dass Sie alle Nahrungsmittel und so vernichten – hören Sie? –, dann lass ich davon ab, das Amt zu benachrichtigen, und warte auf das Ergebnis der forensischen Untersuchungen. Wenn dann alles gut is, ham Sie Ruhe. Wir sind doch alle nich für Bürokratie ...«

Er schüttelte den Kopf wie ein Mann, der die Härten des Systems kennengelernt hatte. Dann sah er wieder hoch und schaute Lina in die Augen.

»Also? Machen wir's so?«

»Ja«, sagte sie. »Ja, gut ...«

»Na fein!« – Lars-Leberecht Heine hätte auch »Brav!« sagen können. Er reichte ihr die Rechte. Es dauerte ein paar Sekunden, bis Lina begriff, dass sie diese Handkantenschlags-Geste wohl würde annehmen müssen. Sie tat es, zögernd, nicht sehr erfolgreich.

»Prima!«, bellte Heine. »Dann bin ich wieder weg!«

Sein Kopf ruckte zu Erwin, zuckte hoch, wurde von einem inneren Blitz getroffen.

»Ach, die Sachen auf der Karre!«, rief er. »Die hat dir doch Sachen auf ner Karre hinterlassen. Die muss ich auch noch prüfen! Wo issn das Zeuch?«

Erwin war verwirrt, und in Lina stieg der Dampfdruck. Woher wusste der Kommissar vom Inhalt des Testaments? Und was ging es ihn an? Aber Lina behielt die Kontrolle.

»Hier«, sagte sie trocken und wies zum Nebenraum. Heine folgte dem Wink, sah die Kiste, öffnete sie, schaute hinein, schien sich einen Moment lang zu wundern, bevor ihn Heiterkeit übermannte, und schloss die Kiste wieder – mit bellendem Lachen.

»Äwinn, Äwinn!«, grölte er und schüttelte den Kopf. »Nix zum Essen, hörste?! Das haste doch verstanden, als Polizist, oder?!«

Erwin nickte verunsichert, während Heine lachend verschwand.

Nachdem der Porschemotor draußen seinen Brunftschrei ausgestoßen und der Wagen begonnen hatte, einen imaginären Begattungspartner zu verfolgen, löste sich Erwins Starre.

Lina war an der Tür zum Büro stehen geblieben. Sie sah ihn an wie jemand, der sich für das Verhalten eines missratenen Familienmitglieds schämte und sich stumm dafür entschuldigen wollte.

»Ich nehm nurn paa Sachen«, meinte Erwin und räusperte sich. »Da issja noch die Kiste.«

Lina schwieg zu der Kiste. »Wie du meinst, Erwin«, sagte sie. »Kommste morgen einfach noch mal wieder, ja?«

»Is gut«, sagte Erwin.

Dann drückte Lina ihn an sich. Es wurde eine sehr lange Umarmung.

Danach zogen Erwin und Lothar, der sich nach Lars-Leberecht Heines Verschwinden schnell wieder vorgewagt hatte, mit Karren und Kiste darauf und Buch in der Parka-Innentasche nach Hause. Das Buch wollte sich Erwin am Abend, ermittelnd, vornehmen. Und erst als er die Kiste ins Haus geschleppt hatte, sah er nach, was Anni ihm hinterlassen hatte:

Je zwanzig Flaschen Asia Orchidee und Sandelholz für den gestressten Herrn. Kein Wunder, dass Heine gelacht hatte.

Ach, Anni.

Lesen und Leiden

Erwin hatte die Polizei belogen. Er blätterte in dem Buch, das Lothar gefunden hatte, und musste immer wieder daran denken, dass er Lars-Leberecht Heine, dem Kommissar, nicht die Wahrheit gesagt hatte.

Du darfst nich lügen, Äwinn!

Der gemeinsame Nenner von Friedhelm und Gertrude Düsedieker.

Äwinn! Du hass gelogen! Du hass die Polizei belogen!

Erwin hatte ein gutes Gedächtnis für Schmerzen. Aber der Schmerz um Anni war anders. Dieser Schmerz löschte alle Schmerzen, die Erwin jemals wegen einer Lüge gespürt hatte. Anni hatte gewollt, dass er das Buch bekam. Anni hatte gehofft, dass Lothar das Buch finden würde. Der Kommissar hatte etwas Unrechtes getan. Lars-Leberecht Heine war Teil einer Ungeheuerlichkeit, die Erwin noch nicht benennen konnte. Heine hatte von dem Testament gewusst. Er hatte im Laden plötzlich Dinge über Annis Tod gesagt, die etwas Furchtbares andeuteten. Erwin hatte sofort gewusst, dass er dem Kommissar nichts von dem Buch erzählen durfte.

Von dem Buch mit der alten Schrift.

Das vermutlich das Buch war von *küssen* und *weinen*.

Erwin hatte das Buch auf den alten Schreibtisch gelegt, vor dem er jetzt saß, die Polizeimütze auf dem Kopf, die wichtigen Fundstücke der vergangenen Tage sortiert auf der Arbeitsplatte ausgebreitet. Da lagen die Handschellen. Da lagen die Papierschnipsel. Da lag die Zeichnung, die Erwin auf dem Friedhof angefertigt hatte. Es hätten, neben den Handschellen, auch Knochen dort auf der Arbeitsplatte liegen sollen. Erwin erinnerte sich manchmal an den Moment, bevor Jaspers Schweinerotte ihn fast zu Tode getrampelt hatte: Dort im Grabloch hatten Knochen neben den Handschellen gelegen. Knochenstücke, von denen er nur noch ein einziges Bild besaß, wie in sein Gedächtnis eingebrannt. Längliche und rundliche Stücke, dunkel, lehmfeucht. Knochen, die er aus einem tiefen Gefühl von Beklemmung heraus nicht hatte einsammeln können – und weil ihm die verdammten Schweine keine Zeit gelassen hatten, mit seinem Gefühl zu verhandeln. Knochen, die nun verloren waren, untergepflügt, vermutlich von Jasper Thiesbrummels neuem Supertrecker, den Paul-Gerhard Bartelweddebüx bezahlt hatte.

Erwin war dumm gewesen – und feige.

Ein Ermittler durfte weder das eine noch das andere sein.

Bei dem Buch wollte Erwin also keine Fehler machen. Es lag vor ihm, akkurat ausgerichtet, ein Schulbuch, noch nicht geöffnet. Er hatte das Gefühl, dass es alle Antworten auf alle Fragen enthielt, die das Rätsel der Toten am Wald ihm stellte. Vor allem aber war das Buch Annis Antwort auf die Frage, die sie ihm im Laden nicht beantwortet hatte. Sie musste sich noch kurz vor ihrem Tod überlegt haben, Erwin dieses Buch zuzuspielen.

Erwin hatte sich natürlich informiert über das Buch: in seiner Bibliothek. *Wuthering Heights*, mit dem deutschen Titel

Die Sturmhöhe, war der einzige Roman der englischen Schriftstellerin Emily Brontë. Er hatte mal ein Porträt der jungen Frau gesehen: das Bild einer resoluten, stürmischen Person. Irgendwie dunkel und verrückt hatte sie auf ihn gewirkt. So wie das Buch, *Wuthering Heights*. Ein Klassiker der romantischen englischen Literatur. Ein Buch, das bei seinem Erscheinen 1847 Aufsehen erregt hatte, weil es in einer verstockten Gesellschaft als wild und irrational empfunden wurde.

Erwin fragte sich, ob das Buch gefährlich gewesen war.

Hatte das Buch etwas mit dem Tod der jungen Frau zu tun, deren Knochen nah dem Wald ...?

Er musste langsam vorgehen, Schritt für Schritt. Was es mit dem Skandal um *Wuthering Heights* auf sich gehabt hatte, wusste er nicht. Er würde das Buch lesen müssen. Und mehr noch: Er würde das Buch durchsuchen müssen – wie eine Knochengrube in nächtlicher Dunkelheit. Doch er hoffte, dass ihm schon das Tageslicht helfen würde.

Also schlug er das Buch – tief durchatmend – endlich auf.

Das knisternde Papier der Seiten war dunkel. Sepiafarben. Dieses Wort hatte Erwin mal irgendwo gefunden. Und die Farbe zu dem Wort hatte er ebenfalls gefunden.

Neben dem Buch lag ein Schulheft. Daneben ein Kugelschreiber. Erwin würde sich Notizen machen. In seiner unregelmäßigen, ungelenken, von elefantösen Krakelzeichen beherrschten Handschrift.

Nee, Äwinn, lernste denn nie, orntlich schreiben? Wie dumm biste denn?

Erwin betrachtete die Bräunung des Papiers. Der Vorsatz schien die Farbe aus etwas herausgesaugt und in sich aufgenommen zu haben. Unregelmäßig war die Farbe.

Wie Erwins Schrift.

An manchen Stellen rundeten sich Flecken, breiteten sich aus wie eine Krankheit. Eine Papierkrankheit. Sie hatten was Fettiges, diese Flecken, aber das war wohl nichts Besonderes bei einem Buch solchen Alters.

Wie alt war es denn?

Oben rechts in der Ecke waren Buchstaben und Zahlen mit Bleistift eingetragen. Fliehende Schrift. Vermutlich der Preis. Erwin konnte mit den Zeichen nichts anfangen.

Er blätterte weiter.

Das nächste Blatt hing irgendwie fest am ersten, dickeren Blatt, war an der Basis mit diesem verklebt und hob sich also vom Buchblock, als Erwin die Seite wechselte. Das gleiche Braun. Weniger Flecken. Oben Autor und Titel: *Emily Brontë – Die Sturmhöhe*. Und unten auf der Seite in klarer Handschrift mit Bleistift eingetragen, ein Name:

Wilhelmine Rickmers 1943.

Wilhelmine Rickmers. Den Namen hatte Erwin nie gehört. Er klang fremd. Und alt. Wilhelmine war ein Name für die Frauen in Trauerschwarz, die er in Fechtelfeld befürchtet hatte. Die aber nicht gekommen waren.

Zum Glück.

Aber die Schrift war nicht ganz unwilhelminisch. Ein akkurater Tanz über das Papier war es. Wie hießen diese Bewegungen gleich noch? Pirouetten. Ja, Pirouetten waren es. Und hohe, geneigte Schwünge.

Ob Anni ...?

Nein, Erwin verwarf den Gedanken gleich wieder. Anni war nicht die Schreiberin dieses Namens. Erwin vollführte mit seinen Gedanken Kurven und Schwünge ähnlich denen auf dem vergilbten Papier. Annis Schrift kannte er ja. Auch wenn diese Schrift 1943 vielleicht nicht die von heute gewesen war. Anni war ... Sie war eben Anni. Annegret Adelheid Twassbrake. Nicht viel größer als einen Meter fünfzig, doch klare Kante. Annis Schrift stand aufrecht. Diese hier setzte noch eins drauf. Sie war hoch, lag aber wie gegen den Wind stürmend, nach rechts gebeugt. Wilhelmine Rickmers war von mindestens ebenso klarer Kante wie Anni Twassbrake. Vermutlich war sie sogar noch resoluter.

Vielleicht war Wilhelmine eine Freundin von Anni?

War sie die Tote? Hatte Anni Wilhelmine gekannt, und dann, als Erwin in den Laden gekommen war und von den Knochenfunden gesprochen hatte ...?

Erwin krakelte ein paar Notizen in sein Schulheft und blätterte weiter. »Schritt für Schritt«, wiederholte er für sich im Kopf.

Er stieß auf den Hinweis, dass das Buch erstmals 1938 gedruckt worden war. Auf den folgenden Seiten fehlten jegliche Eintragungen mit Bleistift. Wilhelmine Rickmers war kurzzeitig verschwunden. Es tauchten die Fraktur-Soldaten auf. Erwin erinnerte sich: Fraktur-Grotesk. Schaftstiefel-Grotesk. Tannenberg. 1943. Soldaten in Eiszeit. Wieder kamen Bilder. Bilder in Schneestürmen. Menschen, die sich bewegten wie Maschinen. Der erhobene Arm.

Sturmwind, von rechts kommend, nach links wehend. Die Schrift, dem Wind trotzend.

Dem Wind.

Erwin riss sich aus seinen Gedanken und begann zu lesen.

1801. Ich bin gerade von einem Besuch bei meinem Gutsherrn zurück-gekehrt – diesem einsamen Nachbarn, der mir zu schaffen machen wird.

Was für eine schöne Gegend! Ich glaube nicht, daß ich in ganz England meinen Wohnsitz an einer anderen Stelle hätte aufschlagen können, die so vollkommen abseits vom Getriebe der Welt liegt. Ein echtes Paradies für Menschenfeinde, und Mr. Heathcliff und ich sind das richtige Paar, um diese Einsamkeit miteinander zu teilen ...

Erwin hielt inne. Schon diese ersten Sätze verwirrten ihn dermaßen, dass er innehalten musste. Es gab da ein, zwei Formulierungen, die ihn an Versloh-Bramschebeck denken ließen. Aber zweifellos spielte das Buch nicht in Versloh.

Ein echtes Paradies für Menschenfeinde ...

... abseits vom Getriebe der Welt ...

Hätte Erwin den Begriff *Ironie* parat gehabt, er hätte den einen oder anderen Gedanken damit verknüpft. Jetzt aber fühlte er nur die Ahnung aufsteigen, wie Nebel über einem Sumpf, dass er sich beim Lesen dieses Buches ebenso gegen Widerstand würde stemmen müssen wie die Schrift der unbekannten Frau gegen etwas, das von rechts kam.

Ein Buch ohne Bilder.

Ein Buch mit Worten wie *küssen* und *weinen* und *Liebe* und *Einsamkeit?*

Eine Prüfung war das. Eine schwierige Aufgabe. Das waren nicht Erwins Worte.

Erwin entschied sich, das Lesen auf später zu verschieben und vorerst stichpunktartig zu ermitteln. Er blätterte weiter.

Auf den nächsten Seiten schleppte er sich durch nichts als Bleiwüste. Nur hier und da stieß er auf ein an den Rand gekritzeltes Wort. Oft waren es Namen: *Cathy. Heathcliff. Edgar. Catherine = C2. Hareton. Isabella. Mrs. Earnshaw* und so weiter. Erwin fand die Namen wieder, die er auf den Papierfetzen entdeckt hatte. Die Namen und die Typo. Aber die Hintergründe der eingekritzelten Namen im Buch und Hinweise wie *Persp. Nelly* oder *Persp. Lockwood* blieben ihm ein Rätsel.

In der Mitte des Buches, an einem Kapitelübergang, fand er dann mehrere Worte in der trutzigen, nach rechts geneigten Handschrift notiert:

Thematisieren Heathcliff Charakterwandel. Liebe, Hass, Freundschaft. Zurückweisung und Verhärtung. Den Sturm bändigen. Es ist ein Wagnis. Wilhelmine = Will!

Plötzlich dämmerte es Erwin. Wilhelmine Rickmers war Lehrerin gewesen. In der alten Schule, die schon so lange nicht mehr genutzt wurde. Lehrerin. Damals. Vielleicht 1945, nach dem Krieg. Der Engel. Paster Blotevogels Aufzeichnungen. Was hatte er geschrieben? *Die Macht Satans.*

Des Teufels Neun. Der Kindersturm. Sie ist ein Engel. Worte rasten durch Erwins Gehirn. Es war für solche Geschwindigkeiten nicht ausgelegt. Es hatte andere Qualitäten. Aber Erwin erkannte jetzt, dass Wilhelmine Rickmers Lehrerin gewesen war. So musste es gewesen sein. Im Jahr 1945, nach dem Krieg, hatte sie diejenigen unterrichtet, die 1930 geboren worden waren. Kinder noch – oder schon Jugendliche –, die den Krieg vielleicht noch erlebt hatten. Sie mussten damals 14 oder 15 Jahre alt gewesen sein. Der Kindersturm. Waren sie Soldaten gewesen? Aus dem Krieg zurückgekehrt? Waren nicht in den letzten Kriegsmonaten auch Kinder an die Front geschickt worden? War es nicht so gewesen?

Das Zeichen. Erwin blätterte hastig weiter. Das Blut klang in seinen Ohren wie rasselnde Stiefelschritte, marschierende Soldaten. Irgendetwas sagte ihm, dass er das Zeichen finden würde, dieses rätselhafte Ornament, das an verschachtelte Dreiecke erinnerte, an Segel, an ...

Nein, nichts. Erwin blätterte vor und zurück, musste achtgeben, dass er mit seinen ungestümen Fingern nicht das trocken-rissige Papier beschädigte. Sollte das schon alles gewesen sein, was ihm das Buch verriet? Weshalb hatte Anni es im Laden hinterlegt? Vielleicht in ihren letzten Minuten. Für ihn. Für Erwin. Mit feuchten Bachflohkrebsen garniert, sodass Lothar, die treue Ermittlungsente, den Köder finden würde. Lothar und niemand sonst ...

Erwin betrachtete die Rückseite des Buchs. Der Schutzumschlag war ein typischer Umschlag für Schulbücher. So eine Art Geschenkpapier, dunkel, mit der Schere zurechtgeschnitten und um den Einband herumgefalzt. Innen dann mit Tesafilm festgeklebt.

Wie lange gab es Tesafilm schon?

Erwin sah sich die Klebung an. Sauber eingeschlagen war das Buch. Auch nach so vielen Jahren sah das noch akkurat aus.

Äwinn, bring ma dein Lesebuch. Das sauste doch nur wieder ein ...

Dann aber entdeckte er einen Schnitt oder einen Riss im Schutzumschlag, auf der Innenseite des hinteren Buchdeckels. Oberhalb des Risses, der ziemlich tief lag, wölbte sich der Schutzumschlag.

Erwin drückte darauf, fühlte mit den Fingern.

Da war etwas daruntergeschoben. Papier. Ein länglicher, gefalteter Streifen Papier.

Erwin scheute sich, den Schutzumschlag zu zerreißen, obwohl ihm jetzt der Gedanke kam, dass auf dem originalen Umschlag vielleicht eine Botschaft für ihn wartete. Für ihn oder für Anni.

Eine Botschaft von Wilhelmine Rickmers.

Vorsichtig vergrößerte Erwin den Schlitz im Papier, und nach einer Reihe von Manövern mit dem Zeigefinger gelang es ihm, den Papierstreifen nach unten an den Schlitz zu bugsieren, ihn herauszuziehen und auseinanderzufalten.

Es war ein Brief, ein sehr langer Brief, mit Tinte geschrieben auf gräulich-bläulichem, liniertem Papier. Mehrere dünne, fast durchscheinende, eng beschriebene Blätter waren es. Jemand hatte diesen Brief zusammengefaltet wie für eine Flaschenpost. Erwin erkannte die stürmenden Buchstaben Wilhelmine Rickmers – obwohl sie sich verändert hatten. Hier waren es kleine, sich aufs Papier zwängende Wesen, noch immer voller Kraft, doch zugleich resignierend:

4. Januar 1946

Annegret,

ein Brief – und zugleich mein letzter, vorerst. Es muß sein. Du wirst es verstehen, eines Tages, Anneken. Es ist so vieles falsch. Und meine Kreide ist verschossen. Die Schule ist Geschichte. Nie hätte ich gedacht, einmal mit Kreide in der Hand kapitulieren zu müssen! Der Krieg ist aus. Seit Monaten schon. Du weißt es, und ich weiß es auch. Aber außer uns beiden weiß es anscheinend kaum jemand in diesem vom Herrgott auf einem Esel verlassenen Land. Die Kinder jedenfalls – ich nenne sie Kinder – wissen es nicht, und sie wollen es auch nicht wissen. Ich will Flüche vermeiden, Anneken – und Du kennst mich: Ich beherrsche die Kunst des Fluchens mit der Sturm-stärke des Landstrichs, den meine Seeräuber-Vorfahren einst dem Meer abtrotzten. Nein, fluchen will ich nicht. Stattdessen möchte ich morden. Die Mistgabel wäre mir hilfreich. Eine Waffe, die sie kennen und achten. Ach, Anne ...

Seit Wochen versuche ich mich als Lehrerin. Holt die Krieger in die Schule, hieß es. Gebt ihnen das verlorene Jahr zurück. Wilhelmine, habe ich mir gesagt: Dorfschule, das ist höhere Aufgabe, Idealismus. Das ist die Flamme der Kultur in den Stall bringen, ohne das Stroh zu entzünden. Bitte verzeih mir die schiefen Bilder, Anneken, und den Sarkasmus. Ich weiß gar nicht, wo ich anfangen soll. Vielleicht sollte ich meine Wut unterdrücken. Was kann dieser Ort am Rand der Welt dafür, daß ganz Deutschland irre wurde? Sie alle fielen ja herein auf den Teufel mit Zweifingerbart. Natürlich auch der Bauer in seinen Holzschuhen. Nicht mal eine Ackerfurche hätte er grade ziehen können, dieser Schreihals. Und plante Schützengräben bis zum Ural. Verkehrte Welt, Anneken. Da ist den Tölpeln die Krume der Tellerrand, und sie blicken nicht drüber hinweg, erblicken die Zwergenhaftigkeit dieses größten Feldherrn aller Zeiten nicht.

Weißt Du, was mich als Lehrerin am meisten bestürzt? Was mich rasend macht? Was mich nach dieser jahrelangen Raserei zwischen Maas, Memel, Etsch und Belt fast um den Verstand bringt? Es sind ausgerechnet die Jungen, die dem Grauen hinterhertrauern! Viel mehr als die Alten. Die haben es irgendwie verstanden. Nein, nicht verstanden: Die haben ihre dicken Schädel so oft gegen Bunkerbeton gerammt, daß sie Schmerzen leiden, vorerst. Das hilft ja vielleicht. Die Kinder aber, die Jungs, das Jungvolk, diese ewige Hitlerjugend: Sie plärren noch immer von Deutschlands Größe und Schmach und Führers Weiterleben in Walhalla (dabei können sie Walhalla nicht mal richtig schreiben, Anne ...).

Ich habe es mit Güte versucht. Ich habe an die Vernunft appelliert. Ich habe ihnen von den Verbrechen erzählt, im Osten, in den Lagern – und was war das Ergebnis? Schweigen, Mauer, Trotz. Sie haben sich hinter einen Festungswall zurückgezogen. Die Jungs sind die schlimmsten. Die Mädchen halten den Mund, denken sich ihren Teil, bewundern heimlich ihre »Rebellen«. Die Jungs wollen kämpfen, weitermachen. Sie planen zwischen den Schulbänken Feldzüge.

Als ich anfing in der Schule, war die Rede vom Kindersturm. Du kennst es ja, das Gebrummel, das sie hier Rede nennen. Die neun, die in den letzten Kriegsmonaten mit dem letzten Aufgebot des Brüllers noch eingezogen wurden, die sich älter gemacht haben, als sie sind: Sie werden das Kriegsdenken nicht mehr los. Kindersturm – das Wort hassen sie.

Weißt Du noch, wie wir uns darüber lustig gemacht haben? Jetzt machen sie mobil: gegen Mißachtung, Beleidigung, was weiß ich.

Sie nennen sich »Des Teufels Neun« und schwafeln von Welteroberung. Ich habe es unterschätzt, Anne. Vielleicht habe ich es auch falsch angefangen. Ich habe gedacht: Sprache, Kultur, ein Buch, das ihnen nahebringt, wie formbar, zerstörbar der Mensch doch ist, das könnte sie zur Besinnung bringen, ihnen die eigene Entwicklung spiegeln. Unser Buch, Anne! Ich habe gedacht … Ach, ich war naiv, sentimental – und dumm! Ein Buch, das auch den Mädchen gefallen würde … Dann würden die Mädchen die Jungs schon wieder einfangen. So ungefähr habe ich's mir wohl ausgemalt. Mein Gott, sie sind fünfzehn, sechzehn. Da kommen doch andere Gedanken auf! Aber nein: Der Geist des Gröfaz zieht sie noch immer am Kälberstrick hinter sich her. Und plötzlich kracht es. Denk Dir, ein englisches Buch! Welcher Frevel! »Wuthering Heights«! Die Sturmhöhe! England hat uns gerettet. Hat die Welt gerettet. Dieses Buch ist ein Schatz. Aber jetzt bricht der Kindersturm so richtig los. »Verräterin« ist noch ein harmloser Vorwurf, den ich höre – hinter meinem Rücken. Diese Feiglinge. Ich bin die »Churchill-Schlampe«. Sie lassen mir Botschaften zukommen mit Beschimpfungen, deren Schärfe unter ihrer Rechtschreibung leidet. »Der Führer ist nicht tod, Mezze. Sei gewahnt!« Paul-Gerhard ist der Schlimmste, aber das war ja klar. Bei anderen hatte ich Hoffnung. Du kennst doch diesen Schüchternen, der immer Mütze trägt: Friedhelm. Bei ihm habe ich gedacht, ich könnte ihn zum Nachdenken bringen. Bei ihm und zwei, drei weiteren, die sich nicht stets und ständig von Paul-Gerhard drangsalieren lassen. Doch es ist ihm gelungen, sie alle auf seine Seite zu ziehen oder unter Druck zu setzen. Friedhelm ist wie verwandelt, als müsse er sich nun beweisen. Man drängt ihn, setzt ihm zu. ER setzt ihm zu. Friedhelm schreibt mir anonym Briefe, die … Nein, Anne, das wiederhole ich hier nicht. Ich würde mich ja doch nicht zügeln können und auch ihn an seinen eigenen, lächerlichen Fehlern aufziehen. Ich hätte auf Pastor Blotevogel hören sollen, unseren Dorfheiligen – die zarten Seelen und so. Er hatte recht, ich war zu stürmisch, wollte mal wieder mit dem Kopf durch die Wand. Und nun schweigt auch er, ist verstummt. Sie drohen ihm. Auch ihm. Er ist anders als ich – schwärmerisch oder mundtot. Seine letzten Worte mir gegenüber waren: »Ein Unheil zieht herauf! Ein furchtbares Unheil!« Na, soll es ziehen – ich ziehe nun auch. Ich gebe auf. Der Kampf ist sinnlos.

So komme ich zu dem, was der Grund meines Schreibens ist. Ich werde gehen, Annegret. Ich werde das Land verlassen. Die Koffer sind gepackt, gleich holt man mich ab. Der Irrsinn durchdringt hier alles. Irrsinn und Wahn. Vielleicht legt sich der Kindersturm, wenn ich verschwunden bin. Ich verkrafte es nicht mehr. Die Drohungen haben eine Dimension erreicht, die ich nicht mehr beherrsche. Ich werde nach Australien gehen. Ich habe Bekannte dort. Menschen, mit denen ich seit Jahren in brieflichem Kontakt stehe. Oh, du friedlicher Ort auf der anderen Seite der Welt, wo der Geist des Commonwealth weht. Die Sprache beherrsche ich ja. Und die Seele – sie ist fast schon dort. Ich bete, daß die Dinge sich finden werden. Dann will ich mich melden bei Dir. Aber es wird dauern. Ich hoffe, daß Du mich verstehst, auch wenn ich Dir nicht alles erklären kann. Es geht nicht anders – glaub mir!

Annegret, mein Anneken, Anne: Du wirst mir fehlen.
In tiefer Freundschaft, in Liebe – für immer. Vergiß mich nicht.
Und verzeih mir.
Wilhelmine

PS: Achte auf dieses Zeichen. Sei auf der Hut, wenn Du es siehst. Es ist ihr Mal. Ihr ganz eigenes Runenmal. Nicht besonders ein-

fallsreich und von Kunst keine Spur. Es soll abschrecken, soll »dem Feind« Warnung sein. Ich versuche noch immer, darüber zu lachen. Aber ich habe mich so oft getäuscht...

Erwin saß wie gelähmt hinter dem Schreibtisch. Der Brief glühte in seinen Händen. Die Worte waren voller Bilder gewesen. Bilder, die sich entzündeten. Langsam legte Erwin das letzte Blatt beiseite, faltete die Hände. Dann entfaltete er die Hände wieder und nahm die Mütze ab, legte sie ebenfalls auf den Tisch. Über die Mütze würde er nachdenken müssen.

Er musste jetzt über vieles nachdenken.

Hatte sein Vater, Friedhelm Düsedieker, Wilhelmine Rickmers umgebracht?

Oder war sie vielleicht doch nach Australien ausgewandert? Plötzlich, von einem Tag auf den anderen? Nein, alles sah danach aus, dass sie ermordet worden war. Sie hatte abreisen wollen, war aber ermordet worden. Von *Des Teufels Neun*, deren geheimes Zeichen Wilhelmine kannte. Sie hatte die Teufel unterschätzt. Sie war übermütig gewesen. Das klang in ihrem Brief durch. Aber da war noch ein anderer Ton. Wilhelmine hatte etwas erkannt. Die Drohungen, von denen sie sprach... Und Anni hatte geglaubt, ihre Freundin habe sich auf und davon gemacht. Einfach so. Wilhelmine hatte sich melden wollen, doch nie wieder war eine Zeile, ein Lebenszeichen von ihr gekommen. Anni war verletzt worden von diesem Brief – und mehr noch vom Schweigen danach. Sie hatte vergeblich gewartet auf einen weiteren Brief, ein Lebenszeichen von der Ausgewanderten. Und weil alles dies dazu führte, dass sich Annis Gefühle verhärteten, hatte sie niemals herauszufinden versucht, was mit Wilhelmine geschehen war.

Ja. Sie war verletzt worden, die Anni.

Und als ihr plötzlich die Wahrheit dämmerte – im Laden, als Erwin von den Knochen gesprochen hatte, als er diese Worte aus *ihrem* Buch gesprochen hatte –, da hatten die Verletzung und die Wahrheit sie umgebracht.

Weil ihre Krankheit sie geschwächt hatte.

Konnte es so gewesen sein?

Erwin betrachtete wieder den Brief.

Das Zeichen.

Es war ein anderes Zeichen als das von Erwin gefundene. Erwin legte die Zeichnungen nebeneinander und verglich sie. Bilder waren ja Erwins Stärke. Er brauchte nur wenige Sekunden für einen Verdacht. Das Wort *Runenmal* löste ihn aus. Die Zahlen waren deutlich. Erwin ging hinunter in die Bibliothek, zog ein Buch aus dem Regal und sah nach. Die Rune für den Buchstaben T glich einem aufrecht stehenden Pfeil. T wie Teufel. Dann passte es ja vielleicht: Dann war die Zeichnung auf dem Brief von Wilhelmine Rickmers tatsächlich ein Runen-T, umschrieben von einer eckigen Neun. Und Erwins Zeichen war ein T, erweitert mit einer Sieben. Erwin nahm das Buch mit hinauf an den Schreibtisch, betrachtete die Zeichen, kopierte die Runen, versuchte Verbindungen zu finden zwischen den Zeichen und diesen uralten Buchstaben. Er füllte den Notizzettel mit Gekritzel. *Des Teufels Sieben* – zwei der Jungs waren dem Kreis, der Gruppe, abhandengekommen. War das eine Erklärung? Etwas hatte sich jedenfalls geändert. Zwei hatten die Gruppe verlassen oder waren verstoßen worden. Waren es vielleicht diejenigen gewesen, von denen Wilhelmine Rickmers geschrieben hatte, sie wollten sich nicht stets und ständig von Paul-Gerhard drangsalieren lassen? *Mordopfer = Wilhelmine Rickmers* schrieb Erwin in seiner ungelenken Handschrift auf den Zettel und *Zwei Teufel = ??*. Was sagte ihm der Brief? Wer gehörte zu den Mitgliedern des Teufelskreises?

Erwin war unsicher. Fest aber stand: Paul-Gerhard lebte, und Friedhelm Düsedieker war als Mitglied des Teufelsbunds gestorben.

Sein Grab trug das geheime Zeichen.

Der schüchterne Junge mit der Mütze.

Erwin konnte sich an kaum einen Tag in den letzten Jahren erinnern, an dem er so verwirrt gewesen war. Da lag etwas in der Luft, zum Greifen nahe. Etwas schlich um ihn herum, und er konnte es nicht benennen. Vielleicht war es der verborgene Ton in Wilhelmine Rickmers' Brief. Mit diesem Ton stimmte was nicht.

Annegret, Anneken, Anne ...
Unser Buch ...
... in Liebe – für immer ...

Erwin nahm den Roman und begann zu lesen. Er las bis

kurz vor Beginn der Dämmerung, und es wurde der längste Nachmittag seines Lebens. Erwin hatte Annis Urteil immer vertraut, aber bei diesem Buch wären ihre Meinungen auseinandergegangen. Er wiederholte das Vorwort, spurte sich auf den ersten zwanzig oder dreißig Seiten etwa fünfmal neu ein, weil ihn Namen und Perspektiven verwirrten. Ein Mensch namens Heathcliff schien ein ziemlicher, nun ja: Kotzbrocken zu sein. Ein Mensch namens Lockwood stapfte durch eine Schneelandschaft, wo man besser zu Haus geblieben wäre. Es gab in dieser Landschaft nur zwei Häuser: Wuthering Heights und Thrushcross Grange. Erwin vollführte stumme Mundbewegungen, als er auf diese Namen stieß. Er sah eine Landschaft, die zu den unaussprechlichen Namen passte. Eine Landschaft, bestehend aus Buchstabenfolgen für Störgeräusche in einer fremden Sprache. Die beiden Häuser waren zwei Pole. Dazwischen verlief eine Spannung mit verwirrenden Feldlinien. Der Weg zwischen den Häusern war schwer zu finden, und immer war die Landschaft zu dieser Spannung irgendwie stürmisch oder irgendwie tot. So waren auch die Menschen: stürmisch oder tot. Ihre Lebenserwartung entsprach der von Menschen im Mittelalter. Und ihr Handeln blieb seltsam undurchschaubar. Der Mann namens Lockwood übernachtete in einem Schrank und träumte von einer Frau namens Cathy oder Catherine, die wiederum mit Heathcliff zu tun hatte. Das kam nicht nur Erwin, sondern auch diesem Lockwood seltsam vor. Also besprach Lockwood es mit einer Nelly. Nelly war einer der Namen, die Erwin auf den Papierschnipseln gefunden hatte. Und Nelly begann zu erklären. Sie erzählte eine Geschichte. Nach und nach dämmerte es Erwin, dass sich alles in diesem Buch um Cathy bzw. Catherine und Heathcliff drehte. Klarer wurde dadurch allerdings nicht sehr viel, denn nichts war klar in diesem Buch – außer vielleicht die Tatsache, dass nichts klar werden sollte. Heathcliff blieb als Kotzbrocken unberechenbar, verschwand und tauchte wieder auf. Ein gewisser Hindley entpuppte sich als zweiter Kotzbrocken. Zwei Menschen von einer Sorte sorgten immer für ein gewisses Gleichgewicht, dachte Erwin. Sie hielten den Nebel des Buchs in der Schwebe. Das war bei Nebel ja durchaus passend. Ein Nebel, aus dem heraus Namen prasselten wie Bleikugeln nach einem verantwortungslos abgefeuerten Schrotschuss: Mr. und Mrs. Earnshaw, Mr. und Mrs. Linton, Edgar, Hareton, Hindley, Linton, Isabelle und Frances und immer wieder Catherine und Heathcliff, Heathcliff und Catherine. Heathcliff kam als Findelkind, war ein Niemand, besaß anfangs nichts. Weil er einen eisernen Willen hatte und einen Charakter, mit dem er dicke Wände durchbrechen konnte, gehörten ihm bald beide Häuser des Buches: Wuthering Heights und Thrushcross Grange. Nur Cathy, die er unbedingt haben wollte, gehörte ihm nie.

Erwin dachte an die Teufelskinder und brachte ein gewisses Verständnis dafür auf, dass sie das Buch hassten. Die Sprache des Buchs war klebrig, wie die Personen in ihrem Miteinander, Gegeneinander, Durcheinander. Erwin legte das Buch beiseite, stieg hinab in die Küche, warf die Kaffeemaschine an, schmierte sich ein Brot, belegte es mit Wurst und Käse, trank einen Pott Kaffee und sah aus dem Fenster. Er fand die sonnige Vorabendstimmung einladend –

sturmlos und friedlich. Also stieg er nach dem Kaffee in die Gummistiefel, zog den Parka über, setzte die Polizeimütze nicht auf und verließ das Haus für einen kleinen Feldzug.

Lothar wartete schon. Er hatte wohl Gedanken lesen können.

Ich weiß nicht, was soll es bedeuten ...

Wilhelmine Rickmers. Runenzeichen. Der Junge mit der Mütze ...

Wieder und wieder ging Erwin das durch. Die Sonne stand tief und tunkte das ferne Süllbachtal in schmierigen Schimmer. Es musste am Nachmittag geregnet haben. Der Boden war feucht, Pfützen glänzten. Aber es war merkwürdig warm draußen.

Erwin hatte gelesen, dass es für die Sonne auch so ein Zeichen gab. War es ein Runenzeichen? Er erinnerte sich an das Wort *Swastika* und ließ den Klang des Wortes durch seinen Kopf schwappen, während er mit halbem Blick beobachtete, wohin Lothar wohl an diesem Abend wandeln wollte. Die Ente entschied sich aus unerfindlichen Gründen für die westliche Richtung, dorthin, wo der Horizont dunkelte. Richtung Lappenbusch-Hof also, über die Bramsche, die zweihundert Meter hinter dem Grundstück der alten Wache durchs Feld floss. Und dann – mal sehen, dachte Erwin. Vielleicht bis zum Runenweg?

Erwin bemerkte mit gewissem Erschrecken, dass ihm der Name Runenweg nie sonderlich aufgefallen war. Verbunden mit den Erkenntnissen der vergangenen Tage aber stellte auch er plötzlich eine Art Geheimnis dar.

Runenweg.

Am Runenweg beziehungsweise unweit davon lagen die

Höfe von Paul-Gerhard Bartelweddebüx und Bubi Mickenbecker.

War das Zufall?

Der Gang über die Äcker hatte an diesem frühen Abend
nicht wie sonst eine entspannende Wirkung auf Erwin.
Immer weitere Gedanken und Bilder füllten seinen Kopf.
Die Puzzlestücke fügten sich nicht ineinander. Neue Puzzlestücke tauchten auf.

Manchmal verfluchte es Erwin, immerfort in Bildern
denken zu müssen.

Nein, das Hakenkreuz, die Swastika, dieses fremde
Sonnenzeichen war kein Runenzeichen. Es stammte aus
Indien. Oder aus China? Erwin war sich nicht sicher, doch
es war, obwohl es eines hätte sein können, kein Runenzeichen. Gleichwohl empfand Erwin den noch immer in
seinem Kopf herumschwappenden Klang des Wortes als
Lautfolge für etwas Lächerliches. Etwas Lächerliches, das
gefährlich geworden war. Ein Zeichen, das Kinder an
Hauswände schmierten, und ein Zeichen, das zu Mord
aufrief.

Swastika.

Spastiker.

Äwinn ist ein Spasti! Schwasti, schwasti, Spasti!

Unmittelbar hinter der Bramsche, auf dem Ackerrain
zwischen den Höfen von Lappenbusch und Jasperneite,
trat Erwin ein Hakenkreuz in den Matschboden. Acht Tritte: vier für die Schenkel, vier für die abgeknickten Enden.
Acht Tritte in den Arsch des Diktators. Erwin trampelte das
Hakenkreuz gleich wieder platt. Der Acker konnte nichts
dafür. Erwin hatte das Gefühl, ihn zu beschmutzen. Und er

sah plötzlich die Ähnlichkeit zwischen diesem Zeichen für *Des Teufels Neun* und dem Hakenkreuz. War die Ähnlichkeit beabsichtigt gewesen?

Lothar planschte ein wenig in einer Bachschlinge der Bramsche, die so gemächlich dahinfloss, als wäre der Bach eine zufällige Aneinanderreihung jener Pfützen, die den Landstrich nach Regenfällen als wasserstauend kennzeichneten. Erwin bewunderte Lothar für sein ungezwungenes Verhältnis zum Mutterboden Verslohs. Erwin, der die Gummistiefel immer gern in den Matsch gedrückt hatte, hatte seit Beginn der Wanderung das Gefühl, Schritt für Schritt ein größeres Gewicht von Scheiße aus dem Boden zu ziehen. An Lothars patenten Entenfüßen klebte nichts. Die Ente war ein Genie. Und wieder leuchtete sie.

Erwin seufzte und ging weiter. Er wollte Lothar den Abend nicht verderben. Und weil er den Kopf nicht freibekommen konnte, grübelte er eben, kämpfte nicht länger dagegen an.

Wilhelmine Rickmers. 1943.

Wilhelmine Rickmers. 1946.

Wie alt mochte sie gewesen sein, als sie starb? Eine junge Frau – so was hatte der Forensiker gesagt. Aber was genau hieß jung? Eine junge Lehrerin? Vielleicht 30?

Australien. Das andere Ende der Welt. Erwin dachte wieder über seine Theorie nach, dass Anni aus einer Verletzung oder Kränkung heraus nie nach Wilhelmine Rickmers in Australien gesucht hatte. Sie waren befreundet gewesen, und dann hatte Wilhelmine plötzlich, wie aus heiterem Himmel, erklärt, dass sie verschwinden würde.

Wie alt war Anni damals gewesen?

17 vielleicht, dachte Erwin. Sie war also nur ein, zwei Jahre älter gewesen als diejenigen aus dem Jahrgang 1930. Sie hatte Wilhelmine Rickmers, die Lehrerin, kennengelernt, und die Lehrerin hatte erkannt, wie klug Anni war. Wilhelmine Rickmers hatte kluge Menschen gemocht, denn sie war ja selbst klug. Der Brief, den Erwin gelesen hatte, war voller kluger Bilder gewesen.

Sie musste stolz auf diese Freundschaft gewesen sein, die Anni.

Wie musste sich Anni gefühlt haben?

Zurückgewiesen?

Enttäuscht?

Gedemütigt?

Dann war Wilhelmine umgebracht worden. Ihre Leiche war im Wald neben Jaspers Hof verscharrt worden.

Nein, man hatte sie dort verbrannt und ziemlich tief vergraben. Man hatte ja nicht ahnen können, dass später in diesem Drama mal Mutterbodenklau, Trecker und Pflüge mit riesigen Pflugscharen auftreten würden ...

Gefesselt hatte man sie. Mit Handschellen an den Händen ...

Plötzlich sah Erwin eine Frau, die er nie gesehen hatte. Sie lag am Boden. Ihr Gesicht flackerte, spiegelte Feuerschein wider. Ihre Hände waren gefesselt.

Ihre Hände und ihre Füße.

Die Stellung der Handschellen, diese viel zu weit geöffneten Bügel. Sie hatten die Frau auch an den Füßen gefesselt. Die Knochen, die Erwin gesehen hatte. Das waren keine Knochensplitter gewesen, sondern viele kleine Fußknochen. Fußwurzelknochen. Zehenknochen. Knöchelchen.

Sie hatte nicht fliehen können mit Handschellen an den Füßen.

Sie hatten sie gedemütigt. Aus Hass.

Aus Hass und aus Mordlust.

Eine Menschenverbrennung und eine Bücherverbrennung. Sie hatten die Bücher, die Wilhelmine für die Schule besorgt hatte, zusammen mit ihr verbrannt.

Das war es gewesen!

Aber wie konnte Erwin diese Überlegungen überprüfen?

Alles blieb Vermutung. Das Buch aus dem Besitz von Anni hatte ihn ein Stück weitergebracht. Erwin wusste allerdings nicht, in welche Richtung.

Und was seine Wanderung betraf: Mittlerweile folgte er einem Waldstreifen, der zwischen den Feldern verblieben war; einem Gebüsch, das von Jahr zu Jahr schmaler wurde. Erwin liebte diese Unterbrechungen im Acker-Einerlei, diese letzten Trennwände zwischen den Feldern. Sie gaben ihm Schutz. Ihm und solchen scheuen Tieren wie Fasanen, die zu Panik neigten, schon wenn sich eine Laufente näherte. Tiere, die dann plötzlich durchs Unterholz flitzten – diese losbrechende, geheime Energie der Felder …

Als Erwin das Ende des Waldstreifens und den Runenweg fast erreicht hatte, sah er auf dem Hofgelände von Bartelweddebüx einen Porsche.

Es musste der Kommissar sein. Wer sonst fuhr hier solch ein Auto?

Erwin wunderte sich und blieb stehen, noch in der Deckung der Bäume.

Immer wieder ging es um Paul-Gerhard. Um Paul-Gerhard und den Kommissar.

Wenn Erwin die Sache richtig deutete, dann war Paul-Gerhard Bartelweddebüx, geboren 1930, das wichtigste Mitglied jener Gruppe gewesen, die Wilhelmine Rickmers an der Wende 1945/1946 das Leben schwergemacht, sie wahrscheinlich umgebracht hatte. Wie hatte sie geschrieben? *Paul-Gerhard ist der Schlimmste.* Er hatte die anderen drangsaliert. Er hatte sie auf seine Seite gezogen ... War dies vielleicht ein Puzzlestück, das sich mit anderen verbinden ließ? Der Hof von Bartelweddebüx, dieses ehemalige Gut mit seiner Gräfte, war der größte, vor allem der modernste Hof im Umkreis. Der alte Mann hatte zwar keine Söhne oder Töchter, aber er beschäftigte einen Verwalter, der sich um Hof und Äcker und die zahlreichen Wälder, die zum Besitz gehörten, kümmerte. Und hieß es nicht immer wieder, dieser oder jener in Versloh sei längst von Bartelweddebüx abhängig?

Von Saruman.

Jaspers neuer Trecker ...

Paul-Gerhard Bartelweddebüx hatte Macht und Geld.

Ohne zu wissen aus welchem Grund, stellte sich Erwin die Frage, weshalb Paul-Gerhard nie geheiratet hatte. Die meisten Menschen heirateten.

Wer hätte zu ihm gepasst?

Anni?

Dieser plötzliche Gedanke nutzte sein Überraschungsmoment und schleuste gleich mehrere Bilder in Erwins überforderte Fantasie: Wenn Paul-Gerhard dieser Heathcliff war, war Cathy dann vielleicht Anni? Die kluge, schöne Anni und der rebellische, grausame Paul-Gerhard. Paul-Gerhard hatte Anni gemocht, vielleicht sogar bewundert –

so wie Wilhelmine Rickmers, die Lehrerin, Anni gemocht
hatte.

Heathcliff und Anni, Cathy und Paul-Gerhard.

Und Wilhelmine Rickmers.

Wilhelmine und Paul-Gerhard und Anni.

Wilhelmine und Anni.

Wilhelmine und Anne.

Annegret.

Anneken.

Erwin hatte das Gefühl, in seinem Kopf sei ein Feuer ausgebrochen, an dem er sich verbrannte. Er war froh, dass er
das Buch nicht zu Ende gelesen hatte. Er würde auch diese
Gedankenbilder nicht zu Ende denken. Nein, sagte er sich.
Nein! Nein!

Erwin war auf ein Feld geraten, auf dem er sich äußerst
unwohl fühlte.

Er hatte eine gut funktionierende Beziehung zu Lothar,
seiner Ente. Was Menschen betraf, waren seine Erfahrungen und Gefühle solche, die nicht in Büchern wie *Wuthering
Heights* beschrieben wurden. Erwin ahnte, dass er auf den
fruchtbaren Feldern der Beziehungen zwischen Menschen
immer zu tief einsinken würde. Er trug zwar Gummistiefel,
aber Gummistiefel waren hier einfach falsch.

Grundfalsch.

Stopp!

Erwin wechselte zu den Mitgliedern des Kindersturms.
Des Teufels Neun – Des Teufels Sieben. Er memorierte sich durch
die Namen, die er schon kannte. Bei denen er sich sicher
war. Paul-Gerhard Bartelweddebüx, Friedhelm Düsedieker,
Karl Husemann, Adolf Gerkensmeier, Horst-Eberhard

Thiesbrummel. Das waren fünf. Fünf von neun. Fünf von sieben ...

Eine Bewegung im Augenwinkel lenkte ihn ab. Er wandte den Kopf. Auf dem Hof von Bartelweddebüx bewegte sich was. Tatsächlich: Kommissar Lars-Leberecht Heine verließ das Haus. Sein Bart hatte eine unglaubliche Fernwirkung. Heine trat aus der Haustür, in der eine zweite Person – weißhaarig – erschien. Der Kommissar wechselte einige Sätze mit Saruman und stieg dann ins Auto. Erwin trat einen Schritt zurück, hinter die Bäume. Er wollte auf keinen Fall gesehen werden. Die Tatsache, dass der Kommissar bei Paul-Gerhard aufgetaucht war, verwirrte ihn längst nicht so sehr wie die Überlegungen, die er grade zu verdrängen versuchte. Immerhin half ihm das Geschehen auf dem Hof dabei.

Hatte der Besuch des Kommissars mit dem Mordfall zu tun? Gab es einen Verdacht gegen Paul-Gerhard?

Aber waren die Ermittlungen nicht eingestellt worden? Das hatte nicht nur Arno gesagt, sondern auch Schwester Diekmann. Und Schwester Diekmann log nicht. Die konnte gar nicht lügen. Womöglich ermittelte Kommissar Heine auf eigene Faust weiter, weil er das Ergebnis der forensischen Untersuchung bezweifelte. Weil er einen Verdacht hegte. Weil er ...

Erwin wusste, dass das nicht stimmte. Es passte nicht. Lars-Leberecht Heines Verhalten passte zu gar nichts. Erwins Spekulationen wurden haltlos. Er stapelte Vermutung auf Vermutung, und alles geriet ins Wanken. Sein Kopf spuckte Bilder aus, die nicht zueinanderfanden. Bilder, die ihn überforderten. Bilder, die schmerzten. Ermittlungen sahen anders aus. Erwin wollte Puzzlestück für Puzzlestück finden und zusammenfügen, einpassen, ein großes Bild aufbauen, das er am Schluss bestaunen konnte. Hier gab es kein großes Bild. Hier gab es schreiende Farben und schreckliche Perspektiven.

Mit einem Ruck wandte sich Erwin ab vom Hof. Er duckte sich und hastete am Waldstreifen entlang, rannte zurück Richtung Wache. Lothar, der in einer Senke des Waldstreifens Bodenproben von augenscheinlich Verdaubarem genommen hatte, bemerkte Erwins Abzug erst, als dieser um die nächste Feldkrümmung hinter Büschen verschwand. Lothar erinnerte sich vermutlich an die Nacht der rasenden Schweine. Sein nun folgender schnatternder Aufbruch und die Geschwindigkeit, mit der er Erwin nachlief, war denn wohl weniger ein Ausdruck von Entrüstung. Er entsprang vielmehr der Furcht, dass nun er selbst Opfer eines Überfalls noch unbekannter Wesen werden würde, die vielleicht sogar schrecklicher waren als Schweine.

Doch Lothar hatte Glück. Und er holte Erwin bald ein. Dann eilten sie gemeinsam weiter und erreichten, als es dämmerte, das Haus. Erwin wollte nur noch schlafen. Lothar musste sich selbst um sein Abendessen kümmern. Er zeigte Anzeichen von Verstörung, pickte minutenlang hartnäckig gegen die Glasfront des Wintergartens. Als nichts geschah, verharrte er noch eine lange Zeit, ins Düstere der Scheibe starrend, bis das Dunkel der Welt ihn komplett umhüllt hatte. Man konnte es nicht sagen, die Gedanken der Ente waren auf gewisse Weise komplexer als die eines Menschen. Doch es mochte sein, dass Lothar Erwins Verhalten als späte Rache für Lothars Flucht in besagter Schweinenacht deutete. Und Lothar war bereit, dies demütig zu ertragen.

Alles klar, Herr Kommissar

Obwohl Erwin in der Nacht sehr unruhig geschlafen hatte, kroch er erst spät aus den Federn. Vielleicht lag es daran, dass er noch im Halbschlaf begonnen hatte, Pläne für die weiteren Untersuchungen zu ersinnen. Da das im Halbschlaf leidlich klappte und da es nach allem nächtlichen Hin- und Herwälzen nervenschonend schien, hatte es sich in die Länge gezogen. Die erste Maßnahme nach dem Aufstehen – noch im Pyjama – galt dann Lothar. Als Ente gehörte Lothar zu einem Kreis von Lebewesen mit beständig rätselhaftem Gesichtsausdruck, den Erwin an diesem Morgen als diffus vorwurfsvoll deutete. Erwin reagierte darauf mit Toastbrot, ein wenig Grünfutter und einer dahingebrummelten Entschuldigung, die Lothar freudig akzeptierte.

Um kurz nach zehn dann saß Erwin angezogen am Schreibtisch und verglich die Eintragungen Paster Blotevogels mit seinen Friedhofsnotizen. Er fragte sich, welche zwei Mitglieder des Teufelsbundes der Neun möglicherweise ausgestiegen waren. Wenn er Glück hatte, lebte zumindest einer von ihnen noch. Was er in diesem Fall tun sollte, wusste er nicht. Ihm dämmerte, dass seine Arbeit dann auf etwas hinauslaufen würde, was Kriminalbeamte als *Verhör* bezeichneten. Die Techniken und Finessen eines Verhörs waren Erwin allerdings fremd. Wesensfremd. Das einzige lebende Objekt, an dem er jemals so etwas wie Ver-

hörtechniken ausprobiert hatte, war Arno gewesen. Weil
Erwin Arno kannte und weil Arnos aktiver Wortschatz in
etwa dem Erwins entsprach, war es bei diesem Verhör letztlich nicht zu einem Verhör gekommen. Arno und Erwin
hatten stattdessen, wie immer, gemeinsam Kaffeepötte ge-
leert, und Erwins Versuch, etwas aus Arno herauszubekom-
men, war zu einer Art Betrachtung geworden.

Betrachtung eines Kaffeetrinkers mit Feldmütze.

Erwin hatte wissen wollen, ob Arno sich in einer bestimmten Nacht heimlich hinters Haus geschlichen hatte,
um mit einer Taschenlampe den Wintergarten auszuspio-
nieren. Kurz nach Installation der Wanne und Gertrudes
Tod war Erwin gradezu paranoid gewesen, was das Haus
betraf. Wintergarten samt Inventar sollten unbedingt geheim bleiben. Erwins Träume hatten zu jener Zeit fantas-
tische Formen angenommen, hatten ihn als Bewohner einer
Wannen-Bücherwelt gezeigt, die er nur im Raumanzug verlassen konnte. Der Ausbau des alten Hauses hatte dem
Kosmos Versloh sozusagen eine Raumstation hinzugefügt.
Alles, was sich – Erwin und Lothar ausgenommen – dieser
Raumstation näherte, konnte nur – wie hieß das? – fremd
sein. Extraterrestrisch. Alien.

Versloh war ihm als Welt voller Aliens erschienen.

Obwohl Arno nicht zu diesen Aliens gehörte, musste das
Geheimis der Raumstation auch vor ihm gewahrt bleiben.
So ließ Erwin eines Abends im Verlauf eines sehr langen
Gesprächs hin und wieder das Wort *Badewanne* fallen und
beschrieb, beiläufig und mit sparsamen Stilmitteln, Farbe
und Form einer barocken Wanne. Arno zeigte keinerlei Regungen oder Erschütterungen. Gleiches galt für die Worte

Bücher und *Wintergarten*. Erwin versteckte sie in Formulierungen wie »Gibt ja auch Leute, die lesn Bücher ...« oder »Son Wintergarten, sacht man ja ...«. Wiederum blieben Reaktionen aus. Erwin fragte sich, ob diese Worte für Arno vielleicht Fremdworte waren.

Da Erwin nichts Einfacheres als *Badewanne*, *Bücher* und *Wintergarten* einfiel, fügte er sich schließlich dem Gedanken, dass sein gegen Arno gehegter Verdacht unbegründet war. Vermutlich war Lothar in jener Nacht bloß unruhig gewesen. Hätte Arno Zugang zum Garten gefunden, hätte die Ente wohl sehr viel alarmierter reagiert.

Irgendwann hatte sich Erwins Paranoia gelegt. Bald hatte er auch festgestellt, dass ein Satz wie: »Ich sitz inner Wanne!«, unbedacht Richtung Haustür gerufen, durchaus Vorstellungen in Arnos Gehirn wachrief. Vorstellungen mit erwünschten Nebenwirkungen, denn solche Worte bremsten Arno aus. Sie hielten ihn davon ab, das Haus zu betreten.

Als Erwin nun über das damalige *Verhör* nachdachte, musste er erkennen, dass es zumindest ein Ergebnis gegeben hatte. Und das beruhigte ihn.

Alles würde sich finden.

Erwin verglich die Namen im Taufverzeichnis des Kirchenbuchs mit seinen Grabstein-Erkenntnissen. Längst war er zu dem Schluss gekommen – Wilhelmine Rickmers' Brief wies ja überdeutlich darauf hin –, dass für die Mitglieder des Teufelsclubs ausschließlich männlich Geborene des Jahrgangs 1930 infrage kamen. Zu den fünf bereits gefundenen Namen gesellten sich noch genau vier hinzu:

Günther Mickenbecker,
Bernhard Lappenbusch,
Dietrich Westersoetebier,
Erich Achelpöhler.

Neun Namen.

Des Teufels Neun.

Zwei der Namen waren ihm völlig unbekannt: Bernhard Lappenbusch und Erich Achelpöhler. Günther Mickenbecker war der Vater von Bubi. Günther traute er durchaus zu, ein auch in hohem Alter noch zahlendes Mitglied obskurer Vereinigungen zu sein. Und Bubi hatte ja häufiger Kontakt zu Paul-Gerhard. Dietrich Westersoetebier lebte als aufgequollener alter Tüdel auf einem mittelgroßen Hof neben Hilde Gerkensmeier – unweit der Wache. Auch er war, zumindest in jüngeren Jahren, ein stramm soldatischer Typ gewesen.

Aber die anderen beiden? Lappenbusch und Achelpöhler?

Des Teufels Sieben ...

Mit den Ergebnissen dieser Nachforschungen stieg Erwin ziemlich genau um halb zwölf Uhr in die Badewanne. Er musste sich entspannen. Außerdem wollte er Anni eine Art Dank erweisen für die Kiste mit Schaumbad, die er unten in der Vorratskammer deponiert hatte. Heute war Zeit für Sandelholz. Erwin vergewisserte sich, dass die Haustür geschlossen war, denn Arno war längst überfällig. Dann zog er sich in der Bibliothek aus, drehte die Wasserhähne auf und ließ sich mit Genuss in der Wanne nieder.

Annis Idee mit dem Sandelholzbad war genial gewesen.

Erwin versank im Schaum, der auf grünlichem Wasser wie die Krone eines Paradiesteiches wirkte. Die Farbe Grün würde sicher auch Lothars Zustimmung finden. Die Ente widmete sich dem Gartenteich. Erwin tauchte einmal ganz unter, schob die dicklichen Knie wie zwei Höcker in die Höhe, während der Kopf im warmen Sandelholz-Wasser auf Grund ging.

Er tauchte wieder auf. Kühle legte sich um seinen Schädel wie ein Stirnreif.

Das tat gut.

Bald kam der Moment, wo ihn die Wanne alles, was der Kriminalfall war, vergessen ließ. Erwin schwebte, stieg und sank, schaukelte. Die Minuten tickten dahin. Erwin war in einer anderen Welt.

Es war exakt 12 Uhr mittags, als die Türklingel der alten Wache ging. Erwins erster Gedanke war: Arno. Wie mittlerweile üblich, hätte er nun »Ich sitz inner Wanne!« gerufen. Da er Arno erst wenige Wochen zuvor mit einem Bad konfrontiert hatte, hielt er sich spontan zurück. Er wollte sich Arno gegenüber nicht fremdartiger zeigen als nötig. Außerdem hatte er diesmal ja die Haustür abgeschlossen.

»Jaa!? Arno!?«, rief er. Wieder klingelte es.

»Jaa!?«

»Wass denn los, Kollege!? Noch im Bett!?«

Diese Stimme: der süffisante Ton, gedämpft durch zwei Türen und einen langen Flur, halb an eine unbekannte Zahl von Mit-vor-der-Haustür-Wartenden gerichtet. *Passt mal auf, Jungs, ich weiß, wie man mit dem Trottel da drinnen umgeht …* Erwin sprang auf und ließ eine Sandelholz-Flutwelle über den Wannenrand schwappen. Das Glied wies kurzzeitig Rich-

tung Garten. Dann sank es und schrumpfte in Sekunden-
schnelle. Scheiße. Verdammte Scheiße: der Kommissar!
Was machte denn der Kommissar hier? Die Beweisstücke …

Erwin geriet in Panik. »Komm ja!«, rief er. »Moment!
Komm gleich!«

»Na los, Äwinn!«, bölkte Heine. Das Lachen in seiner
Stimme hatte was Glucksendes. Was wollte er denn?

»Im Dienst wird nich geschlafen, Äwinn!«

Erwin sprang, noch nass, in seine Trainingshose, zog sich
einen Pulli über und hüpfte in ein Paar Hausschuhe, die vor
den Regalen standen. Mist, die Trainingshose war ja schon
halbnass, hatte auf dem Fußboden gelegen … Mit einem
Badetuch rubbelte er kurz durch die Haare. Wieder klingelte es: ein Klingeln, wie es ungeduldige Kinder verwende-
ten. Lars-Leberecht Heine klang nun genervt:

»Was machst du denn, Äwinn!? Hier is die Polizei, dein
Freund und Helfer!«

Die Bücher! Die Wanne! Die Bücher!

Alarmsignalgrell feuerten die Worte ihre Inhalte durch
Erwins Kopf. Jetzt würde alles rauskommen. Heine würde
Erwins Wintergarten sehen, und dann …

Ja, was dann?

»Komme!!«, brüllte Erwin. Viel zu laut. Er war aus der
Bibliothek gehetzt, zog die Tür knallend hinter sich zu, viel
zu laut natürlich auch dies.

»Komm ja schonn! Mo … Moment, ich war …!«

Seine Stimme überschlug sich. Erwin riss die Haustür
auf. Lars-Leberecht Heines Mundbart trug ein vollsaftiges
Grinsen. Als der Kommissar den klebrig-haarig wirkenden
Erwin erblickte – noch dazu nachlässig gekleidet, die nack-

ten Füße in Pantoffeln, den Pulli auf links –, verdichteten sich seine Augenbrauen. Hinter Heine standen drei Beamte in blauen Uniformen. Befehlsempfänger. Der im Rang vermutlich niedrigste hielt so was wie Kartonpappe unter den rechten Arm geklemmt. Am Straßenrand parkten der Porsche Heines und ein Mannschaftswagen.

»Sach ma, Äwinn, is was?«

Erwin rauschte das Blut in den Ohren. Trotzdem war er käsig im Gesicht. Sein Mund formte ein O, das den Anfang zu einer Antwort bilden wollte. Weiter kam es allerdings nicht.

Heines Männer hielten sich im Hintergrund. Sollte der Chef mal machen. Der wusste ja, wie man mit diesem Idioten umging. Zwei der Beamten sahen sich an. Ihre Blicke sprachen Bände. Den Spacko da hatten sie wohl beim Leichenzerteilen gestört. Hatte der 'ne nasse Hose, oder was? Und hinter der Tür lag 'ne Maschinenpistole. Hahaha.

Sie grinsten.

Erwin bemerkte die Blicke, ersparte sich Gedanken dazu. Sein einziger Gedanke in diesem Moment galt der Tatsache, dass er die Polizeimütze nicht trug. Die Mütze hätte ihn jetzt aus Teufels Badezimmer direkt in Teufels Küche gebracht.

Teufel.

Des Teufels Neun.

Die Beweise … Auf dem Schreibtisch … Oben, im Elternschlafzimmer …

Erwins Herz raste. Lars-Leberecht Heine versuchte einen Röntgenblick. In diesem Moment kam von Heines Porsche das orchestrale Klingeln eines Mobiltelefons. Der Kommissar verdrehte die Augen, murmelte: »Warum zum Teufel lass ich das Ding immer aufm Sitz liegen?«, rief »Schulze!«, worauf einer der Begleitbeamten zusammenzuckte. Der Kommissar allerdings besann sich, verdrehte nochmals die Augen, brummte: »Ach, lass ma«, und bewegte sich selbst zum Porsche, um das Telefon vom Vordersitz zu holen. Das Klingeln verstummte, bevor er das Telefon hochnahm. Heine sah aufs Display, verzog das Gesicht und steckte das Gerät ein. Dann kehrte er zur Haustür zurück und musterte Ewin – von oben bis unten:

»Du biss ja nass, Äwinn. Schwitzt du so?«

Heines Oberkörper nahm eine angedeutete Abwehrhaltung ein. Die Beamten hinter ihm fächerten sich oberkörpertechnisch leicht auf, um besser sehen zu können.

»Deine... Füße...?« – Heines Anklagefinger wies zu einem Bereich des Bodens weit jenseits der Türschwelle. »Da is ja auch was nass? Alles in Ordnung hier?«

Erwins Adamsapfel ruckte auf und nieder. Wenn das ein Zeichen war, das *Ja* bedeuten sollte, dann blieb es missverständlich.

Weil der Fußboden im Hausflur von dunkler Farbe war, und weil der Flur als schmaler Stichgang kaum Licht fasste, erreichte der unter den Begleitern Heines einsetzende Denkprozess das nächste Level. Als Kulturmenschen der Spezies Killerspielkonsumenten gab es für sie nur eine schlüssige Vermutung:

»Is das Blut da?«

Sehr leise kam das. Ein Raunen. Jetzt grinsten sie nicht mehr. Jetzt bloß keine Eskalation. Grundausbildung Polizeischule Dettbarn. Heine reagierte dank breiterem kulturellem Fundament gelassener. Manchmal hörte er im Autoradio sogar klassische Musik. Und er war immer der Meinung gewesen, dass Mendelssohn-Bartholdys *Italienische Symphonie* im Grunde ein seinem eigenen Geist gewidmetes Werk war. Also verdrehte er nur die Augen – und räusperte sich.

»Äwinn, du siehss krank aus. Sollts dich ma ins Bett legn. Aber um dir das zu sagen, sind wir natürlich nich gekommn. Schulze und Kollegen hier solln die altn Akten abholn. Wo sindn die?«

Erwins O-Mund war einer Art Totenstarre anheimgefallen – die Heines Worte jetzt lösten.

»Äh … Aktn? Ähm … Äh, was …?«

»Na, Äwinn, komm. Tu nich so. Die alte Wache. Papas Wache. Du biss doch auchn Polizist, Äwinn. Da weißte doch, wie wichtich Akten sind. Protokolle. Unterlagen. Haste doch schonn von gehört, Äwinn. Die müssen wir holen. In Dettbarn im Präsidium, im Polizeipräsidium …« – Heine buchstabierte das Wort fast, um es in Erwins langsamen Verstand einzufüttern – »… da hammse festgestellt, dass die Akten nie da eingelagert wurden. Sogar das Zeug ausser alten Schule fehlt. Früher saß der Dorfpolizist ja in eim Amtszimmer inner Schule. Bevor dein Papa hierhin versetzt wurde. Weißte das denn nich? Mensch, Äwinn …«

Er seufzte.

»Na egal«, fuhr er fort, »jetz weißtes. Die ganzen Sachen müssen rüber nach Dettbarn. Ordnung. Rechtsstaat. Also: Wo sind sie, die Akten?!«

Der letzte Satz hatte den bei Lars-Leberecht Heine üblichen herablassend-väterlichen Ton verloren, kam nun noch langsamer daher, einschüchternd und grollend. Heines Augen blitzten kurz auf, lauerten dann. Wieder machte Erwins Adamsapfel einen Satz. Diesmal hätte das Signal *Nein* lauten sollen – und musste doch ein *Ja* sein.

»Die sinn … Die sinn … Ich glaub, die sinn alle aufm Dachboden. Oben … die … die Luke … Oben«.

Erwin starrte auf Heines Boxhandschuh-Bart. Sein Zeigefinger wuchs auf wie ein zittriges Glied und wies in der Haltung eines von Mächtigen Eingeschüchterten Richtung Himmel. Diesem vorgelagert war der Dachboden. Und leider auch das Elternschlafzimmer.

»Wo geht'sn hoch?«, schnarrte der Kommissar.

Erwins Zeigefinger wies weiter Richtung Himmel. Die Rache des Herrn …

… würde ihn, Erwin selbst, treffen. Der Dachboden. Die ausziehbare Treppe neben dem Elternbett. Sie war runtergelassen. Der Schreibtisch mit den Handschellen darauf, den Papierfetzen, den Zeichnungen, den Aufzeichnungen. O Himmel, da lagen der Notizzettel mit den abgezeichneten Runen und die Vermerke zu Wilhelmine Rickmers, dem Mordopfer …

»Äwinn!«

Genervt und nur noch halb drohend. Der Kommissar verzog das Gesicht. Erwin war kein Gegner für ihn. Er war nur zu doof, Anweisungen schnell und korrekt zu befolgen. Erwin schwitzte jetzt tatsächlich. Er war nicht mehr käsig im Gesicht, sondern bleich wie ein Leichentuch.

»Ich sach ja: Geh ma gleich ins Bett. Du hass Fieber, Mensch. Wir räumen das schonn aus. Also: Wo geht's hoch?«

»Treppe«, sagte Erwin. Ein krächzender Ton. »Treppe hoch, un dann ... «

Das Schlafzimmer. Das Elternschlafzimmer war nicht zu umgehen. Es war alles verloren ...

»... dann rechts. Schlafzimmer. Mamas un Papas Schlafzimmer. Da is 'ne Treppe. 'ne Leitertreppe ... Da hoch ... «

»Dann mal los, Jungs!« – Heine pumpte sich auf. Sein Blick strahlte Zufriedenheit aus. Der Vaterlöwe hatte gefressen. Seine Schnauze war noch schmutzig von schwarzem Blut. Jetzt kamen die Jungs dran ... Schulze & Co. schoben sich mitsamt gefalteten Kartons an Erwin vorbei, drängten ihn einen Meter zurück ins Dunkel des Flurs und stürmten die Treppe hoch. Erwin musste ein Würgen unterdrücken. Sein Magen ...

Lars-Leberecht Heine war ebenfalls einen Schritt vorgetreten. Er betrachtete den Hausflur, die Türen links und rechts und am Gangende ... den feuchten Boden.

»Hier wohnste jetz also ganz allein, was?«, brummte er. Neugier meldete sich. Erwin antwortete nicht, er zitterte unmerklich. Der Kommissar nickte.

»Is da hinten nich Papas Wohnzimmer? Oder hasse da etwa 'ne Badewanne drin? Bei sovieln Schaumpulln? Äwinn, Äwinn ... «

Heine, sich an den Blick in Erwins Schaumbad-Flaschen-Karton erinnernd, wies grinsend zu der dunklen Tür – der Tür zum Wintergarten.

»Was riechtn das hier so?«

Heine verzog die Nase, sah wieder zu Boden, bückte sich, richtete sich wieder auf.

»Haste alles so gelassen, wie Mutti das eingerichtet hat,

was?«, fragte er – und grinste erneut. »War ja lang nicht mehr hier. Mensch, dieser Geruch, das is doch ...« Er wippte den Kopf zweimal schräg Richtung Tür am Flurende. »Da war doch das Wohnzimmer, oder? Würd mich ja echt mal intressiern, ob ...«

Heine machte Anstalten, sich an Erwin vorbeizuschieben. Da stöhnte Erwin auf.

»Wassdennjetz? Brichste zusammm?«

»Die Ente«, brachte Erwin heraus. »Die Ente ... Lothar, er is ...«

»Ente? Dieses Mistviech, wassde da neulich im Schlepp hatts?«

»Lothar«, sagte Erwin wieder. Das Würgegefühl im Hals half ihm ungemein. »Ich glaub, Lothar ... der is krank.«

Erwin spielte vollen Einsatz. Was blieb ihm anderes übrig? Entschlossen wippte er nun selbst mit dem Kopf Richtung Wintergarten-Zugangstür. Lars-Leberecht Heine brauchte ein paar Sekunden, bis er verstanden zu haben meinte.

»Nee«, hauchte er fassungslos, mit rasselndem Kehlton. »Da haste doch nich die Ente drin? Im Wohnzimmer? Sach ma ...?!«

»Da is der Entenstall«, bestätigte Erwin mit eifrigem, kränklichem Ernst. »Lothar. Krank isser. Hat 'ne offene Flasche Schaumzeuch ... Un jetz ... jetz hatter ... Alles is grün ... Also: dadrin ... So Schleim und so. Kam überall raus. Oben und ... und untn. Nich schön. Ich weiß gar nich, was ich machen soll. Alles grün ...«

Erwin machte einen strauchelnden Schritt auf die Tür zu. Lars-Leberecht Heine bemerkte es nur halb, weil er nach-

202

sah, ob er schon in einen der feuchten Flecken aus Schaumbad und Entenscheiße plus Hochgewürgtem getreten war.

»Du bist … Oh, nein, Äwinn, das …!« Heines Gesicht verriet Ekel. »Biste sicher, dass das nur Schaumzeuch is? Vielleicht is die Ente … Ich mein, du siehs ja auch ganz krank aus …?«

Erwin ging darauf gar nicht ein:

»Guck doch ma … bei Lothar«, keuchte er. »Vielleicht kannste ihm …!«

»Lass mich bloß mit deiner scheiß Ente in Ruhe!«, fauchte Heine. »Mann, Äwinn …!« Er schüttelte sich. Sein Blick floh die Treppe hinauf. Von oben kamen Räumgeräusche. Ein Kartonträger schleppte die erste Ladung Akten die Holztreppe runter. »Is 'ne ziemliche Menge, Chef!«, keuchte er, als er auf dem Treppenabsatz erschien. »Da steht aber auch noch so Kirchenzeug. Sollen wir hier unten auch noch gucken?«

Kommissar Heine entwickelte ein plötzliches Verantwortungsgefühl für seine Jungs. »Nee, oben reicht. Hier unten is alles … Also, unten nich.«

Er warf einen schnellen, fast flehenden Blick zu Erwin hinüber.

»Oder haste unten, im … Nee, da haste doch nix, oder?«

Erwin schüttelte den Kopf, machte ein nachdenklich-überfordertes Gesicht. »Die alten Akten?«, fragte er bemüht, »nee, die sind alle oben. Unten is nix.«

Heine wirkte erleichtert. »Na, zum Glück«, pustete er. Der Kartonschlepper-Beamte rumpelte an Heine und Erwin vorbei und brachte die Akten zum Mannschaftswagen. »Mannmannmann«, grummelte der Kommissar,

203

»hätt mich nich gewundert, wenne das Papierzeuch ver-
wendest, um da Viecher reinscheißen zu lassen. Als Streu
oder so. Äwinn, Äwinn ...«

Er stand, weil er dort Sicherheit vor der Feuchtigkeit des
Flurbodens spürte, auf der untersten Treppenstufe zum ersten Stock und hielt auffällig Distanz zu Erwin. Es war klar,
dass der Kommissar argwöhnte, Erwin habe sich mit fiebri-
gem Entendünnschiss oder irgendeiner Art von Vogelgrip-
pe angesteckt. Kneifen konnte er jetzt nicht, aber er vermied jegliche Hilfeleistung. Stattdessen machte er sich
daran, die Treppe hinaufzusteigen.

Erwins Puls schnellte wieder hoch. Er fasste den Knauf
des Treppenlaufs.

»Bleib du ma unten«, sagte Heine fürsorglich. »Biss ja
total krank. Geh ma endlich ins Bett!«

»Och, geht schonn!«, japste Erwin und ließ Hustenstöße
mit Schleimgeräuschen folgen. Kommissar Lars-Leberecht
Heine befand sich jetzt in der Defensive.

Da meldete sich sein Mantel mit der orchestralen Melodie, die Erwin schon gehört hatte.

Der Kommissar griff in die Manteltasche, zog sein
Smartphone hervor, guckte aufs Display, schien genervt,
nahm das Gespräch aber an.

»Heine?«

Erwin hörte das Geräusch einer Stimme. Es war allerings
viel zu leise, als dass er verstehen konnte, wer dort sprach
und was er oder sie sagte. Heine wirkte nervös. Er bewegte
den Kopf leicht vor und zurück, als müsse er memorieren,
was ihm die Person am anderen Ende der Leitung mitteilte.
Nach einer längeren Phase des Zuhörens antwortete er:

»Ja ... ja, ich weiß ... Nein, du musst ... Nein, hör doch, du musst dir keine Sorgen machen ...«

Heine warf einen flüchtigen Blick hinunter zu Erwin, der ein paar Treppenstufen tiefer stand und so tat, als bemerkte er das Telefonat nicht. Erwin war ja ein Mensch, dem es wohl schon aus genetischen Gründen unmöglich war, ein Telefon bzw. ein Smartphone überhaupt wahrzunehmen. Ein solches Urteil steckte diffus im Hinterkopf des Kommissars.

Davon stimmte zumindest eines: Das Wort *iPhone*, das im Lauf des Gesprächs fiel und das für Erwin wie Ei-Foon klang, war ihm tatsächlich fremd. Dieses Wort hatte zwar etwas sehr Ländliches, doch Erwin kannte es ganz und gar nicht.

Das Telefonat des Kommissars mit dem unbekannten Gesprächspartner verlief in etwa so:

»Dem Idioten sind die Schweine durchgegangen. 'ne Stalltür war kaputt, meint er. Die Speckmonster haben irgendwie die Panik ... Na, ich muss das iPhone verlorn haben, da am Wald, und dann ... Ja, genau, die Schweinebande is drüber weg. Er behauptet, er hat's noch da liegen sehn, im Flutlicht. Is ja'n weißes. Aber zu spät. Du glaubst es nich. Davon is bestimmt nix mehr übrig ... Hab ja gedacht, ich hätt's vielleicht bei ... na, bei ihr, und sie hätt's dann gebunkert. Aber war nich ... Nein, bestimmt nicht ...«

...

»Nein, ich sag doch: Totalschaden. Davon findste nix wieder. Die Reste stecken da wahrscheinlich metertief im Dreck. Schweine, ich fasses nich! Ich meine: Das issn

Kulturgegenstand, so'n iPhone. Das lässt er da liegen, und die Schweine jagen drüber, o Mann ...!«

...

»Erzähl ich dir nachher. Ich komm noch vorbei. Bin jetzt grad im Dienst. Wegen der Unterlagen ... Ja, wie besprochen ... Da ist alles komplett, keine Sorge ... Nein, die Behörde hat hier nie was abgeholt.

...

Na, mit den Jungs von der Truppe ... Was? ... Ich sag doch, mit meinen Jungs ... Das ist ganz und gar nicht riskant. Nein ... Also: Haben wir dich je enttäuscht?

...

Wie? Heimatabend is heute? Ach je ... Na, dann morgen, ja?«

...

»Nein, noch mal: Die Bilder sind doch alle weg ... Mann, du und Computer ... Ja klar ... Is doch kaputt, das iPhone!«

...

»Die Gespräche? ... Wie denn? Hunderttausend Schweinehufe haben das zermörsert. Die sind auch weg ... Gespeichert? Nee, dürfen die nich. Nur bei Verdacht ... Dieser Idiot. Aber is vielleicht besser so. Trotzdem: So ein Bauer – nimm's nich persönlich. Ich meine: so ein Trottel ...«

...

»Keine Sorge ... Ja, genau, kann gar nich. Und hier is auch alles klar ...«

...

Immer wieder schwieg Heine und lauschte der fremden Stimme, die sehr markant wirkte, ohne je verständlich oder erkennbar zu werden. Heines Gesichtsausdruck wurde von Minute zu Minute genervter.

Das Gespräch dauerte etwa zehn Minuten. Dann drückte Heine nach einem fast erleichterten »… also ich komm dann morgen vorbei. Ja … Ja, is gut … Viel Spaß heut Ahmd!« eine Taste, warf einen letzten Blick mit den Worten »Scheißding, komms auch noch unter die Hufe!« auf das Smartphone und steckte es wieder ein. Wortlos wandte er sich nach oben und stieg die Treppe hinauf. Erwin folgte. Zum Glück schien der Kommissar in der Zwischenzeit vergessen zu haben, dass Erwin unten bleiben sollte, um ihn nicht mit irgendeiner Entenkrankheit anzustecken.

Eifoon.

Erwin merkte sich das Wort. So wie er sich einprägte, dass der Kommissar über etwas gesprochen hatte, das bei Jasper vorgefallen war, als die Schweine unterwegs waren. Die Rotte hatte dieses mysteriöse Eifoon zerstört. Was immer das bedeutete, aber davon war die Rede gewesen.

Viel wichtiger erschien Erwin in diesen Minuten jedoch der Versuch, zu verhindern, dass Heine die Sachen auf dem Schreibtisch bemerkte. Wieder wurde eine Kiste nach unten geschleppt.

»Is noch viel da oben?«, fragte Heine den Schleppenden.

»Nur noch die Kirchensachen. Sollen wir die auch …?«

»Alles mitnehmen«, befahl Heine und schritt weiter. Erwin blieb ein Stück hinter ihm. Er fragte sich, ob die Kirchenbücher auch zu den Unterlagen gehörten, die eine Polizeibehörde verwaltete; und er vermutete, dass dem nicht so war.

»Was haste hier denn für ein nettes Zimmer?«, fragte der

Kommissar, als er neben der Dachbodenleiter stand und sich umsah. »Neueste Mode, was?«

Heine betrachtete das Ehebett von Friedhelm und Gertrude Düsedieker und stellte sich Turnübungen darin vor.

»Von diesem Planeten kommste also.«

Sein Mund grinste breit. Dann fiel sein Blick auf die alten Aktenschränke.

»Is da nix drin?«

Erwin hatte sich langsam Richtung Schreibtisch bewegt, zuckte mit den Schultern. »Is von Papa«, murmelte er.

Heine öffnete den Schrank, sah die Akten.

»Ach du Scheiße, noch mehr Papierkram.«

Er holte Luft, wie um zu seufzen, brüllte dann aber: »Schulze!! Hier unten is auch noch was. Macht mal hinne, damit wir fertich wern!«

Erwin hatte die Gelegenheit genutzt und den Brief von Wilhelmine Rickmers an sich genommen sowie den Zettel mit den Runen. Er stopfte beide Papiere in die Tasche der Trainingshose, schob den Pulli darüber. Er befürchtete, das Papier würde rascheln, sobald er sich bewegte. Stocksteif verharrte er neben dem Schreibtisch. Er hätte jetzt gern wieder Distanz aufgenommen zu dem hölzernen Ungetüm, denn der Kommissar würde sich gleich wieder zu ihm …

Romm – pomm – pomm – pomm – pomm: Zwei weitere Kisten mit Beamten darunter kamen vom Dachboden, verschwanden durch die Tür. »Hier is jetzt alles weg, Chef!«, rief eine Stimme von oben.

»Gutt! Komm runter! Klüsing soll noch zwei Kisten hochbringen für die Schränke hier. Dann hammwers!«

Oben wurde der Auftrag registriert. Dann bölkte die Stimme dort:

»Klüsing!!! Bring noch zwei Kisten hoch!!! Hörste???«

Von unten kam ein schwaches: »Jau, machich!«

Die Befehlskette wurde gewahrt. Heine nickte zufrieden. Erwin hatte während des absurden Kommunikationstheaters knapp zwei Meter Ortswechsel vollbracht, die Hand an die Hosentasche gepresst, und stand nun wieder an der Tür zum Schlafzimmer. Schwitzend. Doch Heines Interesse am Zimmer und seinen Inhalten entwickelte sich unabhängig von Erwins Standort. Die Augen des Kommissars leuchteten. Sein Blick schweifte umher, fiel auf den Schreibtisch. Der Kommissar lachte:

»Mensch, Äwinn. An sonnem Ding hat dein Papa gesessen? Kannste dir das vorstelln? Ich glaub, die hammse damals inner Panzerfabrik gebaut.«

Er grinste Erwin an.

»Weißte, was'n Panzer is?«

Die Knöchel seiner rechten Hand klopften auf die Schreibtischplatte.

»Hart wie Kruppstahl! Nich son Spanplattenscheiß. Und kuck mal die Lampe hier ...«

Er drückte den eitergelben Knopf der grünen Haubenlampe. Ein gelber Lichtkegel fiel wie ein Kotzfleck aufs Holz. Erwin konnte dem Bild nicht ausweichen, musste würgen ...

»Hier liegen noch die letzten Ermittlungen von Papa rum, was?«

Wieder lachte Heine – dreckig.

»Kuck dir bloß diese Handschellen an. Da kommste

nich so leicht raus. Wenne früher was ausgefressen hatts, da wurden dir aber die Hammelbeine lang gezogen. Nich wie heute. Reintegration und offener Vollzug und son Quatsch. Zack, wegsperrn. Notfalls Kopp waschn und langsam trocknen lassen ... «

Heine nahm einen der Papierfetzen aus der Knochengrube in die Hand. Er versuchte zu erkennen, worum es sich handelte, scheiterte aber, wie sein Blick verriet. Er legte den Fetzen wieder hin.

»Hat Mama das hier alles so gelassen?«

Erwin versuchte das dümmste Gesicht seines Lebens. Das gelang ihm gut. Und er zog die Schultern hoch. Sprechen konnte er in diesem Moment eh nicht. Panik umklammerte seinen Hals ...

Heine hob das Buch vom Schreibtisch und stieß ein bellendes Lachen aus:

»Donnerwetter. Das hat Fritthelm ja nie im Leben gelesen. Is doch'n Mädchenbuch. Schreckliches Zeug!«

Heine blätterte in dem Buch. Erwin spürte, wie der Kommissar darüber nachdachte, ob Gertrude Düsedieker, die resolute Ex-Freundin seiner Großtante Minna Tuxhorn, zu solcher Lektüre fähig gewesen wäre. Er blieb sich die Antwort schuldig. Dann legte er das Buch zurück und nahm wie zufällig die alte Polizeimütze in die Hand.

Der Schreck, der Erwin durchfuhr, hinterließ einige Milliliter Urin in seiner Trainingshose. Unter der Polizeimütze hatte der Zettel mit Erwins Notizen vom Friedhof gelegen. Heine sah das Gekritzel, stutzte. Er sagte nichts, nahm den Zettel hoch, legte die Stirn in Falten. Er stand da und über-

210

legte. Eines seiner Augenlider zuckte. Was mochte er denken? Was wusste er von dem Zeichen?

Des Teufels Sieben ...

Die Daten auf den Grabsteinen ...

Erwin hoffte, dass Heine nicht in der Lage war, sich einen schreibenden Erwin vorzustellen. Es konnten ja auch Papas Notizen sein.

Der Junge issn Schisser, Gertrude. 'ne Heulsuse isser. Der wird nie'n richtiger Mann ...

Nu hilf ihm doch, Friedhelm ... Er hatts nich leicht ...

Erwin rührte sich nicht.

Heines Männer räumten den Aktenschrank im Zimmer leer. Erwin wartete darauf, dass Heine Fragen stellte. Aber da kam nichts. Der Kommissar dachte nach, rätselte, warf argwöhnische Blicke zu Erwin hinüber. Erwin konnte es kaum aushalten in seiner Umklammerung von Mutmaßungen. Der Kommissar steckte den Zettel ein, räusperte sich. Dann sagte er: »Alles klar, Erwin. Wir sind hier fertig« – und die Stimme war so unnatürlich distanziert, dass es Erwin fröstelte. Als der Kommissar an ihm vorbeiging, warf er ihm die Polizeimütze auf den Kopf wie auf einen Garderobenständer, einen stummen Diener. Die Mütze blieb schief auf Erwins Stirn hängen. Lächerlich sah das aus. Erwin rührte sich noch immer nicht. Aber sein Körper vibrierte unter donnernden Herzschlägen. Keine zwei Minuten später waren die Beamten aus dem Haus, und Erwin wusste genau, dass irgendwo in der Nähe eine Uhr begonnen hatte zu ticken. Eine Bombe mit Zeitzünder ...

Heimatabend

Die Nervosität, die Erwin nach dem Abgang Lars-Leberecht Heines befallen hatte, hielt sich hartnäckig. Erwin hatte das Gefühl, zu weit gegangen zu sein. Er hatte mit dem Feuer gespielt und sich verbrannt. Nein, es war viel schlimmer: Die Flamme, die ihn erfasst hatte, ließ sich nicht mehr löschen. Er hätte die Finger von diesen Ermittlungen lassen sollen. Er hatte ein friedliches Leben gehabt, sorgenfrei, mit Badewanne, Büchern, Garten, intelligenter Ente und eigenem Haus. Einmal die Woche bekam er Besuch von Schwester Diekmann. Ab und zu führte er ein Gespräch mit Arno. Ansonsten ließ man ihn in Ruhe. Er genoss ausgedehnte Wannenbäder, Spaziergänge über Felder und Wiesen, Einkäufe bei ...

Nein, alles hatte sich geändert. Der harmlose Trottel Erwin Düsedieker hatte Verdacht erregt. Ja, er war solch ein Riesentrottel, dass er nicht einmal wusste, welchen Verdacht. Was hatte der Kommissar vor? Mit wem hatte er telefoniert? Mit Paul-Gerhard etwa?

Erwin begriff nach und nach, dass er nicht mehr zurück konnte. Er hatte einen Knopf gedrückt an einer großen, dunklen Maschine. Es war ein roter Knopf gewesen mit einem Warnschild darüber: FINGER WEG!!!

Erwin hatte der Versuchung einfach nicht widerstehen können.

Jetzt gellten Alarmsirenen.

Wenn Alarmsirenen gellten, das wusste Erwin, gab es nur noch eines: Handeln, und zwar schnell. Flucht nach vorn.

Irgendwann – vielleicht schon sehr bald – würde die Polizei wieder vor der Tür stehen. Dann würden sie entweder alles durchsuchen oder ihn mitnehmen.

Oder beides.

Erwin musste handeln, solange er noch handeln konnte. Er musste mit Arno sprechen. Arno konnte ihm vielleicht weiterhelfen mit den Namen Bernhard Lappenbusch und Erich Achelpöhler. Erwin erinnerte sich daran, dass Arnos Lebensweg zu einem guten Teil geprägt war von seiner Freundschaft zu Heino Achelpöhler. Handelte es sich bei Erich Achelpöhler eventuell um Heinos Vater? Und da Arno dem Dorfleben sehr viel näher stand als Erwin, hatte er womöglich auch Informationen zu Bernhard Lappenbusch.

Weshalb verbargen sich diese Namen in einer Aura von Schwärze?

Schließlich wollte Erwin auch zu Lina Fiekens gehen und sie fragen, ob sie je von Wilhelmine Rickmers gehört hatte. Und er musste herausfinden, was das Wort *Eifoon* bedeutete. Was war das für ein Gerät, das dem Kommissar auf Jasper Thiesbrummels Hof abhandengekommen war?

Eifoon. Damit wollte er beginnen. Das war die einfachste Aufgabe. Erwin stürmte zu seinen Büchern. Kommissar Heine hatte während seines Telefonats doch was von *Kulturgegenstand* gesagt. Erwin zog ein Wörterbuch hervor, ein schweres, großformatiges, worin er so ziemlich alles verzeichnet finden würde, was von Wortmenschen seit

Hunderten, Tausenden von Jahren ersonnen bzw. in die Welt gesetzt worden war …

… und Erwin suchte:

Ei-foon, Ai-foon, Ayfohn, Eyfohn, Eivohn, Aivohn – Erwin probierte herum. Seine Buchstabensicherheit war nicht die beste, das wusste er. Aber Lars-Leberecht Heine hatte das Wort mehrmals genannt. Es hatte nicht allzu kompliziert oder komplex geklungen. Da musste es doch einen Eintrag geben!

Fehlanzeige. Erwin wurde nicht fündig. Weder im Wörterbuch noch im 24-bändigen Lexikon aus dem Jahr 2003, einer guten Anschaffung aus zweiter Hand, in der die Dinge der Welt vermutlich ziemlich vollständig vertreten waren. Er dehnte seine Suche halbherzig, schon mit sinkendem Enthusiasmus, auf *Kulturgegenstand* und *Computer* aus. Doch die Suche geriet zum Stochern im Nebel, zumal sich Erwin auch dem Begriff Computer in eigenwilligen Rechtschreibvarianten widmete. In seiner Verzweiflung prüfte er schließlich, ob es sich bei dem von Heine verlorenen *Eifoon* um etwas handelte, das in irgendeiner Form als *Zerstörungsgegenstand* gelten konnte – im aktuellen Fall womöglich als *Blindgänger*. Erwin war ja dabei gewesen, als die Schweine in der Nacht die Kontrolle verloren, ausrasteten. Vielleicht hatten die Tiere eine Bedrohung gespürt, die ein Mensch als naturfernes Wesen nicht mehr wahrzunehmen vermochte? Erwin versuchte sich also an dem Gedankenexperiment, das Wort *Terror* und das Klanggebilde *Eifoon* irgendwie zusammenzubringen.

Doch Lexika und Wörterbuch verweigerten sich. Die Sache blieb rätselhaft.

Erwin hatte keine Zeit, darüber in Grübelei zu verfallen.

Es ging bereits auf vier Uhr nachmittags zu. Wenn er Arno und Lina noch erwischen wollte, bevor sie abends in ihre eigenen Welten abtauchten, dann musste er sich beeilen. Erwin machte sich gehfertig. Er verzichtete auf Trainingshose und Gummistiefel, wählte statt diesen das Beinkleid, das ihm nach Fechtelfeld geholfen hatte, sowie die dazugehörigen Schuhe. Er wollte ja noch bei Lina vorbei, und Lina gegenüber kam ihm seine Alltagskleidung plötzlich unangemessen vor. Statt Parka zog er sich eine alte Lodenjacke über. So weit ausgestattet, erklärte er Lothar, dass er ihn nicht begleiten konnte. Er sei schließlich krank, was Lothar nicht verstand. Diesmal aber setzte sich Erwin durch und hastete Richtung Gerkensmeier.

Wider Erwarten traf er Arno dort nicht an. Hilde Gerkensmeier hatte ihn schon am Vormittag an den jungen Marco Ottonottebrock ausgeliehen. Der hatte Monate zuvor den väterlichen Hof übernommen, schien aber überfordert. Vielleicht war er zu jung. Vielleicht litt der Hof unter einer verschleppten finanziellen Schieflage. Vielleicht stimmte, worüber man sich im harten Kern des Dorfkrugs zu fortgeschrittener Stunde unterhielt: Der Junge war nicht aus dem richtigen Holz geschnitzt. Buttermesserweich war er. Verweichlicht eben. Junges Gemüse. Hatte zu viel Schule besucht. Hilde jedenfalls wollte ihm unter die Arme greifen, und Arno konnte Ställe ausmisten wie ein Herakles – den man im Dorfkrug allerdings nicht kannte. Dort wurden Wetten darauf abgeschlossen, wann der Hof unter den Hammer kam.

Dort wurden auch Summen und Kaufoptionen genannt, und natürlich wusste jeder, an wen der Hof gehen würde.

Weil der Weg zu Ottonottebrock ziemlich weit war, entschied sich Erwin für eine Routenänderung. Ziel Nummer zwei war der Laden von Lina Fiekens. Den erreichte Erwin so gegen halb sechs. Lina verabschiedete grade Trine Jasperneite. Zwischen ihren prallvollen Einkaufsnetzen wirkte Trine wie eine Gefangene der Erdenschwere. Sie war in den vergangenen ladenlosen Tagen wohl in eine Art Notstand geraten. Und vermutlich hatte sie den Laden bereits Stunden zuvor betreten, um Lina in Gespräche zu verwickeln. Als Lina Erwin in der Ladentür erblickte, sandte sie ihm ein angedeutetes Augenverdrehen und lächelte dabei. Das fand Erwin sehr sympathisch, und weil er nicht aus seiner Haut konnte, bot er Trine umständlich an, ihr mit dem Einkauf nach Hause zu helfen. Es war ja schon ein knapper Kilometer, den Trine noch vor sich hatte.

Bevor sie loszogen, warf Erwin einen schnellen Blick auf die Regale. Hatte Lina tatsächlich sämtliche Lebensmittel hier ausgetauscht? Es sah nicht danach aus. Belog etwa auch Lina die Polizei?

Als praktisch denkende Frau schlug Trine Erwins Angebot nicht aus. Sie kannte Erwin ja und lobte seine gute Erziehung. Lina versicherte Erwin, dass sie den Laden noch mal öffnen würde, wenn er nach sechs zurückkäme. Dann brachen Erwin und Trine auf. Unterwegs erzählte Trine Geschichten über Friedhelm und Gertrude Düsedieker, wobei sie die Anreden *Mutti* und *Papa* benutzte. Sie ging davon aus, dass Erwin auf diese Weise leichter begriff, wovon sie sprach. Und sie hatte natürlich Verständnis dafür, dass Erwin nur hin und wieder mit sehr kurzen, verlegen dahingemurmelten Sätzen antwortete. Trine meinte, Fried-

helm und Gertrude und die alten Zeiten und Erwins schwere Kindheit weit besser zu kennen, als Erwin selbst diese
Menschen und Epochen kannte.

Dann war Trines Haus erreicht. Erwin bekam zum Dank
für seine Hilfe ein Zwei-Euro-Stück zugesteckt und was
Süßes und eilte zurück zu Lina. Die war – wie sie es ver-
sprochen hatte – noch im Laden und schloss Erwin die Tür
wieder auf.

»Na, Erwin. Jetzt hat dir Trine aber ein Ohr abgekaut,
was?«

Erwin griente. Ein Ohr abgekaut war ein schönes Bild.

»Was brauchste denn, Erwin. Hast noch'n Freikauf.
Weißte ja.«

Daran hatte Erwin gar nicht mehr gedacht. Annis Testament. Weil Lina extra seinetwegen noch im Laden war, hatte er ein paar Sachen einkaufen wollen. Nur mit einer Frage
zu kommen wäre ihm peinlich gewesen. Außerdem musste
er seine Ermittlungen tarnen. Auch gegenüber Lina.

»Och«, sagte Erwin, mit den Schultern zuckend. »Musste nich. Ich kauf ganz normal ein. Nich auf Anni. Gab ja
schonn die Kiste …«

Die Kiste. Lina fragte nicht nach, was Anni in die Kiste
gepackt hatte. Sie war eine Dame. So wie Anni eine gewesen war.

»Such mal aus, Erwin«, sagte sie. »Das machen wir dann
schonn.«

Also bewegte sich Erwin langsam in einer Acht um die
beiden zentralen Rechteck-Regale des Ladens herum und
nahm dies und das. Und dann fragte er nach Wilhelmine
Rickmers.

Lina reagierte erstaunt. Ja, sie hatte Wilhelmine gekannt. Flüchtig. Sie bestätigte Erwin die Geschichte von der Lehrerin. Auf Linas Nachfrage, wo Erwin den Namen aufgeschnappt hatte, erwähnte er einen Brief von Anni – von dem Buch sagte er nichts.

Lina nickte vielsagend und sprach davon, wie eng Anni und Wilhelmine befreundet gewesen waren. Lina war erst nach Wilhelmines Verschwinden in die Schule gekommen. Zu Anni hatte sie damals noch kein so enges Verhältnis gehabt. Von allem, was sie später erfuhr, war ihr jedoch hängen geblieben, dass Anni sehr unter Wilhelmines plötzlicher Flucht – so musste man es wohl nennen – gelitten hatte.

Lina bestätigte, was Erwin schon herausgefunden hatte: Wilhelmine war offiziell nach Australien gegangen.

Anni war tief verletzt gewesen. Vor allem, weil sie nie wieder etwas von Wilhelmine gehört hatte.

»Schonn merkwürdig, die Geschichte«, sagte Lina.

Als Erwin seine Einkäufe zur Kasse brachte, überlegte er, ob er sich auch noch nach Erich Achelpöhler und Bernhard Lappenbusch erkundigen sollte, entschied sich aber dagegen. Es war ein seltsames Gefühl, das ihn zurückhielt. Schon mit der Frage nach Wilhelmine Rickmers hatte er Lina hintergangen, weil er ihr die Hintergründe verschwieg. Weiteres Nachfragen hätte er endgültig als Verrat empfunden. Er hätte Lina sein Tun erklären müssen, und das ging gleich aus mehreren Gründen nicht.

Als sich Erwin verabschiedete, kam ihm aber doch noch eine Frage über die Lippen. Ziemlich spontan.

»Sach ma, Lina, weißte, was'n Eifoon is?«

218

Lina runzelte die Stirn – und lachte dann.

»'n iPhone, Erwin? Jetzt willste aber ganz modern werden, was?«

Als sie sah, dass Erwin nicht recht verstand, was sie andeuten wollte, fügte sie hinzu:

»Ein iPhone ist so ein Schnickschnacktelefon. So ein Smartphone, oder wie das heißt. So ein Händi mit Kamera und Fotoapparat und lauter so Funktionen. Damit kannste jedenfalls mehr als bloß telefonieren. Wie ein Computer is das. Einer für in die Hand. 'n iPhone hat hier in Bramschebeck bestimmt keiner. Hier doch nich…«

Sie unterbrach sich und sah auf die Uhr.

»Na, jetzt wird's Zeit, dass ich den Laden schließe. Is ja gleich Heimatabend. Dann wird's wieder laut.«

»Heimatahmd?«

Erwin hatte das Wort an diesem Tag schon mal gehört. Kommissar Heine hatte es benutzt. Bei seinem Telefonat. Als es auch um das Eifoon ging. Von dem er jetzt mehr wusste.

Interessant, dachte Erwin.

»Ja«, sagte Lina und seufzte. »Die alten Krieger treffen sich, trinken und singen Lieder. Na, sie grölen. Bei Gerda. Dann wackeln hier die Scheiben. Das brauch ich nich. Darum muss ich jetzt los.«

So verließen Erwin und Lina gegen 19 Uhr den Laden. Lina verabschiedete sich, ging südwärts, nach Hause. Erwin spukte das Wort *Heimatabend* durch den Kopf. Der Dorfkrug lag in Sichtweite des Ladens. Noch wirkte die Kneipe wie ein Grab. Niemand war zu sehen. Das Kneipenschild dusterte in Altdeutsch vor sich hin.

Arno, dachte Erwin.

Beim Thema Heimatabend konnte Arno helfen.

Ohne Rücksicht auf seinen knurrenden Magen – es war längst Zeit fürs Abendbrot – machte sich Erwin noch einmal in Richtung Gerkensmeier auf, seine Einkaufstüte in der Linken, wie ein schlenkerndes Gegengewicht zur pendelnden Rechten. Er jachterte den Wullbrinkholzweg hinauf. Auf Höhe des Abzweigs Kötterholzweg sah er zu seinem Erstaunen, dass ihm Arno entgegenkam. Als sie sich gegenüberstanden, wunderten sie sich beide: Arno, weil Erwin ohne Polizeimütze, Trainingshose, Parka und Gummistiefel fast ein Fremder für ihn war. Erwin, weil Arno keine Feldmütze und keine Stalljacke oder seinen speckigen Filzmantel trug, sondern so etwas wie einen aus allen Säumen gelassenen Konfirmationsanzug.

Es war Mittwochabend, 19.30 Uhr.

»Mönsch, Äwinn!«

»Mönsch, Arno!«

Erwin berichtete Arno in fünf, sechs Worten, die sich wie von selbst aus seinem Mund lösten, dass er am Nachmittag schon mal bei ihm vorbeigeschaut hatte. Das überraschte Arno so sehr, dass die Frage *weshalb* in seinem Kopf keinen Platz mehr fand. Erwin wiederum wusste vor lauter Verwirrung nicht, wie er zu den Fragen, die ihn bewegten, überleiten konnte. Die Begegnung zwischen den Feldern hatte sie beide überrascht. Sie entwickelte sich zu einer Szenerie von Schweigsamkeit, wie man sie im 19. Jahrhundert vielleicht bei Duellanten kannte. Zumindest hatte die Situation etwas Geladenes. Der kleinste Anlass konnte Unerwartetes zur Folge haben – und so war es auch.

»Is gleich Heimatahmd«, sagte Arno plötzlich. Heimatabend bedeutete freies Trinken bis zum Koma. Einmal im
Monat. Bezahlt von Paul-Gerhard Bartelweddebüx. Das
ließ Arno ungern aus.

»M-Hm.« Erwin nickte. »Weiß ich. Von Lina.«

In Arnos gelblichem Blick regte sich was. Die Tatsache,
dass Erwin scheinbar ziellos, in respektabler Kleidung, unterwegs war, nahm Einfluss auf Arnos beständiges, von ihm
selbst gar nicht wahrgenommenes Grübeln über Erwin.
Erwin war auf rätselhafte Weise etwas Besonderes. Eine Idee
schlüpfte in Arnos Gehirn, benutzte es, um auf der Rutsch-
bahn eines verlegenen Räusperns in die Welt zu gleiten.

»Äh ... Kommsse mit? Trinksse mal einen, nä?!«

Als Erwin das hörte, wurde er fast ebenso überfallartig
von einer eigenen kühnen Idee mitgerissen.

Er nickte, ohne nachzudenken.

»Is gut«, sagte er. »Komm ich mal mit.«

Obwohl er nie trank.

Gerda Kluckhuhns Dorfkrug war plötzlich genau der
Ort, an dem für Erwin alles zusammenfand. In einem bün-
delnden Blitz verbanden sich die Bilder alter Krieger mit
denen pfeilähnlicher Runenzeichen und einem iPhone, das
in Erwins Fantasie tatsächlich aussah wie ein Ei.

Erwin würde die Höhle des Löwen betreten. Es ging
nicht anders. Er musste ja handeln. Es gab nur die Flucht
nach vorn.

Also schlenderte er gemeinsam mit Arno zurück ins
Dorf, öffnete gegen 20.15 Uhr die Tür des Dorfkrugs und
legte die Einkaufstüte gleich hinter dem Eingang an der
Garderobe ohne Haftung ab.

Als Mensch, dem Worte zu Visionen wurden, sah Erwin sofort, dass die Worte *Schankraum* und *Richtstätte* in einem gemeinsamen Bild verschmolzen – und das war kein schönes Bild. Alle in dieser verrauchten, dunklen Kneipe starrten ihn an. Mit Augen, die kleinen Leichen glichen, von denen unsichtbare kleine Hände die Lider hoben, als seien es kleine Leichenplanen. Erwin schluckte. Arno rammelte in hypernervöser Vorfreude auf den Abend die Fingerknöchel seiner Rechten auf den nächsten Tisch:

»'n Ahmd zusamm!«, krähte er und stackselte ins Dunkel hinein. »Ich hab 'n Äwinn mitbracht! Gerda, machma zwai Pilz!«

Sein Kopf ruckte hin und her wie der eines Hahns.

»Äwinn, nä? 'n Pilz?«

Erwin sagte nichts. Arno nahm es als Zusage, überließ Erwin sich selbst, stackselte hinüber zur Theke, hinter der undeutlich Gerdas Krötenkopf manövrierte.

»Määänsch, Äwinn!«, kam es von den Leichen im Halbdunkel. Die Starre löste sich:

»Äwinn! Daafste schonn Bier trinken?«

»Gerda, hasse auch Milch?«

Gelächter.

»Komma rüba, Äwinn! Schieb maln Stuhl ran. Rück ma, Klaus-Dieter!«

»Daafste schonn! Mutti siehts ja nich!«

»Nu rück mal! 'n Stück noch, Klaus-Dieter!«

»Äwinn, Määänsch!«

»Hier, Äwinn!«

»Wo issn die Mütze, Äwinn?!«

Erwin stand noch immer im Winkel zur Tür. Jetzt glühten die Gesichter. Aus einer Musikbox, leuchtend wie ein in Sumpflicht versenktes Aquarium, leierte verklappter Schlager: *Michaela, Tränen auf Reisen, Schalalalala oh – oh – oh … Sonne in der Nacht.* Biergläser tanzten über dem Stammtisch, umwabert von Rauchnebel. Spiegelungen von grellem, schwitzigem Licht aus dem Geist von Urin. Neben der Theke der flackernde Rotamint. Hände winkten. Komm rüber. Nu komm schonn. Setz dich, Äwinn … Der Stammtisch in der rechten Raumecke, ein wenig abgesetzt von der Theke, an der Wand mit Tür zu den Toiletten. Zwei Plumpsklos und eine meterlange Pissrinne, Strahlwand und Rinne mettfarben marmoriert. Körperinnen- und zugleich Auswurffarben. Sehr vorausschauend.

Der übrige Schankraum war leer. Vier oder fünf Tische standen da, zum Ausgang hin. Mittagstische. Hier gab's höchstens einmal in der Woche einen Verirrten, von auswärts, der ein Mittagessen bestellte und es dann bereute.

»Na, Äwinn? Warste letzes Mal mit Papa hier, was?!«

Gerda. Eine Stimme wie Zarah Leander. Mit Singen sollte sie es allerdings nicht versuchen. Arno hatte sich an die Theke gelehnt, hatte ein Halbliterglas Bier halb leer gesaugt. Der Mundschaum strahlte frischweiß. Ein Bild mit kurzer Halbwertzeit. An der Theke saßen, in der rechten Nische zur Wand, zwei Rodin-Karikaturen auf hohen Stühlen: Gescheiterte der Nach-30er-Generation, dem Stammtisch locker angegliedert. Erwin kannte sie nicht. Ihre Haut glänzte talgig vom Widerschein der von der dunklen Holzdecke herabhängenden, den Thekenschnitt nachzeichnenden Lampenzylinder mit Stoffschirmen in der Farbe zerstörter Lebern.

Vermutlich war das mal eine andere Farbe gewesen; fünfzig Jahre zuvor, als Tabakqualm und Spritzer von Schleimhusten ihr Zerstörungswerk begannen.

Irgendwas erfasste Erwin. Ein Sog. Er wusste nicht, wie, aber innerhalb der nächsten Minuten zog es ihn von der Tür zum Stammtisch. Jemand hatte eine neue Musik gestartet. Eine schwarze Barbara, die ganz gewiss keine Schwarze war. Erwin ruckelte auf einen Stuhl, fand ein Glas Bier vor sich. Und ein Schnaps-Pinnchen. Jemand schlug ihm auf den Rücken.

»Los, Äwinn, trink ma!«

»Hau wech, Äwinn!«

»Eins, zwei – Proost, Äwinn!«

Grölen, Biergläser hoben sich. Erwin hob das eigene Glas. Es war ein Fehler. Ein Fehler. Er machte große Augen, die links und rechts nach Hilfe suchten. Ganz automatisch hatte er in den Idioten-Modus geschaltet – in der Hoffnung, vom Idioten-Bonus profitieren zu können. Doch hier galten andere Gesetze. Sie wollten ihn betrunken sehen. Erwin, den Idioten. Ein betrunkener Idiot, der würde sich ganz prima vollkotzen, einpissen, einscheißen. Herrje, sie würden ihren Spaß haben.

»Trink, Äwinn! Komm, biss doch schonn großa Junge!«

»Äwinn! Proost!!«

Der bissige Geschmack des Biers. Der Wacholder war plötzlich verschwunden. Das Pinnchen leer. Günther Mickenbecker, der neben ihm saß, grinste wie ein fetter Apfel. Er hatte den Schnaps mit zittrigen Bewegungen ins Bier gekippt. So ging das besser. Immer feste rein.

»Sach schonn! Wo is die Mütze, Äwinn?«

»Biss doch vonner Polizei. Kommste aufpassn?!«

Wieder Gegröle. Jetzt hatten sie ein neues Thema. Erwin und die Polizei.

»Genau, die Mütze. Biss doch sonss imma mitte Mütze los. Hasse was ausgefressn, Äwinn?«

»Gerda, nochn Bier. Da issn Loch drin!«

»Äwinn, hassen Loch? Biss doch abba'n Junge, was, Äwinn?!«

Lachgemecker. Erwin wand sich. Übelkeit stieg vom Magen auf. Bloß jetzt nicht kotzen. Bloß nicht!

In der nächsten Sekunde brandete Applaus auf. Die Tür zum Schankraum war aufgegangen, ein weiterer Gast betrat, langsamen, tastenden Schritts, die Kneipe, auf einen Gehstock gestützt. Der Hauptgast. Der eigentliche Star des Abends – den die Heiterkeit bei seiner Ankunft verwirrte. Bis er Erwin erblickte.

»Paul-Gerhaad, kuck ma, wer hier is!«

»Äwinn! Kuck ma! Die Polizei trinkt heute mit – nä, Äwinn?!«

»Mach ma Platz da, Jasper, Paul-Gerhaad is da!«

Jasper Thiesbrummel, der an der Stirnseite des Stammtisches gesessen hatte, rollte sich umständlich hoch, schob sich in einem Akt gekonnter Fleischverlagerung über die Tischkante zum nächsten Seitenplatz. Das Bierglas und sein Wacholder-Pinnchen mussten kaum die Stellung wechseln.

Erwin, den leichter Schwindel erfasst hatte, bemerkte, dass ihm Paul-Gerhard Bartelweddebüx gegenübersitzen würde. Der stand noch immer, jetzt mitten im Raum, die Hand auf dem Knauf des Gehstocks zitterte vor Schwäche.

Und doch hatte er schon begonnen, diesen Raum zu erobern. Die Musik wechselte. Schwarzbraun war die Haselnuss. Paul-Gerhards Augen hatten einen anderen Glanz als die Augen der am Tisch Sitzenden. Sein Blick war klar. Er fixierte Erwin, der es tatsächlich schaffte, ihn anzusehen.

»Erwin«, sagte er und übertönte die Musiktruhe mit einem seltsam heiseren Ton. Paul-Gerhard schien zu lächeln. Ein Lächeln, das wie eine Maske auf seinem strengen Gesicht lag. Saruman …

»Habe gehört, dass du gern Polizei spielst. Aber heute bist du ja in Zivil hier, was?«

Das waren andere Worte als die, die Erwin bisher gehört hatte. Man rückte Paul-Gerhard den Stuhl zurecht. War das sein Verwalter, der da mit ihm gekommen war? Paul-Gerhard setzte sich und ließ den Blick dabei nicht von Erwin. Die anderen am Stammtisch bemerkten, dass Paul-Gerhard mit Erwin irgendwas vorhatte. Also nahmen sie sich zurück. Ihr angetrunkenes Gegluckse wurde merklich leiser.

»Wie geht's denn so, zu Hause, Erwin. Biste zufrieden?«

Paul-Gerhards Tonfall war präzise. Seine Zunge scharf. Erwin wünschte sich, er hätte sich mit Arno an die Theke gesetzt, zur Randbesatzung des Heimatabends. Zu denen, die mittrinken durften, aber nicht zum Stammtisch gehörten. Paul-Gerhard bezahlte alles. Es war sein Abend, jeden Monat.

»Mm-Hmm«, ließ sich Erwin vorsichtig vernehmen, nickte dabei und lächelte. Ein dümmliches Lächeln. Er gab sich Mühe. Gerda brachte Paul-Gerhard ein kleines Gedeck: ein Pils, ein Korn. Paul-Gerhard trank als Einziger

Korn statt Wacholder. Er hatte nichts bestellen müssen. Gerda kannte seine Vorlieben. Paul-Gerhard beugte sich vor.

»Na, Erwin. Nun erzähl mal. Was ermittelste denn grade? Biste an nem dicken Fall dran? So wie Papa früher?«

»Haha, Äwinn, der Pollzist. Derss doch …!«

»Halt mal die Klappe, Jasper!«

Jasper hielt die Klappe.

Erwin hatte keine Ahnung, wohin Paul-Gerhard mit seiner Frage steuerte. Er hob sein Bierglas. Seine Hand zitterte. Er trank einen Schluck …

»Na, Äwinn, schonn voll? Du …«

»Klappe!«

Paul-Gerhard hielt unsichtbare Zügel in der Hand. Er war der schneidige General. Es gab am Stammtisch eine Art Hierarchie. Paul-Gerhard herrschte. Mitherrscher waren – ohne Herrschaft auszuüben – der tüdelige, sehr beleibte Dietrich Westersoetebier, der kaum etwas mitbekam, und der stämmige, ebenfalls schon leicht abwesende Günther Mickenbecker. Sie waren die drei über Achtzigjährigen. Sie gehörten zu *Des Teufels Sieben*. Dann gab's noch Jungvolk, so zwischen 50 und 60: Jasper Thiesbrummel, Heinz-Hermann »Bubi« Mickenbecker, Klaus-Dieter Husemann und Wilhelm Schniggendiller.

Sieben Männer.

Die sahen Erwin an – und einer der Blicke hielt ihn gefangen.

»Bin ja kein Polizist wie Papa«, druckste er. Seine Stimme schwankte. »Ham alles abgeholt, was von Papa war«, fuhr er fort, schüttelte den Kopf. »Die Polizei.«

»Aber wenn du die Mütze trägst, bist *du* der Polizist hier, was?«, sagte Paul-Gerhard. Am Tisch wurde gelacht.

»Papas Mütze is das«, sagte Erwin. Er ließ ein bisschen Speichel in den Mundwinkel sickern. Dann nahm er zitternd einen weiteren Schluck Bier.

»Papa. Der warn Polizist.«

Nu hilf ihm doch, Friedhelm … Er hat's nich leicht …

»Und ein guter Polizist war der!«, rief Paul-Gerhard in den Raum. »Nicht wahr, Dietrich? Unser Friedhelm, der war gut!«

»Fritthelm. Jou. Jou. Fritthelm«, brummte Dietrich aus seiner von Schlaganfall bedrohten Festung.

»Bei Fritthelm gab's keine Probleme. Nie!«, röchelte Günther Mickenbecker.

Paul-Gerhard nickte.

»Hörst du das, Erwin? Dein Papa wusste, wie ein Polizist arbeitet. Das musste dir merken, wenn du auch mal Polizist werden willst. Verstanden!?«

Ein Wort wie ein Befehl. Erwins Gesicht glänzte. Sein Blick hing schief. Speichel tropfte.

»Jou«, ächzte er. Mit einem zweiten Ächzen bekräftigte er die Zustimmung – und kapitulierte.

Dann sackte sein Kopf mit einem Knall auf den Tisch.

Gelächter brach los. Paul-Gerhard, der einige Sekunden abwartete, Erwin weiterhin wie ein Beutetier fixierte, lachte schließlich mit, hob die rechte Hand und orderte stumm weitere Getränke.

»So, Jungs«, sagte er dann, »jetzt macht mal richtige Musik!«

Während Erwin mit halb offenem Mund, den Kopf zur

Seite gedreht, ins Koma sank, warf Bubi Mickenbecker Geld in die Musikbox, und Sekunden später zogen Wildgänse durch die Nacht. Panzer rollten. SA marschierte.

Die Augen der Männer leuchteten. Der Bierverbrauch stieg. Wacholder und Korn rutschten durch Kehlen. Arno hielt sich beim Singen zurück – und an diesem Abend auch beim Trinken. Er gehörte ohnehin nicht zum Stammtisch. Und heute schien ihm alles irgendwie außer Kontrolle geraten. Er beobachtete Erwin, war sich seiner Verantwortung plötzlich bewusst. Wenn er gehen würde, würde er versuchen, Erwin mitzuschleppen. Arno dachte an sein lange zurückliegendes 50stes Geburtstagsfest, war in Sorge …

Am Stammtisch erfolgte das Mitsingen auf drei Ebenen. Paul-Gerhard Bartelweddebüx beobachtete die Singenden wohlwollend, mit klarem Blick nach Norden, gab den Takt vor. Dietrich und Günther sangen für sich, die Augen verklärt. Bei Dietrich wusste man nicht, wo er sich aufhielt. Die Jungen grölten, schluckten dabei Unmengen. Nach einer Weile forderten sie Paul-Gerhard und die beiden anderen alten Herren auf, Geschichten zu erzählen. Geschichten vom Krieg. Geschichten, die sie schon Dutzende Male gehört hatten.

Und dann berichteten Günther und Paul-Gerhard vom Sturm der letzten Tage. Von Angriffen, Tötungen, von Vaterland und Verrat, und die Jungen nickten ergriffen.

Erwin lag nur da wie tot.

Irgendwann wurde Paul-Gerhard melancholisch, seine Generalshülle zeigte für Momente Risse. Alle sangen sie: *In einem Polenstädtchen, da lebte einst ein Mädchen …* Und es war wieder gut.

Gegen zwei Uhr morgens wurde die letzte Runde des Heimatabends eingeläutet.

Paul-Gerhard Bartelweddebüx hielt im Sitzen eine Rede auf das Reich.

Auf das kommende Reich, das eine Fortsetzung sein würde, ein Wiederauferstehen des vergangenen Reichs.

Die Gläser wurden erhoben.

Er sprach von der verkommenen Zeit, in der man heute lebe, und die Männer am Tisch nickten – bis auf Erwin.

Er sprach von einem Tag in naher Zukunft, und die Männer am Tisch nickten wieder – das heißt: Dietrich Westersoetebier und Günther Mickenbecker nickten, mit irren Blicken. Die anderen, die Jüngeren, rückten näher an den Tisch, hoben die mittlerweile schweren Oberkörper, lauerten. Hielten sich an der Tischkante fest.

»Wnn ... isses'n soweit«, lallte Klaus-Dieter Husemann.

»Sssach schonn, Pau-Gäad. Du mmmachsses immme sso sp ... spannnnt!«, fügte Wilhelm Schniggendiller hinzu.

»Paugäad weisschonnn wassser t ... t ... tuut ...!« Das war Jasper Thiesbrummel, kaum noch zu verstehen.

Paul-Gerhard wirkte vollkommen nüchtern. Fast eine Minute lang schwieg er, ließ sich anstarren. Die Musik dröhnte. In seinen Augen zuckte es. Dann hob er sein Kornglas, fixierte eine Stelle im Dunkel der Holzdecke und deklamierte mit dünner, heiserer Stimme:

»Es wird so weit sein, wenn einer, vielleicht einer von euch, in der Lage ist, den Stab zu übernehmen.«

Er sah die Jungen nacheinander an. Dietrich Westersoetebier und Günther Mickenbecker schwiegen und nickten wie feiste Wackeldackel.

»Es wird so weit sein, wenn einer da ist, der verstanden hat, wie man die Arbeit im Untergrund führt.«

Wieder hielt er inne, fixierte die lauernden Blicke.

»Einer von euch – das hoffe ich – wird mir zeigen, dass er klug genug ist, den Weg zum Untergrund zu finden. Dass er sich selbst – und anderen – ein Führer ist. Den Weg, versteht ihr? Den Weg zum Untergrund, zum Neu-anfang. Es ist immer am schwierigsten, den Weg zu finden. Einer wird kommen. Wird den Weg der Zeichen gehen. Die Zeichen der Getreuen. Einer wird der neue Führer sein. Ich erwarte ihn!«

Dann kippte er den Korn in sich hinein und knallte das Glas auf den Tisch. Er griff nach seinem Gehstock und rap-pelte damit gegen den Tisch. Aus dem Dunkel der Kneipe kam ein Mann, vermutlich der Verwalter, trat ihm zur Sei-te. Klaus-Dieter Husemann, der kaum noch grade stehen konnte, erhob sich und half Paul-Gerhard, zusammen mit dem Verwalter, auf die Beine – ein Manöver, das sekunden-lang zu scheitern drohte. Kaum dass Paul-Gerhard aber stand, rezitierte er mit sich überschlagender Stimme:

Es war in unsres Lebensweges Mitte,
Als ich mich fand in einem dunklen Wald,
Denn abgeirrt war ich vom rechten Weg.
Wohl fällt mir schwer, zu schildern diesen Wald,
Der wild verwachsen war und voller Grauen
Und in Erinnrung schon die Furcht erneut:
So schwer, daß Tod zu leiden wenig schlimmer.
Doch um das Heil, das ich dort fand, zu künden,
Will, was ich sonst gesehen, ich berichten. –

Wie ich hineingelangt, kann ich nicht sagen,
So schlafbenommen war ich um die Zeit,
Als ich zuerst den wahren Weg verlassen.
Doch, als ich eines Hügels Fuß erreichte,
An welchem jenes Tal zu Ende ging,
Das mir das Herz mit solcher Furcht befangen,
Blickt' ich empor, und sah des Hügels Schultern
Bekleidet schon mit des Planeten Strahlen,
Der uns den rechten Pfad zeigt allerwege.

Stille folgte. Ehrfürchtiges Schweigen. Dann, wie auf Kommando, hoben sie alle den rechten Arm und brüllten »Sieg Heil!!!« – alle bis auf Erwin und Jasper Thiesbrummel. Der war eingeschlafen, lag da wie Erwin, den Kopf auf der Tischplatte. Aus seinem Mund quoll ein bräunlicher Strom von Erbrochenem, der auf Paul-Gerhards Tischseite zu Boden pladderte.

Als ich mich fand in einem dunklen Wald ...

Arno hatte sich fürsorglich um Erwin gekümmert, und Erwin hatte ein schlechtes Gewissen. Er hatte Arno belogen, ihm ein Leiden vorgespielt, für das Arno sich womöglich noch monatelang verantwortlich fühlte. Erwin war fast völlig nüchtern gewesen, hatte sich von Arno schultern und aus der Kneipe schleppen lassen. Draußen, an der frischen Luft, hatte er in einen Zustand leidlicher Gehfähigkeit gewechselt. Sonst wären sie ja nie am Grenzweg angekommen. Jetzt war Erwin müde, und sein Nacken schmerzte, weil er mit seitlich verdrehtem Kopf auf dem harten Holz des Stammtisches hatte ausharren müssen.

Dumm war auch, dass Erwin in gespielter Volltrunkenheit kaum nach Bernhard Lappenbusch und Erich Achelpöhler hatte fragen können. Als Arno ihn zu Hause ablud, hatte Erwin einen 4,5-Promille-Versuch unternommen. Doch Arno war ausgewichen. Er hatte Erwin aufgeschreckt angesehen. Dann hatte er den Kopf geschüttelt, irgendwas gebrummelt und war gen Hilde getorkelt. Arno war ja selbst schwer betrunken gewesen. Die Frage war einfach abgesoffen.

Nun, es war nicht zu ändern. Die Namensermittlungen konnte Erwin später noch einmal aufgreifen. Das vorgetäuschte Suffkoma jedenfalls war seine Rettung gewesen.

Arno war ein guter Mensch, würde nach ausgeschlafenem Rausch wieder auftauchen, nach dem Rechten sehen. Vorher musste Erwin wichtige Dinge erledigen. In seinem Kopf arbeitete es. Jeder Moment des Heimatabends hatte sich ihm akustisch eingeprägt. Er hatte die Augen geschlossen halten müssen. Dafür waren die Ohren umso weiter geöffnet gewesen. Bevor Erwin sich drei Stunden Schlaf gönnte, kritzelte er seine Eindrücke auf ein Blatt Papier, das er mit ins Bett nahm.

Die meisten der Worte Paul-Gerhards waren ihm noch präsent: diese rätselhaften Andeutungen zwischen all dem Grölgesang und den Vernichtungsfantasien der Männer. Der Teufelsbund existierte. Und die noch lebenden Mitglieder teilten ein gefährliches Geheimnis. Paul-Gerhard war der Hüter dieses Geheimnisses. Seine Worte hallten nach: *Der Weg der Zeichen. Die Zeichen der Getreuen. Der Weg zum Untergrund. Der neue Führer.* Und dann dieses Gedicht, das er rezitiert hatte. Erwin kannte es. Er hatte die Verse schon einmal gesehen – gesehen und gelesen. In einem Buch. Anders als bei *Wuthering Heights* war er sich sicher, dass sich das Buch mit diesen Versen in seiner Bibliothek befand. Ein Buch mit Bildern. Mit Bildern aus Worten. Mit farbigen Bildern voller Schrecken.

Was hatte Paul-Gerhard seinen Männern sagen wollen?

Der Teufelsbund war noch immer brandgefährlich, weil Paul-Gerhard wahnsinnig war. Der steckte seit über 60 Jahren im Krieg, folgte dem Führer, war selbst ein Führer.

Ein Führer ...

Erwin fühlte sich fiebrig, aufgekratzt und zugleich todmüde. Seine überhitzte Fantasie redete ihm ein, dass Paul-

Gerhard und seine Truppe jeden Moment vor der Tür stehen konnten. Betrunken und bewaffnet. Sie hatten sicher was gemerkt. Paul-Gerhard ließ sich nicht hinters Licht führen. Und er steckte in irgendeiner Form mit dem Kommissar unter einer Decke. Da lief was ...

Gegen fünf Uhr früh schlief Erwin ein.

Seine Träume waren alles andere als schön. In seinem Schädel dröhnten die Gesänge Betrunkener. Panzer rollten. Gewitterblitze zuckten. Höllenfeuer brannten. Stiefel marschierten ...

Sieg Heil ...

Um kurz vor acht war er wieder wach. Sein Kopf schmerzte. Jetzt machte sich auch die nikotingeschwängerte Kneipenluft bemerkbar. An Frühstück war kaum zu denken, dennoch quälte Erwin ein hartes Mettwurstbrot runter und versuchte einen Pott Kaffee.

Der schmeckte grauenhaft.

Lothar hingegen hatte Appetit. Ihm ging es gut. Erwin gab ihm in Wasser eingeweichte Brötchen und eine kleine Portion seiner geliebten Pellkartoffeln. Für Lothar war der Tag damit gerettet, und weil er keine Fragen stellte zu den Vorkommnissen der Nacht, zog sich Erwin bald in die Bibliothek zurück.

Es war in unsres Lebensweges Mitte ...

Wo versteckte sich dieses Buch?

Erwin holte die Notizen aus der Hosentasche: Führer, Untergrund, der rechte Weg, die Zeichen ...

Es war ein großes Buch mit Bildern gewesen. Eines, wie Erwin sie liebte. Aber welches?

Er ging auf die Knie, kroch an den unteren Regalreihen

entlang, den Fächern mit den übergroßen Bildbänden. *Alle Wunder dieser Welt ... Australien. Amerika. Asien ... Der große Atlas des Universums ... Der Orient-Express ... Bauwerke der Renaissance ...* Bilder über Bilder. Bilder, in denen Erwin reisen konnte. Worte, die er in Bilder verwandelte.

Aber aus welcher Ecke der Regale rief die Stimme des Dichters zu ihm herüber:

Als ich mich fand in einem dunklen Wald ...

Einmal, zweimal ging er die unteren Reihen durch, ohne Ergebnis. Dann hatte er eine Idee, erhob sich, trat hinüber zu den Sammelwerken, zog das Lexikon Nr. 7 – Fe-Ga – aus dem Regal. Schlug *Führer* nach:

Führer, Inhaber derjenigen Position innerhalb einer Gruppe ... Führerrolle variiert sowohl zw. verschiedenen Gruppen ... Führerprinzip: ein mit d. Werten u. Zielen demokrat. Organisationen prinzipiell entgegengesetztes Prinzip ... s.a. Nationalsozialismus ... militär: Oberbegriff f. die Dienststellung von mit Befehls- und Kommandogewalt ... s.a. Nationalsozialismus ... in der Musik: svw: Dux ... in der Literatur: s.a. Dante Alighieri: Die Göttliche Komödie ...

Das war es. *Die Göttliche Komödie.* Erwin eilte zum linken Flügel der Regale: zweite Reihe von oben. Dante. Da stand das Buch. Groß, aber nicht übergroß. Überbreit war es allerdings: *Sandro Botticelli – Der Bilderzyklus zu Dantes Göttlicher Komödie.*

Er legte es auf das Lesepult, schlug es auf, sah Zeichnun-

gen von Männern mit brennenden Füßen. Kopfüber verschwanden sie in Höllenlöchern. Er fand Bilder von Gefol-
terten, Geknechteten, Geketteten. Das erste Kapitel bot
Erklärungen zu Botticellis Zyklus und der Göttlichen Komödie. Dann folgten farbige Bilder und Schwarz-Weiß-
Zeichnungen, die Erwin gradewegs hinunter in die Hölle
führten, zum Inferno. Erwin reiste durch farbige Darstel-
lungen in rissiger Vergrößerung. Er sah Ringe, Höllenkrei-
se, nackte Menschen, brennende Menschen, Menschen in
Konzentrationslagern. Ja, dachte er. Auch solche Bilder
enthielt das Buch. Bilder aus der Zeit, die sich Paul-Gerhard Bartelweddebüx zurückwünschte. Wo aber war der
Text der Dichtung? Wo versteckten sich die Worte, die
Paul-Gerhard rezitiert hatte?

Erwin blätterte weiter, stieß auf Abbildungen von Vergil,
dem Führer Dantes durch die Unterwelt. War er auch der
Führer in den Untergrund? Hatte Paul-Gerhard so etwas
gemeint, als er von Untergrund sprach? Erwin sah Teufel,
die auf Menschen einschlugen. Menschen mit Köpfen, aus
denen Schlangenköpfe wuchsen. Und wieder waren da
brennende Menschen, Nackte, Gepeinigte auf verblassten
Zeichnungen – je schrecklicher die Teufel aussahen, desto
schrecklicher quälten sie die Menschen in der Hölle.

Das, so dachte Erwin, stimmte in der Wirklichkeit nicht
immer.

Seite um Seite folgte Erwin dem von Dante vorgezeichne-
ten Weg. In der Mitte des Buchs führte er durch fahle Skiz-
zen, nie ausgeführte Bilder. Am Schluss stieß Erwin dann
erneut auf Farbbilder, auf Menschen in Blutseen, auf brennende Häuser, auf Feuerregen. Noch einmal waren da Höl-

lenkreise und Menschen mit schmerzverzerrten Gesichtern.

Und dann betrat er die Dichtung. Im Anhang, im Appendix. Dort verbargen sie sich: Verse, in strenger, an Handschrift erinnernder Typografie, wie ziseliert. Erwin las, was er wenige Stunden zuvor im Ton weihevoll-bedrohlicher Rezitation schon einmal vernommen hatte:

Es war in unsres Lebensweges Mitte,
Als ich mich fand in einem dunklen Wald,
Denn abgeirrt war ich vom rechten Weg.
Wohl fällt mir schwer, zu schildern diesen Wald,
Der wildverwachsen war und voller Grauen
Und in Erinnrung schon die Furcht erneut:
So schwer, daß Tod zu leiden wenig schlimmer.
Doch um das Heil, das ich dort fand, zu künden,
Will, was ich sonst gesehen, ich berichten. —
Wie ich hineingelangt, kann ich nicht sagen,
So schlafbenommen war ich um die Zeit,
Als ich zuerst den wahren Weg verlassen.
Doch, als ich eines Hügels Fuß erreichte,
An welchem jenes Tal zu Ende ging,
Das mir das Herz mit solcher Furcht befangen,
Blickt' ich empor, und sah des Hügels Schultern
Bekleidet schon mit des Planeten Strahlen,
Der uns den rechten Pfad zeigt allerwege.

Wieder und wieder nahm er die Verse auf, langsam, die Lippen bewegend. Erwin bewegte beim Lesen immer die Lippen. Sein Lesen war ein Vor-sich-hin-Beten, ein geduldiges Zerkauen. Wörter waren sperrige Gegenstände. Wörter, die im Zusammenwirken aber Zauber, Magie ausstrahlten, schmolzen irgendwann oder brachen auf, lösten sich ineinander, drangen in ihn ein, setzten etwas in Gang.

Erwin hatte ein sehr direktes Verhältnis zu dem, was er las. Er machte sich keine Gedanken darüber. Das Lesen selbst erzeugte sie.

So geschah es, dass Erwin ganz naiv anfing, sich zu fragen, welchen Ort in Versloh der Dichter Dante Alighieri wohl gemeint haben konnte; welchen dunklen Wald, wild verwachsen, am Fuß eines Hügels, an dem ein Tal endete – eines Hügels, über dem die Sonne aufging ...?

Erwin, der Wanderer, der gummibestiefelte, vermutete den Wald südwestlich von Bramschebeck. Der hieß Bramschewald und stellte das größte und dunkelste der Waldstücke im Umland dar: ein Forst, hauptsächlich aus Buchen und Eichen bestehend. Er gehörte zum Grundbesitz von Paul-Gerhard Bartelweddebüx, war aber nicht abgezäunt. Größere Waldflächen mussten frei zugänglich bleiben. Als Kind hatte Erwin oft in der Düsternis zwischen den Bäumen gespielt. Die Gegend hatte sich ihm eingeprägt.

So machte sich Erwin gegen kurz vor 10 Uhr morgens daran, im Bramschewald Dante und Vergil zu folgen. Er zog Gummistiefel und Trainingshose und Parka an, um passend gekleidet zu sein, falls er wirklich in die Hölle kommen sollte. Und er steckte die Taschenlampe ein. Im Untergrund würde es finster sein.

Diesmal kam Lothar mit. Hölle hin oder her. Erwin ging davon aus, dass Arno sich spätestens gegen Mittag an der alten Wache blicken lassen würde. Diesen Stress wollte er Lothar ersparen. Zum Glück gehörte Lothar zu den wenigen Laufenten, die Waldspaziergänge liebten.

Der Weg zum Wald war ein ziemlich weiter: über die Bramsche Richtung Nottholz, unterhalb des Dorfes nochmals über den Bach – was Lothar ausnutzte – und auf Höhe des Hofes von Beckebans dann südwestwärts Richtung Lütkewald. Die Forstwege hier waren ideales Entenrenngelände, zumindest was Lothar betraf.

Erwin staunte immer wieder über die Ausdauer der Ente, die bei guter Laune ein beachtliches Tempo anschlug. Mit einer Sonderration Pellkartoffeln und Weichweizen ab Kilometer drei in Stimmung gebracht, durchquerte Lothar flügelschlagend den Lütkewald, und sie erreichten die Fischteiche oberhalb des Bramschewaldes gegen Mittag. Lothar reagierte erfreut auf das Wasser. Er überlegte, ob er Erwin allein weiterziehen lassen und eine Runde schwimmen sollte, nahm dann aber Abstand davon, nicht zuletzt, weil ihm Erwin deutliche Signale gab: Die Teiche gehörten Minna Tuxhorn. Die war selbst nicht mehr in der Lage, ihre Fischzuchten zu bewirtschaften und hatte einen Pachtvertrag geschlossen. Der Pächter und Betreiber der Teiche war ihr Nachbar, ein junger Mann namens Soundso Offelnotte – der Vorname wollte Erwin partout nicht einfallen. Er wusste aber von Soundsos Jagdvorlieben, und da Lothar als leuchtende Ente ein wunderbares Ziel abgab, kam ein Bad ohne Begleitung nicht infrage.

Nach Baden war Erwin jedoch nicht zumute.

Der Bramschewald erstreckte sich auf mehreren Kilometern Länge. Als Erwin nun im Schatten der ersten vor ihm aufragenden Bäume ins Dunkel spähte, fragte er sich, mit welcher Wahrscheinlichkeit er rechnen durfte, die vom Dichter Dante und Paul-Gerhard Bartelweddebüx beschriebene Stelle zu finden.

Gab es diese Stelle überhaupt? Hatte Erwin seiner Fantasie nicht vielleicht zu viel freien Lauf gelassen? Diese Gedanken kamen ihm, als er Lothar beobachtete, der wiederum sein Spiegelbild im Wasser betrachtete.

Spieglein, Spieglein an der Wand. Wer ist der Dümmste im ganzen Land ...?

War die verbissene Suche nach Spuren einer geheimnisvollen Vergangenheit nicht mittlerweile ein fiebriges Spiel geworden – ohne Klarheiten, ohne Sinn, ohne Ziel? Eine Suche, bei der er sich verrannt hatte?

Erwin schüttelte den Kopf. Es gab keinen Weg zurück, es gab nur Schritte im Dunkel und die Hoffnung auf Lichtschneisen. Doch Erwin hatte einen Verdacht, eine Vermutung. So gerieten er und Lothar gegen 13 Uhr mittags in jenen düsteren Wald, in dem sich Erwin als kleiner Junge einmal so sehr verlaufen hatte, dass ihn sein Vater nach einem halben Tag Suche verprügelte, als sei es um eine erzieherische Form von Todesstrafe gegangen.

Erwin verbannte alle abschweifenden Gedanken und konzentrierte sich auf den Wald. Bedingt durch die Tatsache, dass der Bramschebach parallel zum lang gestreckten Waldgebiet in einem Wiesental floss, lagen die ersten drei-, vierhundert Meter waldeinwärts auf ansteigendem Gelände. Mitten im Wald, das wusste Erwin, gab es dann einen plötzlichen Wechsel, eine Stelle, an der die Erde aufzubrechen, auseinanderzuklaffen schien. Der Riss reichte teils vier, fünf Meter in die Tiefe. Eine Klamm, allerdings nach ländlichem Maßstab: sanft trichterförmig, zwei Kilometer lang vielleicht, ein Graben also. Ein Graben, der den Waldboden mit einer Art Brötchenoberfläche versah. Diese trug ein dickes Polster schmierbrauner Buchen- und Eichenblätter. Der Schlitz oder Riss im Boden hatte nichts Scharfkantiges. Es war ganz einfach eine Stelle, an der das Laub wegsackte und Baumwurzeln in die Luft griffen. Am Grund des Grabens lag das Laub dann umso dichter und höher. Als Kind war Erwin durch diesen Riss gewatet, war teils bis zu den Hüften eingesunken. Der Gang war ein Kampf gegen Widerstände gewesen. Ein zähes Vorankommen. So wie das Leben. Er hatte diesen Spalt in der Erde kennengelernt. Ein Spalt, der ihn auf düstere Weise an das Märchen vom Rumpelstilzchen erinnerte ...

Rumpelstilzchen! Rumpelstilzchen!
Das hat dir der Teufel gesagt, das hat dir der Teufel gesagt, schrie das Männlein und stieß mit dem rechten Fuß vor Zorn so tief in die Erde, dass es bis an den Leib hineinfuhr, dann packte es in seiner Wut den linken Fuß mit beiden Händen und riss sich selbst mitten entzwei.

Erwin hatte sich verstecken können in diesem Riss. Er hatte sich vorgestellt, wie es einen Menschen zerriss. Der Riss hatte ihn aufgenommen ...

Lothars Geraschel holte ihn zurück aus seinen Gedanken. Er musste sich beeilen. Erwin steuerte jetzt gezielt den Ort im Wald an, an dem der Graben begann. Der Graben war das Tal. So musste es sein. Dante lenkte ihn:

Doch, als ich eines Hügels Fuß erreichte,
An welchem jenes Tal zu Ende ging,
Das mir das Herz mit solcher Furcht befangen,
Blickt' ich empor, und sah des Hügels Schultern
Bekleidet schon mit des Planeten Strahlen,
Der uns den rechten Pfad zeigt allerwege.

Die Verse hämmerten in seinem Kopf, schmiedeten Bilder.
Erwin ließ sich von Empfindungen, Erinnerungen, aus der
Tiefe kommenden Visionen leiten. Seine Gummistiefel
stapften ins Laub. Er warf mit jedem Schritt eine Welle von
Blättern empor. Eine Wut stieg aus der Tiefe: eine Wut, die
er nicht bestimmen konnte.

Er hatte sich entschieden, dem Graben von Nordwes-
ten nach Süden zu folgen, auf die Sonne zu. Der Spalt
endete etwa einen halben Kilometer östlich von Forsthaus
Tüchtevenne an einer ziemlich unwegsamen Stelle. Das
Forsthaus war ein altes Fachwerkhaus mitten in der Düsternis des Waldes. Und die Sonne war jetzt ein Punkt in
Erwins wirren Gedanken: ... *bekleidet schon mit des Planeten*
Strahlen ... Aber welcher Hügel war gemeint? Erwin konnte
sich beim besten Willen an nichts Hügeliges erinnern.
Da gab es im Wald keinen Hügel, an dem der Graben
endete.

Erwin stieg hinunter in den Grabenspalt und stapfte weiter. Er sank ein. Er wurde kleiner. Er war ein Kind. Er hörte
Stimmen. Die Stimmen der Verfolger. *Spasti! Spasti!* ... Sie
trieben ihm Bilder zu – Bilder von Verstecken. Erwin fröstelte. Sein Herz wummerte, die Schläge schienen wider-
zuhallen von nahen Wänden. Erwin war gefangen. Steine.

Die Steine flogen. Er wollte flüchten, den Boden, in dem er einsank, wollte er verlassen. Aber es ging nicht. Er musste weiter. Er musste sich konzentrieren ...

Aua! Auaaa! Nich werfen! Nich!! Neiiiin!!!

...

Fast eine Stunde lang quälte sich Erwin so voran. Lothar war immer irgendwo in der Nähe, auf der zweiten Ebene, am Rand des Grabens. Die Ente war ein gespenstischer Verfolger, der mit seinen kurzen Beinen die Tücken des engen, laubgefüllten Grundes mied. Das Tier, das so rätselhaft auf Erwin geprägt war, spürte in dieser Walddüsternis die Distanz zu Erwin und war deshalb umso bemühter, in seiner Nähe zu bleiben. Man hätte meinen können, dass die Ente die besondere Situation, in die Erwin geraten war, verstand und daher nachsichtig reagierte. Vielleicht war es auch so, dass Lothar geleitet war von einer höheren Form von Wahrnehmung. Jedenfalls war es Lothar, der plötzlich am Grabenrand Geschwindigkeit aufnahm, mit den Flügeln schlug und wild schnatternd vorausstürmte, halb um eine Kurve, einen Knick, um kurz darauf an einem Baum, der nicht einfach zu umrunden war, stehen zu bleiben.

Das entging auch dem in Wach-Albträumen dahinstiefelnden Erwin nicht.

Erwin sah hoch. Es war ein toter Baum. Irgendwann, vermutlich schon vor Jahrzehnten, war der Baum abgestorben. Er trug kein Laub mehr, nur hier und da grünte noch ein Blatt.

Der Baum ragte, wie auf einen Felssporn gestellt, über dem Graben auf, leicht nach hinten geneigt.

Die Hauptäste des Baums wiesen beinahe waagerecht zur Seite – nach links und nach rechts.

Der Baum glich einem Kreuz, einem gleichschenkligen Kreuz, das sich mit einiger Fantasie wegen seiner an den Enden abgewinkelten Spitzen von Ästen und Stamm und der knolligen Ausbuchtung der Wurzel in ein Hakenkreuz verlängern ließ. Die Abwinkelungen verliefen allerdings nicht alle in die richtige Richtung. Es war ein verkrüppeltes Hakenkreuz.

Ein Spastikerkreuz …

An der Stelle, wo die Hauptäste vom Stamm abzweigten – an der Herzstelle des Baums sozusagen –, sah Erwin das Zeichen.

Des Teufels Sieben.

Aufgequollen. Eine Wunde, vor vielen Jahren in frisches Fleisch geritzt. Eine Wunde, die mit dem Baum gewachsen war. Eine Wunde, die – sich wulstig vernarbend – das Holz darunter freigelegt hatte. Eine grässliche Wunde, die vielleicht dafür gesorgt hatte, dass der Baum in diese verkrüppelte Hakenkreuzform hineingestorben war.

Und hinter dem Baum öffnete sich eine Schneise, ein Lichtfeld, zum Himmel hin. Hier stieß die Sonne mit ihrem Schwert in den Grund des Spalts. Der Baum auf der Verwerfung des Spalts, auf diesem Sporn, stand dort wie auf einem Hügel.

Ja, es sah aus wie ein Hügel. Erwin hielt die Luft an.

Er stapfte einige Schritte zurück, um das Bild besser in den Blick zu bekommen.

Ein Schwindelgefühl erfasste ihn. Wieder tauchten Erinnerungen auf, Visionen von einem Gemälde, auf dem ein leuchtender weißer Hirsch mit Kreuz im Geweih aus dem Wald trat und dem Suchenden Führung gab.

Der Führer ...

Hier und jetzt war der Führer eine leuchtende weiße Ente gewesen.

Lass alle Hoffnung fahren

Erwin brauchte eine ganze Weile, bis sich seine Erstarrung löste. Dann aber ging alles sehr schnell. Nie zuvor hatte sein Gehirn so präzise gearbeitet. An der Stelle, wo der Graben einen Knick machte, tauchte der Untergrund leicht gegen den Sporn ab, bildete am Waldboden eine Kuhle. Erwin betrat sie und fing wie ein Irrer an, das tote Laub, das Gehölz, das dort wie ein lockerer Pfropfen lag, beiseite zu schaufeln. Mit beiden Händen griff er zu, wühlte sich, einem Wildschwein gleich, tiefer – und legte eine Bodenluke frei.

Erwin erhob sich, wischte sich mit dem Handrücken Schweiß von der Stirn. Die quadratische Bodenluke bestand aus dicken, dunklen Brettern mit schon angemoderter Oberfläche. An der linken Seite war ein rostiger Griff aufgeschraubt. Erwin hätte sich nicht gewundert, wenn auch die Luke das Zeichen der Sieben oder der Neun getragen hätte, doch da war nichts. Vielleicht hatte die Natur hier Spuren beseitigt.

Erwin bückte sich, zog an dem Griff.

Die Luke war schwer, aber sie ließ sich anheben.

Lothar blickte misstrauisch von der toten Wurzel des Baums herab.

Im Boden öffnete sich ein schwarzes Loch, ein gemauerter Einstieg, ein quadratischer Schacht mit in die Wand eingelassenen, rostigen Steigeisen. Erwin konnte nur einen Meter tief blicken.

Wer mochte das angelegt haben?

Nein, diese Frage stellte sich nicht. Erwin wusste, wer. Und es gab kein Zurück.

»Wart ma, Lothar«, hauchte er und begann den Abstieg in etwas, das dem Einstiegsschacht einer Kanalisation glich. Lothar reagierte äußerst beunruhigt auf Erwins Abwärtsbewegung und flatterte, trotz größter Sicherheitsbedenken, zum Grund der Kuhle hinab, watschelte verstört neben das Loch, schob den Kopf hinein.

»Is alles gut, Lothar«, dröhnte das Loch mit Erwins Stimme. »Bin gleich wieder da!«

Erwin hatte keine Ahnung, wie seine vom Schacht verzerrte Stimme auf die nervöse Ente wirkte. Aber Lothar harrte aus. Erwin erreichte unterdessen den Boden unter dem Einstieg und zog die Taschenlampe aus dem Parka. Wie gut, dass er sie eingesteckt hatte. Automatisch klopfte er auf seine Brusttasche. Ja, da waren die Ersatzbatterien. Und als Schweinerennstrecke würde man diesen Gang ja wohl nicht angelegt haben.

Hoffte er.

Der Lichtkegel der Lampe erhellte einen gemauerten, schrägwandigen Tunnel vom Querschnitt eines Trapezes: ein Tunnelgang, der, soweit Erwin das abschätzen konnte, etwa zwei bis drei Meter unter dem Waldboden verlief. Der Gang war an der Basis etwas mehr als anderthalb Meter breit, oben vielleicht noch einen Meter, und er war hoch genug, dass Erwin problemlos aufrecht stehen konnte. Der Gangboden verlief leicht geneigt, vermutlich in Richtung des Bramschebachtals. Feuchtigkeit, Pfützen und Schlamm-schlieren deuteten an, dass hier nach Regenfällen Wasser floss. Der Tunnel war alles andere als ein Meisterwerk mortaner Ingenieurskunst. Im bergwerksfernen Tiefland erfüllte er aber wohl seinen Zweck.

Nur: Welchen Zweck?

Erwin strahlte die Tunnelwand ab. Die Konstruktion schien ihm einfach und effektiv zu sein – was bedeutete, dass sie nicht sehr schön war. Rohe Mauersteine von mehr oder weniger gleicher Größe waren mit dazwischen eingestreuten Ziegelsteinen aufeinandergeschichtet worden, leicht zum Tunnelinneren hin geneigt. Der obere Abschluss bestand allerdings nicht aus einem Mauerbogen, sondern aus aufgelegten, dezimeterdicken Holzbohlen, wie man sie früher für Eisenbahntrassen verwendet hatte. Vermutlich hatten die Erbauer dieser Tunnelanlage das Material irgendwo mitgehen lassen.

Wann war das alles angelegt worden? Bereits unmittelbar nach dem Krieg? Von 16-jährigen Kampfbegeisterten? Damals, als Wilhelmine Rickmers verschwunden war?

Zwischen den dicken Eichenbohlen an der Tunneldecke quoll lehmig-tonig Boden hervor. Trotz allem schien die Anlage recht stabil zu sein. Die Neigung der Wände und die aufgelagerten Bohlen wirkten solide. Nirgends war die Decke eingestürzt oder ein Teil der Seitenwand eingefallen.

Erwin suchte nach Hinweisen, die ihm verrieten, in welche Richtung er sich orientieren sollte. Oben schnatterte Lothar, und Erwin beruhigte ihn.

Der Schein der Taschenlampe glitt über einen größeren

Mauerstein, zeigte für einen Sekundenbruchteil das Muster eines ungewöhnlichen Schattenwurfs. Erwin stutzte, bestrich die Fläche erneut.

Tatsächlich: Da war eine Markierung, etwa fünfzehn Zentimeter hoch, mit groben Meißelhieben in den Stein getrieben. Ein spitzwinkliges Fähnchen, das wie ein Pfeil nach rechts wies, angebracht auf der Tunnelwand genau unterhalb des Einstiegsschachts. Sollte Erwin also nach rechts aufbrechen?

Lothar. Er entschloss sich, Lothar zu holen. Erwin hatte nicht damit gerechnet, in einen Tunnel zu geraten, dessen Ausmaß er noch gar nicht abschätzen konnte. Wenn er hier unten eine längere Strecke zurücklegen musste, dann nicht ohne Lothar. Sollte er sich verirren, wäre Lothar sicher in der Lage, zum Ausstieg zurückzufinden. Wenn es darauf ankam, glich Lothars innerer Kompass dem eines Zugvogels.

Erwin kletterte die Steigeisen wieder hinauf und steckte den Kopf ins Freie. Lothar näherte sich glücklich und mit zärtlichen Absichten. Erwin zog aus der Parkatasche eine Handvoll Körnerfutter und sprach mit ihm: einfache Worte, wie geschaffen für die Kommunikation zwischen Ente und Mensch.

Tatsächlich ließ sich Lothar überzeugen und von Erwin, der nun bis zu den Hüften aus dem Einstiegsschacht herausragte, unter den Arm nehmen. Dann stieg Erwin vorsichtig – er hoffte, dass keines der Steigeisen durchgerostet war – auf den Tunnelboden hinunter, wo er die Ente wieder absetzte.

»So, Lothar, jetz kuckn wir mal.«

Zögerliches Schnattern.

»Is ja Licht hier. Die Lampe, weißte?«

Lothar blieb skeptisch, hielt sich am Rand des Taschen-
lampenscheins. Die Mitte des Lichtkegels war ihm offenbar
nicht geheuer. Er leuchtete ja irgendwie selbst, vermutete
vielleicht unerwünschte Interferenzen. Vielleicht war er in
diesem Moment aber auch nur unsicher.

Erwin und Lothar bewegten sich langsam in die Richtung, die der Pfeil ihnen wies. Als sie etwa 20 Meter zu-
rückgelegt hatten, änderte sich etwas. Die Tunnelwände
waren nun noch roher gearbeitet. Der Gang senkte sich
leicht zu einer lang gestreckten Kuhle hin, in deren Mitte
Erwin Wasser vermutet hätte, aber der Boden dort war
trocken.

Lothar schnatterte, drängte sich heran. Erwin wunderte
sich, bremste ab. Irgendetwas in seinem Gehirn flüsterte
den Befehl, vorsichtig zu sein. Aber da war es auch schon
zu spät. Knirschend gab der Boden nach. Mit einem Auf-
schrei stürzte Erwin in die Tiefe. Es gelang ihm grade
noch, im Fallen eine reflexartige Drehung zu vollführen
und sich mit ausgebreiteten Armen am Rand des Abbruchs
festzuhalten. Ein zuckender Schmerz ließ ihn fürchten,
dass er sich den Brustkorb aufgerissen und beide Arme gebrochen hatte. Doch er konnte die Muskeln anspannen
und sich sogar ein Stück hochziehen, keuchend, fluchend.
Die Knochen waren also heil geblieben. »Scheiße! Scheiße!«, stöhnte er und zog seinen Oberkörper ruckweise auf
den Boden des Tunnelgangs zurück, mit den Füßen an der
Bruchkante Halt suchend, bis er in der Lage war, sich mit
Beinkraft aus dem Loch zu hebeln, aufzustehen und den

Schaden an sich selbst und an der Einbruchstelle zu betrachten.

Was seinen eigenen Schaden betraf, bestand dieser vor allem aus einem Riesenschreck, aufgeschlagenen Fingerknöcheln und diversen schmerzenden Stellen an Bein- und Armknochen. Die Taschenlampe hatte Glück gehabt. Erwin hatte sie instinktiv so fest umklammert gehalten, dass die umklammernde Hand – vor allem an den Knöcheln – all die Wucht abbekommen hatte, die die Lampe wohl zerstört hätte.

Erwin selbst hatte allerdings noch viel mehr Glück gehabt. Als er zitternd wieder aufrecht stand und den Lichtkegel auf das Loch im Boden richtete, keuchte er noch einmal: »Scheiße! Scheiße!« – im Ton echten Entsetzens. Das Loch war eine Falle gewesen, abgedeckt mit dünnen, im Lauf der Zeit auch noch morsch gewordenen Brettern sowie einer dünnen Lage Sand und Kies. Am Boden des Lochs ragten Eisenspitzen empor, etwa einen halben Meter hoch. Eisen von irgendwelchem alten Ackerbearbeitungsgerät, spitz und dünn und verrostet.

Für Erwin sahen die Eisenspitzen aus wie überzogen von geronnenem Blut.

Er konnte es nicht fassen. Um ein Haar wäre er tot gewesen. Lothar hatte ihn warnen wollen. Hätte er nicht gezögert, weil Lothar geschnattert hatte, er …

Das Zeichen an der Wand. Es hatte ihn gradewegs Richtung Falle geschickt. Mit wackligen Knien und einer stummen, verschreckten Ente im Gefolge ging Erwin zurück zu der Stelle mit dem Zeichen. Der Fähnchenpfeil wies nach rechts, eindeutig. War der Weg zum Ziel – welches Ziel auch immer – mit Todesfallen gespickt?

Aber was, wenn er nun die andere Richtung wählte? Sollte er nicht zumindest nachsehen, ob im Tunnel rechts vom Einstiegsschacht, wo sich die Fallgrube befand, weitere Spuren oder Hinweise zu finden waren? Vielleicht endete der Tunnelschacht dort schon nach wenigen Metern. Dann hatte er zumindest Gewissheit, dass er dort nichts finden würde.

Machten diese Überlegungen Sinn?

Erwins Gedanken summten. Seltsamerweise aber dachte er nicht eine Sekunde lang daran, das Unternehmen abzubrechen. Er hatte sich in Gefahr begeben, und er würde vor dieser Gefahr nicht davonlaufen. Er musste darauf zusteuern, auch wenn er sich über den richtigen Kurs noch nicht im Klaren war.

Erwin wollte nun nichts mehr dem Zufall überlassen. Jeder weitere Schritt begann mit vorsichtigem Voraustasten des Fußes und genauer Bodenprüfung. Außerdem achtete Erwin auf etwaige Regungen Lothars. Der Spürsinn der Ente war etwas, das Erwin aufrichtig bewunderte. Lothar hatte Anteil an einer höheren Wahrheit und war dennoch ein Wesen von größter Bescheidenheit geblieben. Solches Verhalten zeichnete Heilige aus.

Erwin kam nur langsam voran. Er prägte sich alles ein, was ihm im Lichtkegel der Lampe auffällig erschien. Über die nächsten 400 oder 500 Meter beschrieb der Gang einen Bogen. War der Tunnel vielleicht ringförmig angelegt worden und lief nun von der anderen Seite auf jene Grube mit Eisenspießen zu? Was dann? Oder führte der tatsächliche Weg als Geheimgang irgendwo hinter der Tunnelwand entlang? Musste man einen Stein drücken, woraufhin sich

253

knirschend und knarrend ein Teilstück der Wand öffnete? Von solchen Mechanismen hatte Erwin gehört – nein, gelesen. Hatte er Zeichen übersehen? Gab es vielleicht gar keine Zeichen? Musste man wissen, wie die Anlage konstruiert war, um ins Herz dieser Finsternis vorzudringen?

Und dann gab es da eine Frage, die Erwin immer drängender erschien: War dieser schier endlos lange Tunnel tatsächlich von nur wenigen angelegt worden? Das konnte doch nicht alles das Werk einer kleinen Truppe fanatisierter Kinderkrieger gewesen sein? Um alles dies zu bauen, brauchte es ein ganzes Netzwerk von Helfern. Und der Bau musste ziemlich lange gedauert haben. Vielleicht waren sie jahrelang mit den Arbeiten beschäftigt gewesen. *Des Teufels Neun* oder *Des Teufels Sieben* – plus ihre Helfer. Mitglieder eines Netzwerks, die sich mittels Geheimzeichen verständigten.

Es war alles so rätselhaft …

Ob Lothar verstand, was Erwin hier unten suchte?

Das Gespinst aus Fragen zerriss, als im Lichtkegel eine Gabelung auftauchte. Die Gänge verzweigten sich, liefen in rechtem Winkel auseinander. Etwa auf Augenhöhe der Wände sah Erwin, wonach er so sehr gesucht hatte: Zeichen, eingemeißelte Botschaften.

Wie sollte er sie deuten? Den Gang nach rechts markierte eine Art halbierter Pfeil: Es war ein senkrechter Strich – der Schaft des Pfeils – mit zwei an der Spitze rechtsseitig nach unten abgewinkelten kürzeren Strichen. Ein Pfeil mit halbierter Doppelspitze sozusagen. Der nach links abzweigende Gang zeigte einen nach rechts weisenden Doppelpfeil, eine Art spitzbrüstiges B.

Erwin war ratlos. Was sollte das? Welche Botschaft verbarg sich da? Wies der halbe, aufrecht stehende Doppelpfeil den richtigen Weg? Oder galten die Doppelpfeile des spitzbrüstigen B, die ihm irgendwie als Pfeile in Vollform erschienen? Oder hatten diese Zeichen so unterschiedliche Bedeutungen wie in der Alltagswelt die Zeichen des Straßenverkehrs?

Von dem Erwin wenig bis gar nichts verstand.

Je länger Erwin über die Markierungen nachdachte, desto mehr Deutungsmöglichkeiten sah er. Er hätte nun auch würfeln können. Also fällte er eine Entscheidung aus dem Bauch und wählte den Gang nach links – folgte dem Wink des spitzbrüstigen B.

Nach etwa 200 Metern durch einen wiederum gekrümmten Stollen dachte er, dass es vielleicht besser gewesen wäre, eigene Markierungen anzubringen, um irgendwann den Rückweg durch dieses Labyrinth zu finden. Zwar vertraute er auf Lothar, doch ihm war wesentlich wohler, wenn er zusätzlich sich selbst vertrauen konnte.

Erwin machte kehrt, legte am Boden des Abzweigs einen in Wegrichtung gebogenen Pfeil aus Steinchen, ging zu der Stelle zurück, an der er haltgemacht hatte, und setzte seinen Weg fort.

Ein kurzes Stück nur verlief die Strecke schnurgerade, dann kam die nächste Biegung, lang gestreckt, schier endlos. Immer wieder erblickte Erwin nun Spuren von Feuchtigkeit am Boden, abgelagerten Lehm, Wasserpfützen. Vielleicht hatte das mit dem Grundwasserspiegel zu tun? Da der Wald allerdings erhöht lag und der Graben in seiner Mitte kaum tief genug war, um diese Erhebung auszugleichen, war sich Erwin nicht sicher. Überhaupt blieb ihm manches rätselhaft. In den Lehmflächen tauchten hier und da Spuren auf, Schleifspuren und Abschnitte, wo das feste Material wie frisch gelockert wirkte. Als Erwin dann an einer Stelle, an der sich der Tunnelquerschnitt im Kopfbereich verengte, auf Fußspuren, die Abdrücke von Stiefelsohlen stieß, war er wie elektrisiert. Ein jäher Impuls trieb ihn an, auf diese Spuren zuzueilen ...

Da meldete sich plötzlich Lothar, warnend.

In Erwins Kopf hämmerte es. Nur für einen Augenblick hatte er die Kontrolle verloren, und wieder war es an einer Stelle gewesen, wo dies tödlich hätte enden können. Etwa zwanzig Zentimeter oberhalb des Bodens verlief ein dünner Draht, zwischen zwei Bolzen gespannt. Deren Köpfe verbargen sich links und rechts des Gangs in einem Mauerspalt. Erwin trat zögernd näher, Lothar hielt sich zurück. Dort, wo der Stollen oben schmaler wurde, ragte ein Mauerkeil schräg in den Gang, nur etwa einen halben Meter jenseits des Drahts. Ein Mauerkeil mit einem faustgroßen Loch darin.

Erwin berührte den Draht mit der Taschenlampe.

Nichts.

Dann drückte er fester. Der Draht spannte sich. Ein metallisches Geräusch, ein Klang wie von einer angerissenen Sehne, sprang aus dem Stein, und mit schrecklichem Geschepper sauste von oben herab etwas Schwarzes in den Gang, prallte unten an die gegenüberliegende Mauerseite. Erwin schleuderte zurück, zu Tode erschrocken. Lothar floh mit Geschnatter und Flügelschlagen einige Meter in die Dunkelheit hinein. Im Gang lag eine Art Speer. Oder war es eine Harpune? Die etwa 20 Zentimeter lange dunkle

Metallspitze trug einen hässlichen doppelten Widerhaken, der an das Symbol erinnerte, dem Erwin nicht gefolgt war. Wäre er über den Draht gestolpert, hätte er diese Harpune nun wohl ziemlich genau auf Brusthöhe und bis zum Holzschaft des Speeres im Leib stecken.

Todesfalle Nummer zwei.

Und ein zweiter Grund, Lothar einen Orden zu verleihen. Die Wachsamkeit der Ente hatte ihm erneut das Leben gerettet. Das Tier kam aus dem Dunkel zurück, watschelte aufgeregt um Erwin herum. Lothars Nervenruhe hatte in der vergangenen Stunde sehr gelitten. Doch Erwin wollte noch immer nicht aufgeben. Nachdem er Lothar halbwegs beruhigt hatte, betrachtete er die Bolzen im Mauergefüge genauer. Der Draht war links und rechts in einer Schlaufe um die Bolzenköpfe gelegt, die beide wiederum schräg nach vorne wiesen, in die Richtung, aus der Erwin kam. Der Bolzen an der dem Schussloch gegenüberliegenden Wand ließ sich mit einem winzigen Hebel entsichern. Wenn man den Hebel umlegte – das probierte Erwin mit neuem Todesmut aus –, dann ließ der Bolzen sich nach innen, zum Gang hin, kippen, sodass man den Draht lösen konnte.

Ohne den Schuss auszulösen.

Wer sich auskannte mit der Anlage, konnte hier problemlos durchmarschieren.

Erklärte das die Fußabdrücke?

Oder war Erwin in den falschen Gang eingebogen, als er sich für das spitzbrüstige B entschieden hatte? Nichts, aber auch gar nichts an diesen verfluchten Zeichen ließ irgendwelche sicheren Schlüsse zu. Wie viele Todesfallen gab es hier denn noch?

Erwin beschloss, zurückzugehen und den anderen Gang zu nehmen. Es war ein Akt von Hilflosigkeit. Vielleicht fürchtete er sich mehr, als er es sich eingestand. Es konnte ja gut sein, dass der Weg zum Ziel durch Todesfallen geschützt war. Wenn er ihnen aber auswich, kam er womöglich nie an.

Musste er etwa Prüfungen bestehen?

Ein aberwitziger Gedanke, den Erwin sofort verdrängte. Er machte kehrt und wählte den Gang mit dem aufrecht stehenden, halbierten Doppelpfeil. Der Gang war wesentlich kürzer als der davor, verlief aber ebenfalls in einer Kurve. Nach weiteren 300 oder 400 Metern Wegstrecke teilte auch dieser Tunnelabschnitt sich in einen nach links und einen nach rechts abzweigenden Gang. Und wieder waren da markierende Symbole. Links entdeckte Erwin zwei Dreiecke, deren Spitzen aneinanderstießen: Dreiecke beim Kuss sozusagen – oder, für fantasielose Menschen, ein X mit begrenzenden Seitenstrichen. Das Zeichen für den rechten Gang glich deutlich einem M. Erwin folgte, wegen seiner Fantasie, dem M. Es hatte mit seiner Vorsicht beim Thema Küssen zu tun. Die spitzen Brüste waren ja auch schon ein Fehler gewesen.

Lothar watschelte stumm hinterher.

Der Weg erschien Erwin nun nochmals kürzer. Nach wenigen Metern schon verlief er gradlinig, in eine Senke hinein, zunächst steil abwärts, dann weniger steil – und schließlich ging es wieder bergauf. Auch das Profil des Weges änderte sich, bekam etwas Halbrundes, die ganze Anlage erinnerte plötzlich an das Profil einer …

Erwin brach der Schweiß aus. Führten ihn seine Visionen

an der Nase herum? Bilder aus der Kindheit kamen hoch, Comic-Bilder. Ausgerechnet Bilder aus den Donald-Duck-Heften, die er nur heimlich anschauen konnte. Bilder von Enten in spanischen Rüstungen. Da gab es diese Geschichte vom Gold der Inka, der Festung in den Anden, gesichert durch eine gigantische Kugelbahn, mit deren Hilfe die verbliebenen Festungsbewohner Eindringlinge abwehrten. Eine Felskugel, die eine Bahn herabrollte und alles auf dem Zugangsweg zermalmte ...

Erwin verließ den Gang fluchtartig. Er wollte gar nicht wissen, ob seine Vorstellungskraft ihm einen Streich gespielt hatte. Er begann Nerven zu zeigen, dachte an eine weitere Todesfalle, die der Autor des Comics sich ausgedacht hatte: ein sensendes Riesenmesser, das Eindringlingen die Köpfe abschlug. Worauf musste er also achten? Auf einen breiten, langen Schlitz in der Stollenwand? Hatten die Teufelssoldaten ihre Mordlust von Comic-Heftchen anregen lassen? Aber war es nicht vollkommen irrwitzig, dass diejenigen, die einen englischen Roman als Verrat an einem stiefeltragenden Deutschland empfanden, sich von einer amerikanischen Ente inspirieren ließen?

Waren seine Vermutungen nicht reichlich überhitzt?

Die Bilder in seinem Kopf ließen sich nicht mehr stoppen. Aber genau dieser Zustand führte schließlich zu dem erlösenden Geistesblitz. Erwin erlebte ihn, als er in dem mit sich küssenden Dreiecken gekennzeichneten Gang auf den nächsten Abzweig stieß und dort nochmals auf neue Zeichen.

Mit einem Mal kam er sich dumm vor.

Dumm, dumm, dumm – und blind.

Erst jetzt fiel ihm das Offensichtliche auf: Diese seltsamen Symbole – diesmal ein senkrechter Strich mit zwei nach oben weisenden Seitenstrichen rechts sowie ein Zeichen, das irgendwie an eine Krippe erinnerte oder an ein X mit spitzem Dach – das waren Runen. Natürlich. Paul-Gerhard Bartelweddebüx hatte Runen gemeint. Der Weg hier unten war mit Runen gekennzeichnet! Erwin hatte doch ...

Ein Gefühl wie aus Eis und Hitze zugleich erfasste ihn.

Er griff in die Tasche seiner Trainingshose.

Die Notizen!

Den Zettel, den er hastig eingesteckt hatte, als der Kommissar und seine Helfer die Akten Friedhelm Düsediekers, des erfolglosesten Polizisten, den Versloh jemals beschäftigt hatte, abholen gekommen waren ...

Tatsächlich: Erwin hatte den Zettel dabei, hielt ihn in seinen zitternden Fingern. Lothar, der die ganze Zeit über stumm gewesen war, hoffte auf das Ende aller Lebensbeendungsversuche und näherte sich, als vermutete er Essbares. Erwin faltete den Zettel auf, starrte darauf. Mit der freien Hand suchte er in den Krümelablagen des Parkas nach Resten von Körnerfutter. Die Bewegungen erstarrten jedoch.

Es waren Runen. Der halbierte Doppelpfeil, das Fähnchen, das spitzbrüstige B, das M, das Krippenzeichen und die sich küssenden Dreiecke:

Runen.

Runen für die Buchstaben A, B, D, E, F, O und W. Wie hatte er das übersehen können? Der Fähnchen-Pfeil am Tunneleinstieg war ein W gewesen. Wer Runen nicht kannte oder in diesem Stollen nicht erwartete, fiel womöglich darauf herein, folgte einem Pfeil und lief in die Falle. Bums – aufgespießt. Erwin rekapitulierte seinen Weg. Er war zunächst in Richtung des Runen-W gegangen. Dann war er an der Grube mit den Spießen umgekehrt und zu einer Einmündung gekommen, von wo aus ein Runen-B und ein Runen-A abgingen. Er hatte das B gewählt – den Gang mit der nächsten Falle –, danach das A. Dann war er zum Abzweig Runen-D und Runen-E gelangt, hatte E gewählt und hatte dem Weg nicht getraut. Schließlich war er über Runen-D zu diesem Abzweig gekommen. Hier stand er vor der Wahl: Runen-F oder Runen-O.

Wo lag der Sinn?

Waren die Runen oder die Buchstaben Abkürzungen?

Hatten die Tunnel eigene Bezeichnungen?

Dienten Runen ihrer Nummerierung, vielleicht in einer bestimmten alphabetischen Reihenfolge? Oder standen sie für …?

Ja natürlich! Erwins Herz geriet vor Aufregung ins Stolpern. Die Namen: Es waren die Namen von … Erwin setzte sich an die Stollenwand, drückte sich den Notizzettel aufs Knie, klemmte sich die Taschenlampe unter die linke Wange und memorierte mit zittrigen Buchstaben: A wie Adolf Gerkensmeier, B wie Bernhard Lappenbusch, D wie Dietrich Westersoetebier, E wie Erich Achelpöhler, F wie Friedhelm Düsedieker, O wie …

Wer war O?

Und W?

Die Fallen: W, B und E waren Gänge mit Fallen gewesen. Bernhard Lappenbusch und Erich Achelpöhler hatten zum Bund der Neun gehört – nicht aber zum Bund der Sieben. Sie waren ausgestoßen worden. Man redete nicht über sie. Versloh-Bramschebeck hatte diese Namen aus der eigenen Chronik getilgt. Erwin erinnerte sich an Arnos Reaktion, als er ihn auf die Namen angesprochen hatte: Schweigen, Abwehr, Unsicherheit.

Und W?

Wilhelmine Rickmers?

Wilhelmine, die Lehrerin, die den neun – oder sieben – Teufeln zum Opfer gefallen war. Die Ermordete. War auch O jemand, der Widerstand geleistet oder den Zorn der von nationalem Wahnsinn befallenen Untergrundarmee auf sich gezogen hatte? Waren O, B und E ebenfalls ermordet worden? Gab es weitere Tote? Erwins Erkenntnisse hatten sich jetzt aus allen Fiebrigkeiten befreit, standen klar und deutlich vor seinem inneren Auge: Der nächste Gang, den er nehmen musste, war der Gang mit der Rune F – wie Friedhelm: des Teufels Polizeiwachtmeister mit dem behinderten Sohn. Einem Sohn, der niemals Polizist werden konnte. Obwohl man ihn täglich mit dem Gürtel verprügelte. Die Namen der Teufel erschienen in alphabetischer Reihenfolge. Die Zeichen der Getreuen: sieben Namen, sieben Runen. Das W am Anfang hatte vielleicht damit zu tun, dass mit dem Mord an Wilhelmine Rickmers alles begann, 1946 ...

Oder war Wilhelmine ganz besonders verhasst gewesen?

Bei wem? Bei Paul-Gerhard, dem General der Teufel? Dem Oberteufel?

Wilhelmine und Anni – Anni und Wilhelmine. Anneken, Anne ... *Wuthering Hights. Die Sturmhöhe* – das Buch mit den Liebesdramen ...

Erwin fiel auf, dass ein Gang mit der Rune P, wenn er die Liste der laut seiner Theorie noch zu erwartenden Tunnelgänge fortsetzte, der letzte sein würde.

Worauf würde er stoßen, am Ende von Gang P, wenn denn alles so stimmte, wie es sich Erwin bei schlechtem Licht mit klopfendem Herzen und nasser Hose ...

O verdammt! Erwin sprang mit rudernden Armen hoch. Er hatte sich, ohne nachzudenken, auf den Tunnelboden gesetzt, und nun brachte ihn kalte Feuchtigkeit am Gesäß zurück in die Wirklichkeit. Lothars Nervosität meldete sich ebenfalls zurück, als Erwin wie aufgeschrecktes Geflügel mit den Armen fuchtelte und fluchte.

Sie mussten weiter. Erwin steckte den Notizzettel ein, wechselte die Taschenlampen-Batterien und wandte sich Gang F zu.

Seine Vermutung schien richtig zu sein: F war ein ungefährlicher Gang. Friedhelm Düsedieker hatte sich als Polizist und Mitglied des Teufelsbundes nichts zuschulden kommen lassen – was ein merkwürdiges Licht auf seine Polizeiarbeit warf. Der F-Gang war fallenfrei. Und wie erwartet prangte an der nächsten Tunnelgabelung die Rune für den Buchstaben G, Günther Mickenbecker: ein X. Die zweite Markierung – die für den Tunnelabschnitt mit Todesfalle – war die Rune für ein N: ein Kreuz mit schräg gestelltem Querbalken. Es erinnerte Erwin an ein Männchen mit zum Hitlergruß erhobenem Arm – ein lächerliches, bizarres und doch todernstes Bild.

Wer war N gewesen?

Ob Erwin das jemals herausfinden würde? N – O – und wer würde noch Unbekanntes folgen? Er stellte sich einen Berg voller Knochen vor, auf dem der Wald wuchs; Wald, der alles verdeckte: der Bramschewald ... der Buchenwald ...

Weiter, dachte Erwin. Nur weiter. Er hatte ein Ziel vor Augen. Sie erreichten die Gänge mit den Runen H – für Horst-Eberhard Thiesbrummel – und für einen Unbekannten, dessen Vorname mit Z begann: ein Männchen mit erhobenen Armen. Der Karl-Husemann-Rune (ein Pfeil in Form eines mathematischen Kleiner-Zeichens) stand im zweiten Gang das gezackte S zur Seite, das Erwin aus so vielen Büchern über den Schrecken kannte. Den Namensträger, das mögliche Opfer, kannte er nicht.

Schließlich folgte der Gang mit dem Runenzeichen für P. Erwins Theorie hatte sich bestätigt. Und er staunte, denn dieser hoffentlich letzte Tunnelgang trug sogar – vielleicht sollte es die besondere Stellung Paul-Gerhards hervorheben – die Doppelmarkierung P und G.

Die P-Rune erinnerte Erwin an eine Klammer. Und irgendwie auch an einen Galgen, der sich im Wasser spiegelte ...

Erwin fiel etwas auf. Sie hatten viele Wege genommen. Alle waren in einem Bogen verlaufen. Die Richtung dieser Bögen hatte nie gewechselt. Die Strecken waren allerdings kürzer und enger geworden ...

Was hieß das?

Waren Lothar und er in einer Spirale unterwegs gewesen? Zu einem Mittelpunkt hin?

Ihr Weg endete an einer Tür: an einer unter der Erde fest in den Mauerverbund des Stollens einbetonierten Stahltür. Einer schwarzen Stahltür mit weiß aufgemalten Runen. Sie bildeten den Spruch:

Lass, der du eintrittst, alle Hoffnung fahren.

An dieser Tür hätte Erwin sofort erkannt, dass es sich um Runen handelte. Das SS-Zeichen des ersten Wortes war verräterisch.

Als Erwin die Tür sah, befürchtete er – oder hoffte er es? –, dass sich das Öffnen als Problem erweisen würde. Doch die Tür war unverschlossen. Erwin drückte gegen das schwere Stahlblatt. Es gab nicht einmal einen Laut von sich, als es nach innen aufschwang.

Man hatte ihn erwartet.

Plötzlich überkam ihn Panik. Für Sekunden hatte er tatsächlich das Gefühl, alle Hoffnung fahren zu lassen ...

Aber Lothar trat ein. Da musste er wohl folgen.

Im inneren Höllenkreis

Helligkeit. Kaltes Licht. Eine Halle. Erwin traute seinen Augen nicht: Er betrat einen Raum vom Ausmaß einer ausgedehnten Lagerhalle, einen Raum auf Stützpfeilern. Unter der Decke hingen hässliche Leuchtröhren, die ein totenweißes, hier und da schmutzig-gelbliches Licht ausstrahlten. Die sterile Helligkeit sparte in der Mitte der Halle eine Art Glaswürfel aus, der im Halbdunkel matt grünlich wirkte – ein Würfel von der Trübnis eines Ententeichs. Ein Würfel, um den herum die Deckenleuchten ausgeschaltet waren. Die Halle war nicht sehr hoch, kaum höher als ein normales Zimmer, dafür aber ausgedehnt. Erwin stellte erstaunt fest, dass sich die Rückwand der Halle irgendwo jenseits des Einsehbaren verbarg. Das hatte wohl auch mit den Regalen zu tun, die hier blockweise verteilt aufgestellt waren: Metallregale, gefüllt mit Kisten, Kästen, Wannen, Kleinteilen und dergleichen.

Metallregale, an deren Seiten vergrößerte Fotos hingen. Alte, braunstichige Aufnahmen von Milchbärten in Uniform, das Gewehr geschultert, den Hintern zusammengekniffen, die Beine durch- und die Brust rausgedrückt und natürlich den Arm erhoben. Ein Volk, ein Reich, ein paar fünfzehnjährige Vollidioten und ein Führer auf Höllenfahrt.

Waren sie das? Die Kinderstürmer? Adolf, Bernhard,

Dietrich, Erich, Friedhelm, Günther, Horst-Eberhard, Karl und Paul-Gerhard?

Erwin konnte die Namen längst aufsagen wie ein kleines Einmaleins.

Was in den Regalen gelagert wurde, erkannte er noch nicht.

Lothar schien sich über die Halle zu freuen. Vielleicht lag es am Licht. Die Ente eilte verhalten schnatternd hin und her und setzte nach einigem Flügelstrecken zu einem kleinen Erkundungsspurt an.

»Lothar?«, rief Erwin mit warnender, zugleich unterdrückter Stimme. Jemand hielt sich hier auf. Man wartete auf ihn. Der Gedanke an eine Falle tickte unaufhörlich in Erwins Hinterkopf. Die Kindersoldaten blickten ihn an. Ein Totenlächeln. Ein blödsinniges Lächeln, das den Unterschied zwischen Sandkasten und Manövergelände nicht kannte. Die Ruhe log. Alles war still, bis auf das feine Summen der Leuchtröhren. Erwins Warnruf an Lothar rollte lauter dahin, als er gedacht hatte.

»Lothar!«, versuchte er es ein zweites Mal, leiser, mahnender. Lothar, diese Unglücksente, gehorchte nicht. Erwins Sorge wuchs. Lothar hatte überhaupt keinen Begriff von der Gefährlichkeit politischen Irrsinns. Erwin selbst hatte grade erst angefangen zu begreifen, wie viel Verrücktheit auf zwei Beinen möglich war. Auf zwei Menschenbeinen – nicht auf zwei Entenbeinen. Erwin hätte Lothar nicht mitnehmen dürfen. Voller Gewissensbisse schlich er in die Halle hinein. Die Eingangstür hatte ihm die Illusion vermittelt, bei Gefahr flüchten zu können. Ziemlich erfolgreich hatte sein Gehirn verdrängt, dass er in der Falle saß, so oder so. DieTunnelgänge boten kaum Möglichkeiten, Verfolgern, noch dazu solchen, die sich hier unten auskannten, zu entkommen. Und Lothar …?

Erwin ging vorsichtig weiter, näherte sich den Regalen. Wo genau befand er sich? Und wieder meldete sich die Frage nach der Zahl der Helfer, die notwendig gewesen waren, dies alles zu errichten und einzurichten.

Wie viele Helfer? Wie viele schmutzige Hände?

Wie lange gab es das schon? Weshalb wusste davon niemand? Oder wusste man davon, und …?

Von Lothar kamen scharrende Geräusche. Er war zwischen den Regalen verschwunden. Erwin sah jetzt, dass den Metallpfosten der Regale alte Wehrmachtshelme aufgesetzt waren. Es erinnerte Erwin an Bilder, die er von Soldatengräbern gesehen hatte, und verwandelte die Regale mit den Fotos daran in makabre Gedenkstätten. Auch an den Stützpfeilern der Halle hingen Helme. Rostige Helme, mit Nägeln durchschlagen, festgenagelt. Nägel in fehlenden Köpfen …

Bizarr.

Was war das für ein Geruch? War das Öl? Nein, es roch seltsam süßlich-scharf, fast stechend. Wie Desinfektionsmittel. Merkwürdig …

War Lothar deshalb so aufgekratzt davongelaufen?

Nervös schaute Erwin zwischen die Regale. Lothar blieb unauffindbar. Noch immer war alles ruhig. Erwin wusste, dass es ein Fehler gewesen war, die Halle zu betreten. Ein Fehler, der von Sekunde zu Sekunde größer wurde. Es mussten Menschen in der Nähe sein. Erwin fühlte, wie die Panik zurückkehrte. Panik, die sich in seinem überhitzten

Kopf mit leiernder Marschmusik ankündigte. Ausgerechnet mit dieser bescheuerten Dorfkrug-Heimatabend-Groschen-grab-Marschmusik.

Marschmusik – Arschmusik ...

Weshalb konnte er seinen Kopf nicht ruhigstellen? Die Fotos der Kinderstürmer. Man musste sein Eindringen in diese Unterwelt doch bemerkt haben. Es war so unwirklich und bizarr ...

Er stockte.

Waffen?

Erwin war zwischen zwei der metallenen Regale getreten, die sich vom Boden bis fast zur Decke erhoben. Die offenen Kisten, in die er nun starrte, enthielten Waffen. Gewehre. Pistolen. Unterschiedliche Fabrikate. Und jede Menge Munition. Erwin kannte sich mit Militärgerät ganz und gar nicht aus. Er erkannte aber, dass alle diese martialischen Dinge fabrikneu waren. Die Kisten stapelten sich in den Regalen auf drei Etagen. Die Kisten ganz oben konnte er nicht einsehen. Auf manchen leuchtete in Signalrot das Symbol für Explosivstoffe. Erwin schritt die Regalreihen ab, mit pumpendem Herzen. Gewehre, noch mehr Gewehre, Patronengurte, Patronenschachteln, alle möglichen Kaliber, Handgranaten, Sprengstoff ... Hier lagerten Tonnen von Waffen, Sprengstoffe, Granaten, Panzerfäuste, Maschinenge-wehre, noch mehr Handgranaten, unzählige Handgranaten in Eierform. Versloh hätte Krieg führen können gegen den Rest der Welt – die Verluste der Welt wären enorm gewesen. War er auf das Lager einer Bande von Waffenschmugglern gestoßen? Was konnte das alles zu tun haben mit dem Kin-dersturm von 1945? Die rostigen Helme, die weihevoll um-

rahmten alten Fotos ... Diese Waffen waren hochmodern.
Keine einzige stammte aus dem Zweiten Weltkrieg. Auch
wenn Paul-Gerhard Bartelweddebüx etwas Teuflisches an
sich hatte: Der Mann war zu alt und zu gebrechlich, um
einen Waffenhandel zu betreiben. Vielleicht hatte das Lager
hier ganz und gar nichts zu tun mit dem Heimatabend und
dem betrunkenen Absingen alter Kriegslieder ...

Erwin spürte, dass er versuchte, sich aus der Wahrheit
herauszumogeln. Dieser Raum hier war Wahrheit. Und er
war Irrsinn. Wahrheit und Irrsinn: die Fotos, die Helme,
der Teufel mit den sieben Gesichtern. Paul-Gerhard und
seine kryptischen Andeutungen – dies war die nüchterne
und zugleich völlig überdrehte Wahrheit.

Die Erwin noch immer nicht verstand.

Das nächste Regal enthielt Lebensmittel: rationierte, ein-
geschweißte Ware. Marschverpflegung nannte man solche
Essens-Einheiten wohl. Einmann-Packungen. Aber da gab
es auch Büchsenfleisch, Getränkepulver, Spirituskocher.
Hatte sich Lothar in die Trockenfutterabteilung des Lagers
zurückgezogen? Wurden von hier aus Armeen für den
Wüsteneinsatz ausgerüstet?

Armeen für den Untergrund?

Hatte Paul-Gerhard nicht von Untergrund gesprochen?
»Lothar?«

Keine Reaktion. Die Ente war abgetaucht. In diesem
Moment bemerkte Erwin im Halbdunkel zwischen den
Regalen ein Aufblitzen. Licht. Irgendwo in der Mitte der
Halle war es heller geworden. War dort eine zusätzliche
Lampe angesprungen? Erwin hielt die Luft an. Horchte.
Nichts war zu hören.

Immer noch nichts.

Und doch hatte Erwin das unbestimmte Gefühl, beobachtet zu werden.

Er schlich an den Regalreihen entlang, bewegte sich auf die Mitte der Halle zu, wo er die Helligkeit vermutete. Mittlerweile hatte er eine Ahnung von der Größe dieser Lagerhalle. Sie maß mindestens hundert mal hundert Meter. Der Grundriss war ungefähr quadratisch.

Erwins Mäandrieren zwischen den Regalen führte dazu, dass er sich dem zentralen, grünlichen Glaskasten, den er anfangs im Halbdunkel ausgemacht hatte, nun von der Rückseite näherte.

Und plötzlich stellte Erwin fest, dass die Rückseite des Glaskastens seine Vorderseite war. Der Eingang zu dieser Halle – der Eingang, den Lothar und er genommen hatten – hatte nichts zu tun mit der Ausrichtung dieses ...

dieses ...

riesigen Behälters aus Glas ...

Das Licht kam von der Vorderseite. Rund um den oberen Teil des Glasbehälters war an der Hallendecke ein Halbkranz von Lampen angebracht, die jetzt strahlten wie eine Krone, ein Diadem. Doch das Licht, das Erwin so magisch anzog, wurde nicht von außen auf den Kubus geworfen. Er leuchtete von innen.

War das Glasding ein Aquarium? Erwin stutzte. Es reichte hoch bis zur Decke und war mehr als zwei Meter breit, gefüllt mit einer Flüssigkeit, die um das zur Vorderseite hin ausgerichtete Zentrum des inneren Lichts nicht mehr mattgrünlich schimmerte, sondern hell und gelb. Auf der Vorderseite des Kubus, nah dem Glas, schwamm etwas. Erwin konnte es nicht erkennen.

Vor dem Glaskubus, von den Außenlampen und dem inneren Licht beleuchtet, erstreckte sich eine Art Altar: mehrere Meter lang, breit wie ein Generalstabsschreibtisch und bis zum Boden mit einem weißen, vergilbenden Tuch bedeckt. Unten trug das Tuch Aufschriften in Schaftstiefelfraktur:

Wir halten zusammen, ob lebend, ob tot, mag kommen, was wolle
Wir werden weiter marschieren, wenn alles in Scherben fällt

Das Tuch war gesprenkelt mit Flecken, bräunlichen Flecken. In der Mitte der Auflagefläche wirkte das ehemalige Weiß gradezu besudelt von diesem Braun. Links und rechts der Fläche lagen alte Kleidungsstücke. Uniformen, teils zerrissen. Auch diese Uniformen trugen Flecke.

Es musste sich um Blut handeln. Getrocknetes Blut.

Und was da in dem Glaskubus schwamm …

Als Erwin nun noch näher herantrat, hatte er das Gefühl, schockzugefrieren.

Es war eine Leiche.

Im Glaskubus hing, schwebend in Flüssigkeit, eine Leiche mit zwei Köpfen.

Nein, es war nicht eine Leiche, es waren zwei Leichen. Zwei Leichen in entwürdigender Haltung. Erwin hielt die Luft an. Je näher er dem Glaskubus kam, desto aufdringlicher wurde der Geruch.

Raus! Raus! Raus hier!

Die Stimmen brüllten in seinem Kopf. Kinderstimmen. Spätestens jetzt, wo der Irrsinn, dem er sich ausgeliefert hatte, offensichtlich wurde, hätte er von hier verschwinden sollen, doch Erwin steckte längst in einem Magnetfeld. Seine Beine gehorchten ihm nicht. Sie gehorchten dem Totenaquarium, dem leuchtenden Zentrum dieser Anlage, dem Innersten des innersten Höllenkreises. Die Toten waren nackt, konserviert wie Föten in Spiritus. Erwin, der Bilderbetrachter, hatte auch solche Bilder schon gesehen. Aber dieses hier war an Perversion nicht zu überbieten. Die Leichen waren die Leichen zweier Männer. Man hatte sie so zusammengefügt, als würden sie kopulieren. Sie schienen in der Flüssigkeit fixiert, aneinandergekettet, als steckte das Glied des einen im ...

Musik ... Marschmusik ...

Erwin untersagte dem Bild in seinem Kopf jede weitere Entwicklung. Im Zustand größten Entsetzens gelang es ihm. Er schaltete um auf reine Betrachtung, Sektion, Bestandsaufnahme: Erwin trug einen weißen Kittel. Er befand sich in einem Hörsaal der Medizin. Nein, er durchbrach eine Wand. Er betrat die pathologisch-anatomische Sammlung im Museum des Dr. Frankenstein, des Dr. Mengele. Die beiden Männer schienen geschrumpft in der giftgelb-trüben Flüssigkeit. Ihre Augen waren verquollen geschlossen. Das kurze Haar ein schmieriger dunkler Kopfschleim. An den Körpern hatten sich Schrumpffalten gebildet. Arme und Beine wirkten wie die Glieder übergroßer anatomischer Puppen. Arme, Beine, Oberkörper waren gezeichnet von den fahlen Strichen ausgebluteter Einstichwunden. Nichts passte zusammen in diesem überbelichteten Bild, das die Wirklichkeit verlassen wollte, es aber nicht konnte. Am allerwenigsten passten die in die Männerköpfe wie nach genauer Messung eingefügten Löcher.

Einschusslöcher.

Hinrichtungsmarkierungen.

Finale Wunden. Runenzeichen eines Bundes, der jeden Bezug zur Normalität verloren hatte.

»Sieg Heil!«

Erwins Gesichtsausdruck spiegelte den fassungslos ergebenen Blick des Opfers wider, das seinen zerstörten Kopf von innen fast gegen das Glas presste. Und Erwin hörte die Musik erst, als sie nochmals lauter wurde. Das heisere Schnarren der Stimme überhörte er dennoch. Es fügte sich zu sehr in den musealen Wahnsinn dieser Anlage.

Dass es sich allerdings um nichts, rein gar nichts Museales handelte, bemerkte Erwin, als sein Name, mit derselben Schnarrstimme, gerufen wurde:

»Erwin Düsedieker. Ich kann es noch immer nicht glauben. Es ist widernatürlich!«

Das Wort *widernatürlich* schoss daher wie die Kugel aus einem Sturmgewehr.

Erwin drehte sich um. Hinter ihm, von irgendwo aus dem rückwärtigen Teil der Halle aufgetaucht, mit der Geschwindigkeit, die ein Krückstock ermöglichte, standen Paul-Gerhard Bartelweddebüx, Dietrich Westersoetebier und Günther Mickenbecker. Paul-Gerhard in der Mitte, in grauer Wehrmachtsuniform mit Schirmmütze. Schmucklos und dennoch: Er war der General, die Linke auf den Krückstock gepresst, die Rechte um einen modernen Revolver geschlossen. Ein Stück hinter ihm, links und rechts, Dietrich und Günther. Dietrich in Operettengeneralsuniform mit weißem Mantel, der ihm, vermutlich weil er in den vergangenen Jahren an Körperlänge verloren, was er an Bauch-

274

umfang zugelegt hatte, wie eine Schleppe nachschleifte. Die pompöse Uniform nahm ihn nicht ernst. Alles an den drei Gestalten war absurd, aberwitzig, albern. Das hätte Erwin erheitern, in tosendes Gelächter ausbrechen lassen können – tat es aber nicht.

Erwin hatte eine Scheißangst.

Günther Mickenbecker hatte für den Auftritt eine schwarze SS-Uniform gewählt. Und er trug Brille.

Adolf Hitler, Hermann Göring, Heinrich Himmler.

Hermann Göring und Heinrich Himmler hielten je ein langes Schlachtermesser in der Hand. Erwin dachte an Marat, an das Bild von der Ermordung Marats. Aber er war doch gar nicht Jean-Paul Marat. Nicht *er*, sondern ...

Es war eine Parodie, die keine Parodie sein sollte: zittrige 82-Jährige in Fantasieuniformen inmitten ihrer Fantasiewelt. Zittrig aber auch, weil ein Tribunal bevorstand. Das Strafgericht über einen Verräter. Endlich wieder eine Aktion im Geist ihres Bundes. Die drei wirkten wie aufgeputscht, erwartungsfreudig. Marschmusik tönte noch immer, als würde sie den Einzug von Gladiatoren begleiten – Gladiatoren mit von Arthritis, Arthrose, Gicht und Bluthochdruck plus Alzheimer gequälten, von Methamphetamin befeuerten Körpern. Dietrich glühte wie unter Dampf. Als dann er und Günther sprachen, brach sich der gesamte hinter der Staumauer von Nazi-Pomp und Größenwahn angesammelte Irrsinn Bahn. Und dennoch, bei aller unglaublichen Farce, die das insgesamt 246-jährige Zombietribunal veranstaltete, es muss wiederholt werden:

ERWIN HATTE EINE SCHEISSANGST!

»Fritthelm hat ja imma gesacht, du biss missartet, Äwinn!«

»*Ent*artet hatter gesacht!«

»Ja, entartet und auch missartet!«

»Missraten, Diddi. Fritthelm hat abba entartet gesacht! ENTartet! Missartet gips gaa nich!«

»Wieso? Is Äwinn jetzt nich mehr missartet?«

Günther und Dietrich gerieten in Wallung. Das bevorstehende Tribunal stellte ihre Senilität vor eine gewaltige Aufgabe. Und die Schlachtermesser in ihren Händen waren eine Gefahr nicht allein für Erwin, sondern auch für die Halter – vielleicht sogar für ihren Anführer. Paul-Gerhards Augen blitzten vor Zorn. Er räusperte sich vernehmlich, was seine Begleitgeneräle zunächst zum Schweigen brachte. EinTribunal war eine ernste Sache.

»Es wäre mir lieber gewesen, Erwin, wenn wir hier heute den neuen Führer empfangen hätten«, sagte Paul-Gerhard. »Immerhin hast du die Aufgabe gelöst, doch ...«

»Aufgabe?«

Dietrich blickte verwirrt. Er hatte bei der Missartet-Diskussion den Faden verloren. Paul-Gerhard rollte mit den Augen. Noch vor wenigen Jahren wäre es ihm möglich gewesen, seinen Krückstock mit schnellem Schlag gegen Dietrichs Bauch zu schwingen, um den Trottel zum Schweigen zu bringen. Mit 82, Gicht und Arthritis aber würde er dabei unweigerlich stürzen und hätte die Lacher des Publikums nur zum Teil auf seiner Seite.

Es tröstete ihn keineswegs, dass sein heutiges Publikum – Erwin – ganz und gar nicht lachen würde. Erwin stand nur da und schwieg – mit noch immer feuchter Hose.

»Die Aufgabe, Dietrich«, raunte er. »Du hast Tabletten gegen so was. Nimmst du die nicht?«

»Aufgabe?«, kam es noch einmal von Dietrich – und Günther fügte vorsichtig hinzu: »Gegen was meinste denn, Paul-Gerhaad?«

»Geht mal beide die Musik ausmachen und seht nach, wo er bleibt«, erwiderte Paul-Gerhard scharf. »Und dann beginnen wir mit dem Tribunal, JA!?«

»Musik? Ausmachn? Schade ...«, murmelte Dietrich, der ein wenig im Takt wippte. Günther, den Ernst der Lage erkennend, murmelte: »Komm, Diddi. Wir gehn ma ausmachn« – und sie schlurften davon. Im Fortgehen intonierte Dietrich: »Was auch immer werde, steh zur Heimaterde, bleibe wurzelstark, kämpfe, blute, werbe, für dein höchstes Erbe, siege oder sterbe, deutsch sei bis ins Mark ...«

Dann waren sie verschwunden.

»Gut«, sagte Paul-Gerhard und fixierte Erwin. Mühsam bewegte er sich hinter das lang gestreckte Etwas, das Erwin als Altar bezeichnet hätte. Er ließ sich ächzend auf einen Stuhl fallen, der dort stand, und betrachtete Erwin. Die Pistole behielt er in der Hand, legte sie mitsamt Waffe auf das vergilbte, von altem Blut besudelte Tuch.

Erwin dachte an die Schlachtermesser.

Er wusste jetzt, dass auf diesem Altar jemand erstochen worden war. Vermutlich hatten sie ihn ausbluten lassen wie ein Schwein.

»Wir erwarten noch jemanden«, sagte Paul-Gerhard. »Jemanden, dem ich das Zeug zum Führer des Bundes zugetraut hätte. Hat mich allerdings in letzter Zeit etwas enttäuscht. Ihm fehlt noch der Sinn für die wahren Werte.

Aber jetzt kann er sich beweisen. Ein Messer liegt bereit ...«

Er sprach wie zu sich selbst, schien über etwas nachzudenken. Nur den letzten Satz richtete er vieldeutig an Erwin. Dann zog er einen abgerundet rechteckigen, schwarz-weißen Gegenstand aus einer inneren Tasche seiner Uniform, betrachtete ihn und grinste:

»Schlau gemacht von Jasper, muss schon sagen. Schlau, schlau. Hatte ja kaum Zeit, sich das Ding zu besorgen, da auf dem Hof. Aber mit ein bisschen Druck und ein paar Hinweisen ... Na, vielleicht hat Alwine geholfen. Die hat was im Kopf ...« Er lachte. »Und ihm danach zu erzählen, er hätte es verloren, und weil doch die Schweine ausgebrochen sind ... Was für eine Geschichte! Hast dir deinen dummen Trecker redlich verdient, Jasper.«

Wiederum lachend legte er den Gegenstand vor sich auf den Altar.

»Hat er doch tatsächlich versucht, mich reinzulegen, der Hund. Und denkt, ich hab keine Ahnung von Computern. Aber hiermit hab ich dich in der Hand. Alles, was mich belastet, haben meine Jungs entfernt. Alles, was ihn betrifft, ist drauf. Präpariert wie eine Präzisionswaffe ...«

Paul-Gerhard hob den Kopf:

»Ich habe die besten Leute. Die allerbesten. Ein Netzwerk, das heute funktionieren will, muss modern sein. Der Kampf für die Sache findet nicht am Heimatabend statt. Na, vielleicht kapiert er's endlich, und es wird noch was aus ihm. Hat ja Ansätze.«

Jetzt blickte er Erwin an:

»Ein Anführer muss skrupellos sein, wenns drauf ankommt. Skrupellos, weißt du, Erwin?«

Erwin wusste das nicht. Je länger Paul-Gerhard ihn ansah, desto deutlicher wurde ihm, dass er das auch nicht wissen wollte. Paul-Gerhards Gesichtsausdruck veränderte sich wieder, wurde verächtlich.

»Ist eigentlich Pech für dich, dass du nicht schon längst tot bist, Erwin«, sagte er. »Unwertes Leben. Ausgemerzt hätten wir das ... früher.«

Erwin schluckte. Paul-Gerhard schien das zu bemerken.

»Ja, Pech. Wie hast du es nur geschafft, hier reinzufinden? Blöd, wie du bist? Und was willst du hier? Ich hab es ja nicht glauben wollen. Deine Ermittlungen ...«

Er spuckte Erwin das Wort Ermittlungen gradezu vor die Füße:

»Und nun bist du tatsächlich hier.«

Erwins Herz schlug langsamer. Er versuchte zu erkennen, was Paul-Gerhard da auf den Tisch, den Altar gelegt hatte. Und er wollte Zeit gewinnen.

»Wilhelmine«, kam es krächzend aus seiner Kehle. »Wilhelmine und Anni?«

»Was?!«, bellte Paul-Gerhard und ruckte ein Stück von seinem Stuhl hoch. »Hast du deine Schnüffelnase da auch drin gehabt!? Friedhelm war wirklich geschlagen mit dir ... Ausmerzen ... Du Missgeburt ...!«

Er schüttelte den Kopf. Seine Augen glänzten irre.

»Die Schlampe!«, keuchte er.

»Anni«, sagte Erwin klagend. »Sie is umgebracht wordn, nich wahr?«

Paul-Gerhard blickte ihn mit glühenden Augen an. Die

Erwähnung des Namens Anni hatte ihn erschüttert: »Ich habe jahrelang die Hand über sie gehalten«, rief er, »obwohl sie mich verraten hat. Hat mit dieser England-Hure rumgemacht. Widernatürlich. Dieses Miststück, gekommen, um uns zu erziehen. Auf den rechten Weg bringen. UNS! Deutschland erziehen?! Gehirnwäsche. Mit englischem Gift. Dieses verdammte, lächerliche Buch. Sie wollte mich bloßstellen. Und dann huren sie miteinander. Verräter …! Ich habe gezögert. Wieder habe ich gezögert … Er aber nicht! Vielleicht hat er schon bewiesen, dass er das Zeug hat zum Führer … Wir müssen unsere Schwächen bekämpfen …!«

Er redete sich in Rage. Sein weißer Bart zuckte. Paul-Gerhard schien zu vergessen, dass er zu Erwin sprach.

Zu Erwin, dem Minderwertigen, dem unwerten Leben.

Zu Erwin, der ihn verhörte, ohne dass Paul-Gerhard es bemerkte.

»Die Männer«, sagte Erwin. Ein Kloß löste sich in seinem Hals. »Sind … Sind auch Verräter, nich wahr?«

»Ehrloses Pack!«, zischte Paul-Gerhard. »Ein Bund von Neun. Kriegsgestählt. Älter haben wir uns gemacht, um kämpfen zu können. Wir haben viel durchgemacht. Stahlbad … Deutschland besiegt, aber wir hatten Kraft. Alle Kraft der Welt. Wir waren nicht besiegt. Kaum in der Schlacht, doch um uns herum alles verloren. Alles verraten. Wir haben geschworen. Niemand von uns übte Verrat. Niemand! Die Schlampe war tot. Gewimmert hat sie. Gefesselt an Händen und Füßen. Sie haben's der Hure nochmal richtig besorgt. Und dann ein Scheiterhaufen aus ihren Verräterbüchern. Jeder hatte so ein Buch. Alle haben gedacht, sie ist nach Australien. Wenn ein Bund verschwiegen ist, ist er eine uneinnehmbare Festung. Aber wenn ein Verräter kommt ...!«

»Bernhard und Erich, nich wahr?«

»Feiglinge und Verräter!!«, brüllte Paul-Gerhard. »Können nicht wirtschaften, kriegen die Höfe nicht raus aus den roten Zahlen und werden nervös. Werfen mir vor, ich wollte sie reinlegen. Übervorteilen. Weil ich rechnen kann. Ich bin immer der Anführer gewesen. Immer. Der Führer. Was war also das Problem? Und dann die Rache. Sie haben nicht mit dem Bund gerechnet. Der Bund war stärker. Auch zu siebt. Sieben Verschworene. Aber ich habe den Kreis erweitert. ICH. Heute führe ich ein Heer treuer Soldaten. Überall im Land sind sie verteilt. Und sie warten. Wir sind gewachsen. Wir haben eine Aufgabe. Die Aufgabe ist größer als wir. Wer sie verrät, muss sterben!«

Erwin sah ein Bild, in dem Paul-Gerhard Schaum aus dem Mund lief, von seinen Bartspitzen tropfte. Seine Zähne waren lang wie die Zähne eines Raubtiers. Und spitz wie die Zähne eines Vampirs.

»Der Bund hält zusammen. Wir sind geschmiedet aus Ehre und Schuld. Der Kern ist gesund. Der heilige Ring. Sie haben alle zugestochen. Jeder hielt das Messer. Die Abdrücke ihrer blutigen Finger. Sie sind auf dem Tuch. Keiner verrät den anderen. Ihr Tod war unser Blutsschwur. Ich bin der Anführer. Ich. Der Führer ...!«

Er starrte in eine imaginäre Ferne.

»Ja, durch unsre Fäuste fällt,
wer sich uns entgegenstellt.
Deutschland, mein Deutschland, wir kommen!«

»Brauchste alle die Waffen dafür?«, fragte Erwin – beinahe unschuldig.

Paul-Gerhard stutzte. Sein Blick kehrte zurück.

»Das Netz spannt sich weit. Wir versorgen Gleichgesinnte. Wir prüfen lange. ICH prüfe lange. Ich kontrolliere sie alle. Dietrich und Günther sind alt, verstehen nichts mehr. Und auch meine Zeit läuft ab. Ihre ist längst abgelaufen. Aber sie schweigen. Ehre! Solange ICH da bin und alles kontrolliere, kennt uns niemand. Niemand vermutet uns. Blut und Ehre. Wir sind der Kern. Wir sind ein Bund ohne Form und Namen. Wir haben gewartet. Wir werden bald sterben. Doch die Saat ist gesät. Die, die mit uns sind, kennen uns. Sonst niemand. Es wird einen neuen Anführer geben. Wir leben in einer Zeit von Dummheit. Heute kennt uns niemand. Aber morgen die ganze Welt!«

Paul-Gerhard hatte mit dem Elan seiner Worte versucht, sich zu erheben. Das jedoch verhinderten seine 82 arthritischen Jahre. Er keuchte, drohte aufzuwachen aus der Rolle des Verhörten, der sich als Verhörender wähnte. Erwin sah Paul-Gerhard dort vor dem Totenaquarium sitzen. Viel zu niedrig saß er für den Volksrichter, den er zu spielen meinte. Hinter ihm schwebte, starrenden Blicks, die vordere der beiden in Spiritus eingelegten Leichen. In den Bildern, die Erwin nun grell erblickte, war der Hintergrund kein Glaskubus, sondern die rote Hakenkreuzfahne über dem Richtertisch. Und der stumpf-starre Blick des Toten war der Blick der vor der Fahne postierten Büste des größten Irren aller Zeiten.

Der hatte doch auch ein Loch im Kopf gehabt – zuckte es mehrdeutig durch Erwins Gehirn.

Paul-Gerhard fuchtelte mit der Pistole herum, um seinen misslungenen Versuch, sich zu erheben, zu überspielen.

»Wo bleiben die denn!?«, raunzte er. »Er müsste doch längst hier sein!« Dann zielte er mit der Pistole auf Erwins Stirn und lächelte:

»Ein Krüppel, Erwin. Soll ich gnädig sein und dich erschießen, bevor sie dir die Adern öffnen? Bevor sie ihre Messer in dir versenken? Klapprig und dement, so sind sie heute vielleicht. Aber schlachten, das können sie noch immer. Das verlernst du hier nie!«

Sein meckerndes Lachen bekam plötzlich einen hohlen Beiklang, als die Marschmusik stoppte. Er ließ die Pistole sinken. In der irritierenden Stille hörte Erwin ein scharrendes Geräusch, ganz in der Nähe. Es klang wie Metall auf Stein, in kurzen, von Stille unterbrochenen Lauten. Reflexartig wandte sich Erwin der Geräuschquelle zu – und er sah Lothar, der mit ganzer Entenkraft etwas mit dem Schnabel zu ziehen versuchte. Es gelang der Ente tatsächlich, das schwarze, nicht ganz leichte Ding an einem Metallring zu bewegen.

»Lothar!«, rief Erwin.

»Was soll das!?«, schnarrte Paul-Gerhard. Er riss die Pistole wieder hoch und versuchte erneut, sich zu erheben. Diesmal ging es so gründlich daneben, als hätte der klapprige alte Mann nun doch noch seinen Krückstock gegen den Bauch des Paradeuniformgenerals Dietrich Westersoetebier-Göring geschwungen. Paul-Gerhard Bartelweddebüx stürzte schwungvoll vom Stuhl, verschwand hinter dem Altar, brüllte, dass Erwins letzte Sekunden geschlagen hätten, und rasselte mit der Pistole gegen irgendwas Hölzernes. Von hinten aus dem Lager drangen die schnaufenden, rufenden, keuchenden Geräusche der zurückkehrenden Begleitgeneräle. Da war aber auch die brüllende Stimme eines weiteren Mannes. Das war nicht der Kommissar, von dem Paul-Gerhard in den vergangenen Minuten allzu deutlich gesprochen hatte. Handelte es sich vielleicht um den Verwalter, den Erwin im Dorfkrug gesehen hatte? War er einer der heimlichen Helfer Paul-Gerhards?

Erwin dachte nicht lange darüber nach. Er sprintete auf Lothar zu, nahm die schwarze Eierhandgranate an sich, die Lothar – wohl aus Liebe zur Form und wegen jahrelanger Enthaltsamkeit plus einer Verwirrung seiner Gefühle – mit sich geschleppt hatte, und entsicherte sie. Dann, als ersten und einzigen grausamen Akt seines Lebens, warf Erwin die Handgranate hinter den Altar. Er griff sich den schwarzweißen Gegenstand, den Paul-Gerhard auf dem blutfleckigen Tuch abgelegt hatte, und er ergriff die Ente. Anschließend raste Erwin mit dem verwirrten Lothar unter dem Arm in Richtung der Stahltür, durch die sie die Hölle betreten hatten – und ließ zum zweiten Mal an diesem Tag alle Hoffnung fahren ...

... denn die Handgranate verwandelte den Lagerraum tatsächlich in eine Hölle. Vermutlich indem die Granate explodierend sämtliche Explosivstoffe in dieser Halle unter der Erde aktivierte. Paul-Gerhard spürte nicht mehr, wie die Glaswand des Kubus in seinem Rücken zerbarst und die in Spiritus eingelegten kopulierenden Leichen ihren einstigen Mörder besprangen.

Aber auch Erwin bekam nicht mehr viel mit von dem, was Tonnen von Sprengstoff an feurigen Bildern erzeugten ...

Finale für den Kommissar

Man hatte Erwin – aus lauter Hilflosigkeit und wohl auch aus bodenloser Dummheit – in die Landesklinik nach Pökenhagen gebracht. Als sie ihn hinter der vom Explosionsdruck gebauchten Stahltür unter Schutt gefunden hatten und seine Personalien klar waren, erschien den Rettungsmannschaften Pökenhagen als geeigneter Ort. Erwin war nicht sehr schwer verletzt gewesen, und er war ja schon einmal in dieser Klinik untergebracht worden, vor vielen Jahren, für ein paar Monate. Solche Akten gingen nie verloren. Überdies hatte Erwin lauthals und störrisch wegen einer halb toten Ente protestiert: Da hatte Pökenhagen einfach nahe gelegen – sozusagen.

Wann immer Erwin später über diese ersten Reaktionen nach dem großen Knall nachdachte, fiel ihm auf, dass seine Vorgeschichte sich schützend vor ihn geworfen hatte. Seine angebliche Blödheit, seine Debilität, seine Zurückgebliebenheit hatten ihn davor bewahrt, in Verdacht zu geraten. Niemand hatte es für möglich gehalten, dass Erwin Düsedieker, der Bekloppte, zu denjenigen gehören könnte, die das Waffenlager angelegt hatten.

Erwin wusste auch später nie, was er davon halten sollte.

Nun, immerhin erlaubte ihm der Anstaltsleiter von Pökenhagen – ein Mann, der den Spielräumen menschlichen Willens und Wollens aus langer Erfahrung große Flächen zugestand –, die Ente bei sich zu behalten. So konnte Erwin Lothar pflegen. Der hatte den durch Stahl abgeschwächten Explosionsschub und den Einsturz des Tunnelendes mit gebrochenem Flügel, gebrochenem Bein und Schocktrauma überstanden und würde Erwin wohl niemals wieder unter die Erde folgen.

Erwin war noch in Pökenhagen von der Polizei verhört worden. An diesen Verhören war Lars-Leberecht Heine nicht beteiligt gewesen. Erwin hatte sich, in einem Akt massiven Widerstands, geweigert, Heine auch nur ein einziges Wort zu sagen.

Die Polizei hatte flexibel reagiert. Das hatte wenig damit zu tun, dass die Polizei Dettbarns generell zu Flexibilität neigte: Die Explosion, die das gesamte Forsthaus Tüchtevenne in die Luft gejagt hatte, war ein Fall für höhere Instanzen. Da hatte es ja noch viel mehr gegeben als diese Explosion. Man hatte die Leichen zweier jüngerer, zweier in Spiritus konservierter und dreier sehr alter Männer gefunden, aus denen die Sensationspresse erst einmal Adolf Hitler, Hermann Göring und Heinrich Himmler nebst Gefolge machte. Angeblich hatten sie den Krieg überlebt und in der tiefsten Provinz Exil gefunden. Adolf Hitler mit einem ganz anderen Bart, als man es von ihm erwartet hätte.

Die Kunst der Tarnung.

Den höheren Instanzen, die Erwin in Pökenhagen besuchten, hatte er Rede und Antwort gestanden – auf seine Weise. Und man war erstaunt über Erwins Wissen. Zu Lars-Leberecht Heine aber schwieg er.

In den seriösen Zeitungen standen bald Berichte von einem schier unglaublichen Netzwerk rechtsradikaler Treibens mit Geheimsitz in Versloh. Das Forsthaus war eine Art oberirdische Zentrale des Tunnelsystems gewesen. Nach den Leichen der drei alten Männer wurden im Schutt weitere Leichen – Knochen, Reste von Toten – gefunden. Man würde lange brauchen, um herauszufinden, wer dort alles ermordet worden war. Allein den Fall Wilhelmine Rickmers konnte man, dank Erwins, vor allem aber dank Lina Fiekens' Aussagen, schnell angehen. Und man deutete an, dass man auf Unstimmigkeiten, den frühen Tod des damaligen Ortspastors Otto Blotevogel betreffend, gestoßen war. Eine Sache, die schon mehr als 60 Jahre zurücklag. Über die Jahre – ja Jahrzehnte – waren die Machenschaften des Versloher Untergrunds unentdeckt geblieben. Man hatte nicht einmal geahnt, dass von Versloh, von einem hochmodernen Computerzentrum auf einem alten Gutshof aus, neonationalsozialistische Zellen unterstützt und mit Waffen versorgt worden waren. Es hatte ja niemals irgendwelche Anhaltspunkte gegeben. Bundesweit wuschen sich Verantwortliche ihre schmutzigen Hände in Unschuld. Herrliche Berichte darüber standen in den Zeitungen. Erwin konnte sie nicht genießen, weil sie für seinen Geschmack zu wenige Bilder enthielten – und auch zu wenige Bilder erzeugten. Und nirgendwo fiel der Name Heine.

Nach knapp drei Wochen war Erwin entlassen worden. Der Anstaltsleiter hatte sich inzwischen mit ihm angefreundet. Sie hatten sich über Botticelli und Dante ausgetauscht und würden wohl auch in Zukunft in Kontakt bleiben. Erwin konnte sich vorstellen, dem Mann seinen Wintergarten zu zeigen.

Lothar allerdings machte Erwin Sorgen. Die Ente wirkte

apathisch, fraß nur wenig und gab keinen Laut von sich. Auch zeigte sie keinerlei Interesse daran, Erwin auf Spaziergängen über Äcker und Wiesen zu folgen. Dieses Interesse war zwar auch bei Erwin – schmerzbedingt, er musste sogar einen Gehstock benutzen – noch wenig ausgeprägt. Es kehrte jedoch zurück.

Würde das auch bei Lothar so sein?

Erwin war sogar bereit, für Lothar die Polizeimütze aufzusetzen. Die Ente kannte und mochte ihn mit dieser Mütze, die Erwin doch nie wieder tragen wollte. Aber auch die Mütze heiterte Lothar nicht auf.

Erwin musste die Geschehnisse noch verarbeiten. Vielleicht musste Lothar das ebenfalls?

Schon in Pökenhagen hatte Erwin immer wieder über seine Ermittlungen nachdenken müssen. Ihm war vieles klar geworden, aber einiges verblieb im Dunkeln. Wie sollte er sich verhalten?

In den folgenden Tagen saß Erwin oft in der Badewanne und sinnierte. Er mied das Dorf, und er verriegelte die Außentür, wann immer er sich im Haus aufhielt. Er erzählte sogar Lina nichts von dem, was er erlebt hatte. Und er mied Arno. Doch wenn er in der Wanne saß, wollte er manchmal aufspringen und nass und nackt wie er war aus dem Haus stürmen, um zu tun, was ihm seine Wut zu tun befahl. Allein sein Verstand hielt ihn jedes Mal zurück.

Zum Glück, denn sein Anblick hätte im Dorf für Gespräche gesorgt.

Schließlich, weil er spürte, dass es da etwas gab, was er nicht fassen konnte, entschied er sich dafür, den höheren Instanzen ein weiteres Mal zu vertrauen. Er ging zu Lina

Fiekens und kaufte im Laden Schreibpapier und einen Briefumschlag mit Luftpolster. Es ging ja um etwas, das – so hatte Erwin mittlerweile gehört – sehr zerbrechlich war. Und dann bemühte er sehr lange seine krakelige Handschrift.

Eines Mittags Anfang Juni, knapp fünf Wochen nach der Explosion, saß Erwin bei schönstem Wetter wieder mit Asia Orchidee in der Badewanne, als von der Haustür ein kurzes knallendes Geräusch herüberdrang und dann das schrille Scheppern der Türglocke. Erwin schreckte auf und hatte den flüchtigen Gedanken, dass Arno auf drastische Weise versuchte, mit ihm Kontakt aufzunehmen. Erwins Wannenexil währte ja nun schon eine ganze Weile.

»Ja?!«, rief Erwin zögernd.

Es kam keine Antwort.

Wenige Sekunden später allerdings flog die vom Flur zum Wintergarten führende Tür auf – und Lars-Leberecht Heine stand in der Öffnung, im vollen Ornat von Trenchcoat und Kuhschissbart.

»Sieh an, sieh an, der Kommissar badet. Im Entenstall, was?! Und ohne Mütze heute?!«

Der Ton war aggressiv, gehetzt. Im Gesicht des Kommissars flimmerte Anspannung um ein düsteres Grinsen.

»Wie geht's denn so, Äwinn!?«, bellte er. »Alles gut überstanden unter der Erde?« Er grinste stärker. »Hast ja ganze Arbeit geleistet! Ich wollte schon eher kommen, musste mich aber um Tante Minna kümmern. Sie ist gestorben, weißt du?«

Erwin saß wie in hundert Grad heißem Wasser. Er hätte

mit dem Kommissar rechnen müssen. Er war zu unvorsichtig gewesen. Er hatte sich verschätzt. Wie kindisch, bloß die Tür abzuschließen … Er hätte wissen können, dass Ermittler in der Regel sehr lange brauchten …

Heines Grinsen wandte sich dem Wintergarten zu.

»Man unterschätzt dich, du kleiner, mieser Teufel«, sagte er bedrohlich langsam und fügte hinzu: »Wusste gar nicht, dass du lesen kannst.« Heines Zeigefinger schwenkte vor den Regalen hin und her.

»Oder sind das Bilderbücher?«

Aus einem Reflex heraus wollte Erwin *Ja* sagen. Doch er konnte es unterdrücken. »Du hass Anni umgebracht«, antwortete er stattdessen.

Heine nickte.

»Anni«, echote er. »Jaaa, ich erinner mich. Annegret – wie hieß die? Quasselbacke?«

»Twassbrake«, sagte Erwin. »Du hass Anni ermordet. Du wars bei ihr. Als sie starb.«

»Oho, der Kommissar. Kannstes nich lassen, Äwinn, was?!«

»Und jetz?«, fragte Erwin mit leicht zitternder Stimme. »Jetz haste d… deine Tante Minna auch umgebracht, was?«

Er versuchte ein *was?* ähnlich wie Lars-Leberecht Heine es gern ausstieß. Aber mit Worten würde Erwin nie warm werden.

Heine lachte auf. »Du ahnst ja gar nich, in was fürn Nest du gestolpert bist, du dämlicher kleiner Möchtegern-Kommissar. PG hat den Laden hier am Kochen gehalten. Und ich hab mitverdient. Gut mitverdient. Waren prima Jahre. Ich glaub sogar, er hätte mir seine braunen Geschäfte irgendwann überschrieben. Hätt ihn aber vorher hochgehn lassen. Hochgehn! Hörste, Äwinn?«

Erwin erkannte plötzlich, wie sehr er Heine in den letzten Wochen unterschätzt hatte. Das Dunkel, das er nach der Einlieferung in Pökenhagen gespürt hatte: Es hellte sich auf. Wie ein Lichtblitz war dieses Gefühl.

»Glaub nich, dass du den Wumms da unten allein ausgelöst hast«, fuhr Heine vieldeutig fort. »'n paar von den Jungs sind schwer auf meiner Seite. Hatten den Bunker schön vermint ... Bist uns 'n paar Minuten zuvorgekommen. Leider. Sonst müsste das hier jetzt nich sein ... PG musste weg. Fing in den letzten Wochen dauernd mit diesem weltanschaulichen Scheiß an. Führer und so. Mann, der Laden hätte Management gebraucht und weniger von dieser, na, Folklore. Wurde langsam alles zu heiß. Weg musste der, sonst wär ich am Ende noch selbst aufgeflogen.«

Heine trat noch einen Schritt näher an die Wanne heran.

»Und im Knast nützt mir der Zaster nix, weißte, Äwinn?«

Sein Tonfall wechselte ins Verschwörerische:

»Ich hab nämlich geerbt. Von Tante Minna. Alles. Ihr hat der olle PG alles überschrieben, was er an sich gerafft hat. Mir gehören hier jetzt 'ne Menge Höfe: Bartelweddebüx, Thiesbrummel, Achelpöhler, Mickenbecker, Ottonottebrock ... kann ich gar nich alle aufzähln. All die Pleitegeier hier. PG war gut. 'n richtiger Fuchs war der. Ich werde wohl 'n paar Verwalter brauchen, wenn ich die verschuldete Brut rausgeworfen hab. Und den Dienst werd ich quittiern – natürlich erst, nachdem ich *diesen* Fall hier aufgeklärt habe!«

Der Kommissar schüttelte sich vor Lachen.

»Was haste mit Anni gemacht!«, keuchte Erwin. Das Wasser in der Wanne warf zittrige Wellen, weil er sich so aufregte.

»Anni, Anni. Die war doch fast schonn tot!«, schnappte Heine. »Diese herzkranke Alte. Wir ham sie rangenommen, Paul-Gerhard und ich. PG hat ihr ziemlich Druck gemacht. Rief plötzlich an wegen soner uralten Geschichte. Die Knochen da am Wald. Sollten von ihrer Freundin sein. Und PG sei ein Mörder. Die hat Stress gemacht, da gab's nur eins. Aber PG hätte wahrscheinlich gekniffen ...«

Heine beugte sich verschwörerisch in Richtung Erwin:

»Du musst wissen, Kommissar, dass unser PG – der General von Bramschebeck – mal so richtig scharf auf deine Anni war. Der hat sie vergöttert. Und das bei PG ... Na, du kanntest ihn nich. Bei dieser Anni war er glatt romantisch. Bloß hat sie ihn immer wieder abgewiesen. Zum Glück für Minna. Und natürlich für mich! Und dann macht die Twassbacke einen Aufstand wegen 'ner Geschichte nachm Krieg. Mannmannmann. Die Ermittlungen einzustellen war übrigens gar nich so einfach, weißte, Äwinn? Aber die Sache wär lästig gewordn ...«

»DU HAST SIE UMGEBRACHT!«, brüllte Erwin. Sein Kopf wurde rot. Er wollte sich aus der Wanne erheben.

»Bleib bloß sitzen, Idiot!«, schrie Heine – und zog aus seinem Trenchcoat ein Messer. »Es reicht. Nur du bist mir noch im Weg! Glaub mal nich, dass du weiterhin Glück hast. Diese Anni hat im Laden einen Herzkasper gekriegt. Punkt. Da wird's nie einen Verdacht geben. Ich hab sie ein bisschen verhört, bisschen Druck gemacht. Bin ja vom Fach. PG hat mich losgeschickt. Wollte sichergehen. Ich sollte den Scheiß sogar aufnehmen für ihn. Misstrauisch wie er war. Meinte, er kriegt die Alte wieder in die Spur. Hätt er schonn mal geschafft. Der Spinner. Da musst ich ja eingreifen!«

Heine schüttelte verächtlich den Kopf. Dann setzte er ein süffisantes Grinsen auf:

»War gar nicht so unriskant, das mit dem Aufnehmen. Aber die Beweise sind ja futsch. Alles is futsch. Meine Jungs sind vom Fach. Was immer es da noch an Indizien zu Verbindungen zwischen mir und dieser Bande gibt, läuft unter verdeckten Ermittlungen. Jetzt, wo PG tot ist, weggesprengt, und die anderen alten Nazi-Hansel gleich mit, und auch diese Anni und Tante Minna – jetzt gibt's nur noch einen, der was gegen mich in der Hand haben könnte. Und weißt du, mein kleiner, bescheuerter Freund, wer das ist?«

Die letzten Worte hatte Heine wie ein Lehrer zu einem begriffsstutzigen Kind gesprochen. Er hielt das Messer erhoben. Vermutlich verbarg sich in der zweiten Tasche des Trenchcoats eine Pistole. Erwin saß in der Falle.

Lars-Leberecht Heine legte den Kopf schief und betrachtete Erwin nachdenklich.

»Die Badewanne is ja richtich edel«, sagte er. »Bist wahrscheinlich der Einzige in diesem Kuhschissnest, der 'ne Wanne hat. Ausgerechnet der Dorfidiot badet. Na, passt vielleicht ganz gut. Lass mich mal überlegen ...«

Er legte den Kopf zur anderen Seite und schien tatsächlich nachzudenken.

Erwin wusste, er spielte nur. Am Glas des Wintergartens klackte es. Erwin sah im Augenwinkel, dass sich Lothar meldete. Was ihn bei jeder anderen Gelegenheit erfreut

293

hätte, nach all den Sorgen mit der verletzten Ente, steigerte seine Angst nun noch. Der Kommissar konnte auch Lothar gefährlich werden.

Lars-Leberecht Heine hatte zum Glück keine Augen für den Garten.

»Sagen wir mal, du hast die Explosion und die Toten und die Tage in der Klapse nicht vertragen. Ich meine, wer mal in der Klapse war – und du bist doch ein typischer Klapsenfall –, der kann ja depressiv werden und sich die Pulsadern in der Wanne aufschneiden, was?!«

Heine lachte Erwin an.

»Und diese schöne Wanne muss doch mal 'ne richtige Aufgabe kriegen. So ein Dreckstück wie dich sauber zu halten, das kannes ja nich sein. Nu bedank dich noch mal beim lieben Gott, dass er dir 'n paar Wochen geschenkt hat. Wenn ich PG treu geblieben wär, hätt ich nämlich schonn da unten im Waffenbunker an dir rumgeschnippelt. Kannste mal sehn, wie gut ich's mit dir meine. Und jetzt sag tschüss!«

Lars-Leberecht Heine trat mit erhobenem Messer noch einen Schritt näher.

»Mach keine Umstände, dann tut das gar nicht weh, Äwinn.«

Erwin wollte schreien. Panik ergriff seinen ganzen Körper. Er zitterte. Er fühlte, wie sich ein ungeheurer Druck auf seine Brust legte. Er wurde erdrückt, von den Bildern, von der grellen Farbe, die er sah. Das Messer, das auf ihn zuraste. Jean-Paul Marat. Das Blut, das alles rot färbte. Seine Augen waren blind, nahmen nur noch diese eine Farbe wahr ...

Rasselnde Geräusche. Schnelle Schritte. Eine Stimme mit Alarmton:

»Das Messer weg, Heine! Heben Sie beide Hände hinter den Kopf – und dann treten Sie ganz langsam zurück. Sie sind festgenommen!«

Die Stimme hatte Gewicht. Gewicht und die Kraft von Sprengstoff. Sie öffnete den Raum. In der Tür vom Flur zum Wintergarten stand ein Mann, der einen ähnlichen Trenchcoat trug wie Lars-Leberecht Heine. An ihm vorbei stürmten zwei Polizeibeamte mit gezückten Pistolen in den Raum. Ein weiterer Beamter legte Heine Handschellen an, nachdem Heine das Messer übergeben hatte – mit jenem ungläubigen Staunen, das Menschen eigen ist, die nicht begreifen, wenn das Schicksal den Alarm auf ihrer Lebensuhr auslöst.

»Sie … Sie irren sich«, sagte er wie im Traum. »Das verstehen Sie alles ganz falsch. Das ist ein Irrtum.«

Heines Lächeln zuckte.

»Was … Was wollen Sie denn gesehen haben? Ich hatte Erwin hier das Messer grade weggenommen. Er ist psychisch nicht ganz klar, wissen Sie? Was wollen Sie mir vorwerfen?«

Der zweite Mann im Trenchcoat blieb unbeeindruckt. Er zückte ein weißes iPhone und hielt es, den schwarzen Touch-Screen nach vorn gerichtet, in die Luft.

»Das ist Ihres, nicht wahr? Leugnen Sie nur, aber die Dinger sind registriert. Da sind interessante Aufnahmen vom Todesfall Annegret Twassbrake drauf. Ihre Leiche wurde exhumiert und gerichtsmedizinisch untersucht. In ihrem Blut wurden Spuren eines Medikaments festgestellt, das sie nicht vertragen hat. Haben Sie es ihr verabreicht? Hatten Sie Helfer? Wir werden es herausfinden. Allein die

Art, wie Sie die Dame verhört haben, spricht Bände. Ein Verhör, zu dem es im Übrigen keinerlei dienstlichen Hintergrund gibt. Mit den Aufnahmen dieses Geräts und mit den gespeicherten Nummern fangen wir an, bevor wir zu Ihrer Tante kommen und zu den Knochenfundermittlungen, die Sie haben einstellen lassen, mit gefälschten Untersuchungsberichten. Die Ihnen unterstellte Behörde scheint ein seltsames Eigenleben geführt zu haben. Auch dem werden wir nachgehen. Und dann beschäftigen wir uns mit den Waffen- und Sprengstofffunden im Bramschewald. Auch da haben wir Hinweise, Herr Kollege – wenn ich das mal so sagen darf. Die Liste dessen, was Ihnen vorgeworfen wird, ist lang, sehr lang.«

Der Mann ließ das iPhone Heines zurück in die Tasche seines Trenchcoats gleiten. Erwin, der sich wieder beruhigt hatte, fürchtete einen Moment lang, dass er es fallen lassen könnte. Er hatte doch gehört, dass diese Dinger so zerbrechlich waren.

»Abführen!«, sagte Kommissar Nummer zwei. Heine wirkte wie unter Drogen, stieß ein fassungsloses »Nichts, gar nichts werden Sie mir nachweisen«, aus. »Ich habe ermittelt, verdeckt ermittelt habe ich!« und stolperte im Griff der Beamten Richtung Tür. Er warf noch einen letzten, verstörten Blick zurück zu Erwin. Dann war er Geschichte.

Erwin atmete erleichtert auf.

»Alles klar bei Ihnen?«, fragte der zweite Kommissar nach einer Weile.

»Ja …«, sagte Erwin langsam. »Ja … Muss ja.«

Jetzt schien der zweite Kommissar zu bemerken, dass er in einem Raum, in dem ein nackter Mann in einer Wanne saß, von einer Laufente durch das große Fenster eines Wintergartens betrachtet, vielleicht störte.

»Kommen Sie zurecht?«, fragte er, auch mit Blick auf Lothar.

Erwin nickte. »Ja ... Geht schonn.«

»Dann entschuldigen Sie die Störung. Ihr Freund ist ja da. Ich lass Sie dann mal alleine. Wir unterhalten uns später noch. Wenn was ist, melden Sie sich, ja?!«

»Ja«, sagte Erwin ein drittes Mal. Welchen Freund meinte der Kommissar? Der konnte doch nicht ahnen, dass er und Lothar ...

Ein Klopfen am Holzrahmen der Tür.

»Mönsch, Äwinn. Was is das denn? Mööönsch! Das is ... deine Wanne?!«

Arno.

Jetzt stand doch tatsächlich Arno Wimmelböcker in der Tür. Kaum waren die Beamten draußen, war er reingekommen. Er sah genauso aus wie jemand, der wusste, dass er unerlaubtes Terrain betrat, der Versuchung aber einfach nicht widerstehen konnte.

»Arno?«, fragte Erwin erstaunt.

»Sone Wanne, Äwinn? Nee, nä?!«

»Sone Wanne!«, sagte Erwin.

Eine Weile war Schweigen. Arno guckte sich vorsichtig um.

Dann meinte er: »Hab gesehn, wie der Kommissar bei dir anne Tür kam, weisste? War grad inne Nähe. Un da seh ich so, wie der die Tür aufbricht. Wie der so guckt, und es guckt keiner. Hat ... hat mich ja nich gesehn, nä? Unn dann zack und so rein. Mönsch, Arno, denk ich, da is was faul,

nä? Bin denn zu Hilde. Die hat ja 'n Telefon. Hat denn über-
lecht, wiese die Polizei anruft, wo doch die Polizei, also …
wo die doch grad bei dir is, nä? Also deswegn, weisste?«

Erwin nickte.

Arno guckte sich wieder um.

»Und wass dass? Nee, nä?«

»Bücher«, sagte Erwin.

»Bücher? Nee!«

»Doch«, sagte Erwin. »Sind Bücher.«

»Mönsch, Äwinn! Richtich zum Lesn?«

»Jou«, sagte Erwin. »Sone Bücher.«

Arno stellte sich vor die Regale und sah rauf und runter.
Sein Kopf nickte beim Rauf- und beim Runtergucken. Und
seine Lippen bewegten sich. Erwin musste jetzt was tun.

»Willze auch ma badn?«, fragte er.

Arno sprang aufgeschreckt zur Seite. Als hätte jemand
eine Kugel auf ihn abgefeuert, der er so grade noch ausweichen konnte.

»O nee, nee, nee! Lass ma, nee, Äwinn! Also, nee …«

Tock, tock, tock – machte es an der Scheibe. Jetzt erschrak Erwin. Lothar hatte ein ehernes Gesetz gebrochen.
Er hatte sich Arno gezeigt. Mehr noch, er hatte Arno auf
sich aufmerksam gemacht. Das konnte auf eine gewisse
Lebensmüdigkeit hindeuten und ließ Erwins Sorgenpegel
Lothar betreffend gleich wieder steigen. Arno allerdings
reagierte beim Anblick der Ente gradezu euphorisch.

»Möööönsch, die is ja – Äwinn, kuck mal, deine Ente!
Nee, die is ja … richtich zutraulich, nä? Feine Tiere sin das,
Äwinn. Mööönsch. Ne feine Ente. Behandelsse abba gut,
nä? Unn mibm Futta. Weisste …?«

Jetzt sah Arno genauer hinüber zu Lothar:

»Sach ma. Die kuckt abba ... Hmm? Sach ma, is die krank? Sieht'n büschn krank aus, Äwinn!«

Arnos Kopf ruckte hin und her. Er war fasziniert von der Ente.

»Ja«, sagte Erwin, »issn büschn krank. Weiss au nich.«

»Möönsch, hasse denn nich noch welche?«

»Noch welche?«

»Noch welche Entn, Äwinn. Allein is ... na ja, bei Entn, mein ich! Is nich so gut. Allein wern die krank.«

»Nee, nur eine. Weisse das nich?«, sagte Erwin.

»Nimmmse 'ne zweite. Isn Erpel, nä? Seh ich sofort. Komm, Gösemeiers Enno, der hat auch so Entn. Nimmsse eine. Sone hübsche – sone Deesy. 'ne weiße. Für ihn hier.«

»Daisy?«, fragte Erwin.

Arno wurde rot. Das funktionierte trotz seiner unglaublich gegerbten Haut.

»Jou«, sagte er. »Die heißn doch Deesy, die Mädchen von die Entn. Sach ich jednfalls imma so ...«

»Arno«, sagte Erwin, »geh ma inne Küche un mach Kaffe. Da trinken wir einn drauf. Bisssn feiner Kerl. Un ich zieh mich an. Un dann gehn wir zu Gösemeiers Enno. Un kaufn 'ne Deesy.«

»Jou«, sagte Arno. »Is gut.«

Beim Hinausgehen blieb Arno noch einmal an den Regalen stehen.

»Bücher, Äwinn. Bissn richtich Schlauer, nä?«

»Och, nee«, sagte Erwin.

Wieder nickte Arno. Guckte noch einmal zu den Büchern. Guckte wieder zu Erwin.

»Was meinsse, Äwinn, ob ich … Meinsse, ich kann auch ma? So lesn?«

»Na klar«, sagte Erwin.

Er blieb noch eine Weile sitzen in der Wanne, sah hinaus zum Gartenteich, zum Zuber aus Pflanzen. Zum Kreuz, das er im Grün versteckt hatte. Jetzt konnte er das Bild endlich zulassen, musste es zulassen: Anni, die Kluge, die gewusst hatte, was geschehen würde. Bereits in dem Moment, als sich ihr Mörder am Laden einfand. Als er mit seinem bölkenden Wagen vorfuhr. Anni hatte nur wenige Sekunden benötigt, um zu begreifen, dass sie im Tod würde handeln müssen. Mit der einzigen Waffe, die den Toten bleibt: dem Testament. Sie hatte Erwin vermutlich schon vor langer Zeit in ihrem Testament bedacht. Als Heine dann auftauchte, hatte es nur weniger Griffe bedurft, um das Schicksal des Mörders zu besiegeln. Noch bevor er den Laden betrat.

Anni hatte ihm, Erwin, vertraut.

Ihm und Lothar.

Mit diesem Gedanken erhob er sich aus der Wanne.

Danksagung

Ich möchte mich bei allen Menschen und allen Enten bedanken, die Erwin auf dem Weg zum Buch begleitet und unterstützt haben. Was die Menschen betrifft insbesondere bei Dietmar Bär und Markus Naegele. Euer Enthusiasmus – fast schon ein Wortspiel – hat mir gradezu Flügel verliehen (womit ich bei den Enten wäre). Von diesen seien Donald Duck gedankt und Lisbeth. Lisbeth war ein würdiger Lothar, und sie hat bereits weitere Hilfe angeboten. Danke!

Ganz besonders und mit großem Ernst möchte ich an dieser Stelle einen Menschen erwähnen, dem ich das Buch nun nicht mehr überreichen kann. Als ich Erwins Endfassung korrigierte, erfuhr ich, dass Karl Heinz Pütz gestorben war. Lieber Karl Heinz, ich verdanke Dir so viel. Niemand hat mein Schreiben und meine Arbeit mehr geprägt als Du. Ohne Dich wäre ich heute gar nichts, ganz ehrlich. Wir hatten tolle Zeiten, und wir haben uns gestritten. »Erwin« hätte uns wieder zusammengebracht. Ich bin mir sicher.

Einzlkind

»Zwischen J.D. Salinger und Terry Pratchett, Nick Hornby und Monty Python platziert sich dieser Roman tatsächlich als gemeines kleines Wunder.«
Frankfurter Rundschau

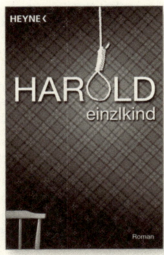

978-3-453-43597-1

Leseprobe unter: **www.heyne.de**

HEYNE‹

Frank Goosen

»Ein bewundernswert gescheiter Erzähler.« *Die Welt*

»Goosen erzählt fessend, mitreißend, klar und versteht eine Menge davon, wie man Lust erzeugt.«
Thomas Brussig

978-3-453-40710-7

Pokorny lacht
978-3-453-40022-1

Pink Moon
978-3-453-40474-8

So viel Zeit
978-3-453-40582-0

Radio Heimat
978-3-453-40837-1

Weil Samstag ist
978-3-453-40710-7

Leseprobe unter **www.heyne.de**

Das Hörbuch
ERWIN, MORD & ENTE

Gelesen von
Dietmar Bär

Thomas Krüger
„Erwin, Mord & Ente"
Ungekürzte Lesung
ISBN 978-3-8371-2262-6

© Erik Weiss